十二國記
黃昏之岸 曉之天
小野不由美
Ono Fuyumi
繪者◆山田章博
Yamada Akihiro
譯者◆王蘊潔

十二國記
黃昏之岸 曉之天

目錄

《十二國圖》

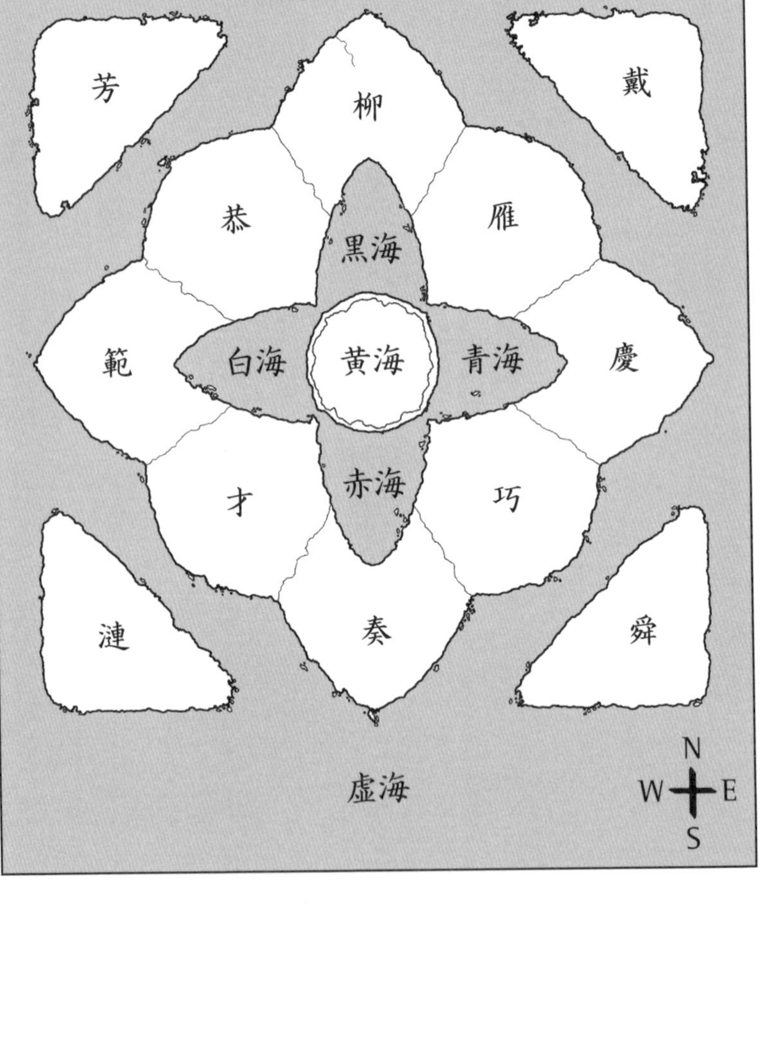

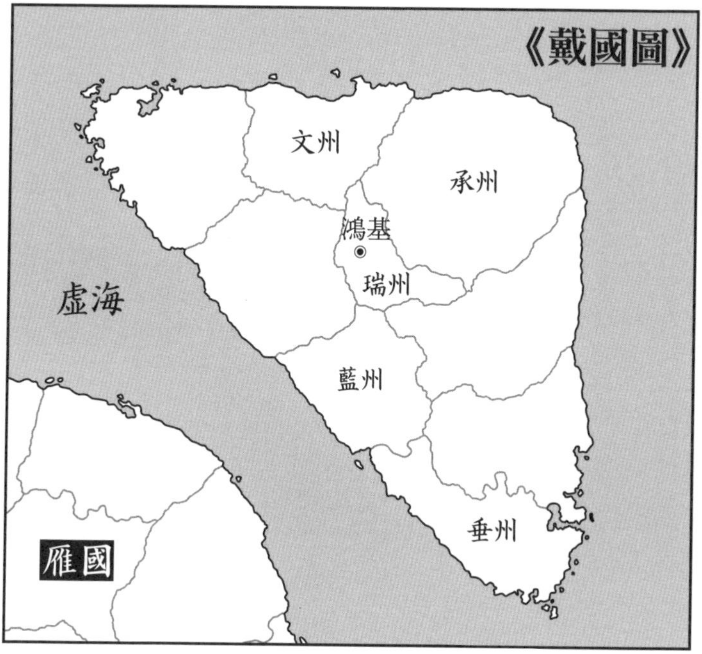
《戴國圖》
文州
承州
鴻基
瑞州
虛海
藍州
垂州
雁國

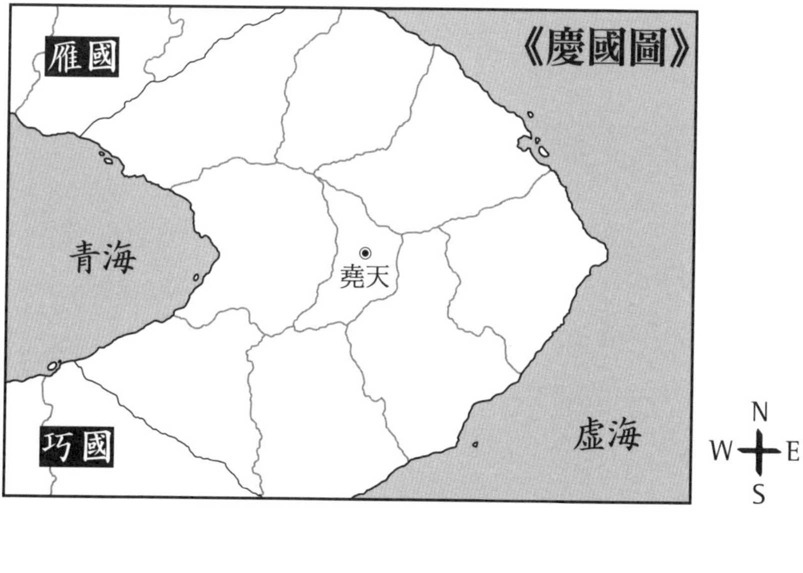
雁國
《慶國圖》
青海
堯天
巧國
虛海
N
W
E
S

序章

那一日，位在世界東北方的戴國還是早春時節，覆蓋山野的冰雪未融，草木的嫩芽也在積雪下沉睡。

雲海之上也不例外。雖然不像下界般冰天雪地，但園林內林立的樹木仍在深眠。

戴國的首都鴻基，白圭宮西側。

白圭宮以馬蹄狀環抱海灣，這片向西北方向延伸的區域是面向海灣的廣大園林。與戴國宰輔的居處仁重殿相鄰，也與宰輔擔任州侯，執掌政務的廣德殿相鄰。

園林內一片冬日的蕭瑟，但賞心悅目的奇岩和亭台樓閣凜然依舊。在寒冷中仍未失綠意的樹木映襯下，終於在枝頭綻放的梅花飄出淡淡的芳香。其中一座涼亭內，有一個小孩子的身影。他垂頭倚靠在白色石柱上，一頭銀黑色的頭髮披在後背。

這個孩子名叫泰麒。他是戴國的麒麟，年僅十一歲，遴選了新王，新王登基後，他成為宰輔，同時成為鴻基所在的瑞州州侯。完成選王大任已經半年，但這個身為戴國重要人物的孩子此刻獨自在園林內。

泰麒所選的王並不在鴻基，半個月前御駕親征遠赴文州。泰麒之所以感到極度無助和不安，是因為泰麒的主子——泰王驍宗此行是去鎮壓叛亂。

泰麒不諳戰爭，並不光是因為麒麟這種神獸的生性使然，而是年幼的泰麒缺乏戰亂的經驗。泰麒的主子前往一個他只能憑知識想像的殺戮戰場，而且——驍宗啟程之後，王宮內出現了令人憂心的傳聞。

文州之亂只是誘殺驍宗的陰謀。

文州位在瑞州北方，兩州之間聳立著巍峨的山脈。驍宗必須經由位在山脈半山腰的狹窄山路前往文州，聽說逆賊就埋伏在通往文州中央的隘口，等待驍宗自投羅網。昨天有人告訴泰麒，驍宗遭到伏兵的突襲，因未得地利而身陷苦戰。泰麒既不安，又害怕，心都快碎了。

——希望您平安無事。

泰麒只能默默祈禱，他無法向任何人訴說不斷侵蝕內心那份漆黑的不安。泰麒周圍的大人向來對他報喜不報憂，避免他感到害怕，堅稱弒君的傳聞只是空穴來風，不需要擔心。所以，當他今天早上輾轉聽到有人悄悄告訴他的噩耗，也不敢告訴周圍的大人。即使說了，那些大人也必定會告訴他，那只是有人胡說八道，一定是搞錯了。

如果不是在公務的空檔，趁四下無人，逃到這個沒有人煙的地方，他甚至無法為驍宗的平安祈禱。泰麒對自己在別人眼中，只是一個年幼無知的孩子感到可悲，更感到生氣。

他說服了百般不願意的使令，派牠們前往文州。泰麒至少想知道驍宗是否平安無事。如果驍宗陷入了苦戰，希望能助他一臂之力。

麒麟生性仁慈，厭惡流血，也厭倦紛爭，無法用刀劍保護自己，所以降伏妖魔為使令，做為自己的戈劍，但泰麒只有兩個使令。汕子和傲濫——當他命令這兩個使令出發之後，就沒有能力再為驍宗做更多的事了。他很希望如果有更多使令，或是自己更加成熟，就可以和周圍的大人攜手，為保護驍宗做點什麼。泰麒在園林的角落，內心想著這些事，為驍宗默默祈禱。他為自己的無力感到懊惱。

希望您平安無事。

在他不知道第幾次祈禱時，身後傳來輕微的腳步聲。回頭一看，那個人站在那裡。泰麒鬆了一口氣。來者不是傅相，也不是大僕，是之前告訴泰麒驍宗陷入困境的人，在他面前不必強顏歡笑，假裝自己完全沒有任何擔心。

「驍宗主上是否平安無事？有沒有什麼消息？」

泰麒跑上前去問道，那個人搖了搖頭。

「我還是派了使令前往，對不起。」

那個人之前對泰麒說，一有消息，必定毫不隱瞞，如實相告，所以要求泰麒千萬不可有派使令去找驍宗的短視之舉。雖然對方遵守了約定，泰麒卻無法遵守約定。

「我實在無法做到自己什麼都不做，一味在這裡等待消息。」

那個人點了點頭，拔出了腰上的佩劍。

泰麒停下腳步，但並不是基於害怕，因為泰麒信賴這個人，所以只感到訝異。

泰麒突然感到不安，因為他終於發現那個人露出從未見過的可怕神情。

「……怎麼了？」

「驍宗駕崩了。」那個人說。

因為害怕而想要後退的泰麒愣住了。

「……不可能。」

仰望著對方高舉拔出的劍，泰麒瞪大了眼睛，因為太出乎意料，他全身僵硬，無法發出聲音，愣在原地。

「只有兩個使令太不幸了。」

閃著如冰凌般寒光的劍一揮而落。

「……一切都是你選擇驍宗鑄下的錯。」

到底是劍刃先刺中泰麒，還是泰麒搶先一步，本能地轉身逃離這裡——用他力所能及的最佳手段逃離，恐怕連當事人都難以判斷。

那把利劍深深砍斷了泰麒——身為神獸的泰麒頭上的角。泰麒不由自主地發出悲鳴。那不只是因為疼痛，更是對名為背叛的衝擊所發出的吶喊，同時也是得知失去了無可取代的主上所感受到的痛苦，以及獸類瀕臨生命危險時發出的悲鳴。聲嘶力竭的吶喊，和想要逃離這裡的本能意志，讓泰麒突然當場溶解。

「——泰麒？」

汕子感受到強烈的衝擊，大聲發出悲鳴。汕子的腳下是一片白茫茫的山野。文州近在眼前，為了確認目前的位置，她正打算爬上一座小山。

——出事了。

「泰麒——」

這種痛楚是怎麼回事？這種可怕的痛楚和貫穿全身的麻木感是怎麼回事？

汕子發出呻吟，當她擺脫衝擊後，立刻溶化身體，滑入土中。只要在地面下想像「我」的形體，就可以完成這樣的變化。

汕子知道地下有道，她進入地下之道，以無形的我，在無形的道上飛奔——不，飛奔這個字眼也許並不恰當。在宛如深海般幽暗，一切都朦朧混沌之中，只感受到身體周圍的那股壓力。汕子用意念控制自己前進，奔向遙遠的遠方，奔向那團鮮明燦爛的金光。

她沿地脈而行，浮上海面後，從龍穴一口氣衝向風脈。在衝出的瞬間騰空而起，急速飛行，地面的一切都失去了形狀，變得模糊。金光越來越強烈，發出燦爛光芒的金光越來越鮮明，強烈的照耀了視線所及，很快籠罩了整個視野。

黃昏的金色。當汕子想要進入這片亮黃色的黯闇時，卻遭到了強烈的拒絕。

——泰麒的影子。

那是泰麒的氣脈。氣脈極度扭曲，彷彿要從這個世界的氣脈中抽離。

汕子感到不寒而慄。因為眼前的情況和很久以前，她親眼看到金色的果實從白銀樹枝上被摘走時的感覺太像了。

——泰麒。

又將再度失去。

絕望比不安搶先向汕子撲來。

汕子衝出氣脈。眼前是白圭宮，大氣極度扭曲，甍瓦彷彿浪濤般起伏，遠方是一片陰鬱的天空。
——異界。
是蝕，而且是鳴蝕。那是麒麟的悲鳴招致的極小的蝕。
被丟入搖晃中心的身影漸漸遠去。漆黑的獸影，鬣毛發出淡淡的銳利光芒。
「泰麒！」
搖晃的王宮，氤氳蒸騰的園林。扭曲的涼亭，以及涼亭旁扭曲的身影。
——是誰？
汕子的視線巡視周圍，看到了即將關閉的「門」，她毫不猶豫地衝了進去，溶化身形後追了上去。
手臂——她伸出意識中的手臂，指尖追了上去——還差一點。
氣脈在背後斷絕。周圍的氣脈顏色、氣味和觸感都變了。她來到了異界。
她用盡渾身的意念和力氣伸長了手臂，想要抓住離去的亮黃色影子。指尖抓到了——她以為自己抓到了。
搖晃的屋頂，氤氳蒸騰的道路，扭曲的樹木。用力起伏的這一切突然恢復了原狀，汕子終於勉強滑進了亮黃色的影子中。
——泰麒——！
如果有人親眼目睹，必定難以相信自己所看到的。

那是一個小村莊，不大的農田之間有著老舊的房子，狹窄的柏油路蛇行其間。四月的燦爛陽光下，柏油路面蒸騰著氤氳。

氤氳突然用力晃動，宛如火勢越燒越旺般漸漸膨脹、濃縮，差不多達到一個成年人的高度。氤氳中浮現淡淡的影子，然後吐出一個人影。一個小孩子的身影好像被階梯絆倒似地踉蹌了兩、三步，最後終於站穩了。

小孩子站在柏油路上，他身後的氤氳融化消失了，只看到一片春意盎然的風景。明亮的藍色天空中飄著幾片如絲縷般的捲雲，雲雀在高空啼叫。和煦的春風吹來，吹動農田裡的油菜花，吹動田埂上的薺菜，輕輕撫摸柏油路面，吹拂了孩子過肩的頭髮。

那個孩子怔怔地站在那裡——不，也許他什麼都沒看，也毫無感覺，沒有眨動的雙眼直視正前方，好像被背後的和風推動般抬起了腳。當邁出第一步後，再度向前踏出一步。他機械式地移動雙腳，最後終於快步走了起來。

走了一小段路後，他突然眨著眼睛，好像猛然回過了神。他停下腳步，環視周圍，拚命眨著眼。整齊的稻田和菜園，老舊的房子點綴其間，其中也有新房子。那是隨處可見的鄉間小村莊。

他微微偏著頭，似乎分不清眼前的一切是夢還是現實。前方的小徑和道路交錯之處，有一塊黑白相間的布幕。

——他越過了虛海。

第一章

十二國記

1

慶國國曆三年初夏，位在大陸東部的慶東國首都堯天出現了飛天的黑影。

那一天，整個城市都沉入慵懶的熱氣中。堯天北側的高山宛如擎天大柱般聳立，城市沿著山麓下像裙襬般向南延伸的斜坡而建，街道呈階梯狀，黑灰色甍瓦毗連，縱橫交錯的街道在豔陽照射下反射白光，淤積著帶有溼氣的暑氣。

每棟房子都敞開窗戶尋求涼意，但這天中午過後就完全無風，即使門窗大開，飄進來的也是被烈日晒熱的空氣，和催人入眠的嗡嗡噪音。

也許是酷暑令一切感到慵懶，夏日的天空中不見飛鳥的身影，紛紛躲入樹葉下避暑，一隻狗趴在老舊民宅屋簷一小片陰影中昏昏欲睡，一個老人在牠旁邊的椅子上睡著了。老人手上的扇子滑落，狗微微抬起鼻子，不耐煩地仰望主人——就在這時……

天色陰沉起來。牠充滿期待地抬起頭，發現一片由東而來的雲侵蝕了夏日的天空，潮溼的風掠過牠的鼻尖，遠處響起雷鳴。天空完全被雲遮住了，不一會兒，天色就暗了下來。

就在這時，一個黑影出現在堯天的上空。黑影從東方出現，好像被鉛色的雲追趕，帶著巨大的弧度飛向凌雲山。人們在街頭仰望著天空，期待天降甘霖，其中有幾個人看到了那個黑影。

黑色的翅膀無力拍動的樣子令人不捨，翅膀上的白色羽毛髒亂，黑色的尾羽殘破、撕裂，已經無法順利在天空中滑翔，在帶著溼氣的天空拚命掙扎，無力地下降後拍動翅膀，飛向凌雲山。

雨滴開始飄落，彷彿要擊落那個黑影。轉眼之間就變成驟雨，打在黑影的翅膀上，雨勢很快吞噬了黑影。不經意地看著這一切的人們，似乎看到那個黑影消失在水煙之前，被吸入了凌雲山的高處。

杜真站在巨大的門前。那道門位在堯天山半山腰，靠近雲海的斷崖上。相當於幾個人高的壁龕深處的門扉前方，是一片寬敞的平坦岩地。這裡是禁門，是直接通往位於堯天山上金波宮最上層，雲海上方燕朝的唯一門戶。

正午過後，杜真和守門的同袍交接，站在門前時，堯天市街在岩地下方的暑氣中晃動。即使身在高處，也感受不到一絲風，悶熱的暑氣不斷聚集。不一會兒，雲在天空中聚集，來自東方的雲舔著雲海底部般慢慢湧現。遠處響起轟雷，不一會兒，周圍霧靄繚繞，增加了厚度的雲從雲海湧向禁門。

轉眼之間，陽光就被雲層遮蔽，像霧雨般的霧靄籠罩了那片岩地。杜真眼前的岩地變成了一片灰色，腳下湧起帶著潮溼的涼氣，同時感受到輕微的顫動。

「好像下雨了。」

杜真吐了一口氣，對身旁的凱之說。

「是啊。」凱之也深呼吸後，露出白齒笑了笑，「希望可以舒服點，這麼熱的天氣，皮甲內都是汗。」

凱之笑著說道。他是帶領杜真等四名禁軍士兵的伍長，雖說為「長」，其實只是一伍的五個人中，推派最有經驗，武功最高強的人帶頭而已，所以凱之也不會因此耀武揚威，既不會官腔官調，更不會盛氣凌人。杜真加入禁軍資歷尚淺，不知道伍長都像凱之一樣，還是凱之比較特別。

杜真在慶國的新王登基翌年加入軍隊成為士兵。結束一年的訓練後，被分配到左軍，正式執行軍務才半年，還沒有被凱之以外的其他伍長帶領的經驗。負責守衛禁門的一兩由五伍組成，共有二十五人，其他伍長和統帥五伍的兩司馬幾乎都是像凱之一樣容易親近的人，但聽說其他的兩、伍就不同了。

「瑛州真熱，麥州稍微好一點。」

「伍長是麥州人嗎？」

杜真問，凱之點了點頭。

「我在麥州出生，也在麥州長大。在目前的主上即位之前，我在麥州師。」

「是喔。」杜真應道。杜真覺得麥州師的士兵都是精兵，禁軍之首的左軍將軍就是從麥州師拔擢的。

「所以，伍長和青將軍……」

杜真原本想問凱之是否認識青將軍，這時，斷崖前方宛如灰幕般的雲幕中突然竄出一個黑影。
杜真還來不及叫喊，黑影已經從濃霧中衝了出來，重重撞在禁門旁的岩壁上。黑影發出一聲呻吟，掙扎了幾下，滑落在岩地上。「怎麼回事？」凱之緊張地問道。跌倒在露臺上的黑影痙攣般地拍了兩、三下翅膀，發出悽慘的聲音倒在地上。一個人影從牠的背上跌落。
杜真跟在舉槍上前的凱之身後跑了起來。只有王、宰輔和王特別准許的人才能出入禁門，跌在眼前的騎獸並不屬於以上任何人。禁門是直通王宮最深處的門，無論有任何理由，外人都不得騎著騎獸輕易靠近。
其他同袍也趕到騎獸旁，和杜真一樣，帶著充滿殺氣的緊張，杜真也緊張地趕上前去。在禁門旁兵舍內休息的士兵也都衝了出來，用長槍在騎獸和騎手周圍築起了一道牆。這時，杜真才終於得以細細觀察騎獸和騎手，忍不住瞪大了眼睛。
那是一頭外形像巨犬的騎獸，幾近銀灰的白色身體，黑色的腦袋，但覆蓋全身的毛又髒又亂，身上有不少黑紅色的斑點。頭部有好幾處黑毛好像被拔掉般斑駁，短翼上髒得發黑的白色羽毛和黑色尾羽都已經缺損、殘破。騎獸倒在地上，翅膀無力地拍打著地面，無力的動作甚至難以稱為拍打。旁邊有一個人影倒在騎獸的翅膀下，那個人也遍體鱗傷，精疲力竭，髒亂不堪，落魄的樣子和騎獸沒有太大的差別。
杜真不知所措地尋找凱之的身影，凱之也舉著長槍，露出驚訝的眼神看著騎獸和騎手。其他人議論紛紛，卻又不知所措。凱之舉起一隻手，制止了其他人，放下長槍，單膝下跪在人影身旁。

「沒事吧？」

人影聽到凱之的聲音抬起了頭，杜真這才發現她是女人。那個女人身材高大結實，而且身穿皮甲，不，也許該稱為皮甲的殘骸。皮甲不僅髒透了，而且到處都撕破、缺損——和騎獸的翅膀一樣。

「妳聽得到我的聲音嗎？這是怎麼回事？」

女人呻吟著想要坐起來，這時，杜真發現女人的一隻手受了重傷。凱之猶豫了一下，舉起長槍。

「不許動——不好意思，請妳不要動。這裡是禁門，不能讓身分不明的人靠近。」

女人瞇起眼仰望凱之，微微點了點頭。凱之用另一隻手拔下女人腰間的劍，遞給身後的杜真，然後才放下手上的長槍。女人再度發出呻吟，想要坐起來，這次凱之沒有制止她。

「……對不起，驚擾各位了。」

女人肩膀起伏喘息著小聲說道，費力地跪在地上。

「敝姓劉，官拜戴國將軍。」

「……戴國？」

凱之瞪大眼睛嘀咕道，女人露出求助的眼神看著他，然後磕頭說道：

「恕在下多有不敬，在下想進奏慶東國國主景王！」

2

士兵立刻從禁門旁的闈門請來了閽人，閽人是掌管宮內諸事的天官之一，守在門旁記錄通行者，檢查身分，並向宮內通報。和兩司馬一起趕到的閽人一看到女人和她身旁的騎獸，立刻尖叫著：「把她趕出去！」

「但是，她身負重傷——」

兩司馬試圖勸說，閽人打斷了他，盛氣凌人地大叫著：

「雖然她自稱是戴國將軍，但這樣子哪像將軍？況且，他國的將軍也沒有理由前來拜訪。」

「但是……」

「閉嘴！」閽人喝斥道。杜真等士兵是禁軍借給閽人所用，雖屬夏官管轄的範疇，但閽人掌握了現場的指揮權。

「倒是要小心別讓她弄髒了禁門。」

閽人轉身對跪地的女人皺著眉頭說：

「如果妳是戴國將軍，就應換件衣服，表明身分後，按照禮節來拜訪國府。」

杜真看到女人的肩膀顫抖了一下，她猛然抬起的臉雖然慘不忍睹，卻透露出一股威嚴。

「在下深知有所冒犯，但如果有餘裕顧及禮節，在下必然遵從。」

女人克制著內心的情緒說道，但閽人冷冷地瞥了她一眼，沒有答理她，制止了想要再度勸說的兩司馬，轉過身。就在這時，女人伸手從杜真手上搶過長槍，杜真還來不及驚叫，女人已經撂倒了周圍的士兵，一路衝向禁門。

不光是閽人，就連杜真、凱之和其他士兵也大驚失色，一時愣在那裡，但隨即回過神，臉色大變地追了上去。當長槍準備刺向女人的後背時，騎獸的黑翼從天而降，擋在他們面前。女人在騎獸的保護下，衝進了閨門內側。

「快追。」

士兵的叫喊聲此起彼落，杜真跑在最前面，緊追在已經衝進門內的騎獸身後。他最先想到的是自己犯下的疏失，雖然手上拿著凱之剛才交給他的劍，但竟然被女人搶走了長槍。事後會不會追究這件事的責任？會不會遭到處罰？

竟然輕而易舉中了這個女人的計——杜真內心感到自責不已。

女人假裝身受重傷，一定事先訓練騎獸裝出奄奄一息的樣子。自稱是戴國將軍是天大的謊言，自己竟然相信了她的謊言，而且還被她拙劣的演技所騙，才會失去戒心。

（拙劣的演技？）

禁門內側是可以容納一旅士兵的大廳，女人和騎獸朝向後方的階梯奔跑。在大廳旁宿舍內待命的士兵和官吏可能聽到了騷動，紛紛衝了出來。

——不，一點都不拙劣。杜真在女人身後追趕的同時想道。她看起來完全不像是演出來的，女人和騎獸看起來真的危在旦夕。雖然身上的血跡可以用紅土擦在身上假冒，但傷勢無法偽裝，尤其女人的右臂看起來的確像是受了重傷。

況且——杜真凝視著步履蹣跚地走上階梯的女人。她的右手一動也不動。女人在杜真的面前跌倒，她的右手還是沒有動。騎獸趕到她身旁，伸出腦袋想要扶她起來，她也用握著長槍的左手抓住騎獸。

杜真忍不住在周圍尋找凱之的身影，緊跟在後的凱之對杜真點了點頭：

「先別管那麼多，抓住她，但不要殺她。」

但是……杜真用眼神向凱之請示。閹人正在大廳入口大聲叫著：「殺了她！」

「別殺她，即使是賊，也必須要問清楚。」

杜真點了點頭，再度追上去。女人緊緊抱著騎獸的背，想要一口氣衝上階梯。巨大的門扉擋在前方，門扉的內側就是雲海之上，王宮的深處。雖然那裡也有一兩士兵在待命，但不知道他們有沒有聽到目前的騷動。

——不對，如果聽到騷動，打開門想要一窺究竟，女人就可能趁機闖入宮中。

但是，就在杜真擔心之際，閨門打開了。騎獸載著女人，衝進了門內。

周圍響起驚慌的聲音，上面傳來驚愕的叫聲，和斥責的叫聲交織在一起。杜真聽著這些聲音，衝上階梯，來到閨門前時，聽到了獸類悲鳴般的叫聲。杜真覺得好像有人一拳打向他的胃，難道是守在禁門內側的人殺了那個女人嗎？

杜真帶著宛如吞了鉛塊般的心情衝進閨門內，門內是王宮內部的路寢，寬敞的露臺前方有一道高牆，高牆後方就是王的居所正寢。這裡是禁區，不要說杜真和其他士兵，就連重臣的高官也不得輕易入內。騎獸倒在通往正寢的石板路上，身上有好幾個用來制伏騎獸的鐵鉤。

「不行！槍下留人！」

凱之叫道，包圍騎獸的士兵驚訝地轉過頭。當杜真趕到包圍網時，長槍的前端即將刺進女人的脖子。把長槍刺向女人的士兵立刻收起武器，女人立刻掙扎起來，包圍網內響起怒罵聲。禁門那裡傳來閹人氣急敗壞的叫聲，他尖著嗓子大叫著：「殺了她！」有人叫著要殺她，有人喊著槍下留人，女人和騎獸想要趁機逃走，士兵驚慌失措地想要抓住他們——在一片混亂之際，響起一個宏亮的聲音。

「在吵什麼？」

杜真看到走向包圍網的身影，暗自鬆了一口氣。手上拿著大刀的高大男人是夏官大僕，在負責護衛王和高官重臣的射人中，大僕平日隨侍在王的左右，保護王的安全。雖然以官位而論，只是區區下大夫，但這位大僕深得王的信賴。在私下的場合，總是跟隨在景王左右，指揮小臣。目前身後也跟著三個小臣。

「她是入侵者！」閹人叫著。凱之也大聲說：「她是訪客！」大僕眨著眼睛，看著眼前的狀況。

「到底是賊還是客？」

「她不是訪客。」閽人尖叫著說道：「只是謊稱是客，一路殺進來！」

閽人喋喋不休地向大僕說明來龍去脈，大僕揮揮手，打斷了他。

「我問當事人比較快。」

大僕說完，走向那個女人，士兵滿臉困惑地讓出一條路。杜真從人群中鑽了進去，擠到女人身旁，拿回了女人放下的長槍。這時，杜真看到了。

——那不是謊言和演技。

凝固在女人身上又髒又破的衣服上的絕對是血跡。那似乎是之前流的血，已經變成了鐵色，勉強穿在身上的皮甲殘骸用繩子緊緊綁在無法動彈的右手上臂，裂開的袖口下露出的手臂已經發黑，縮成了一團——肌肉已經壞死了。

這個女人不是人。如果不是仙，早就沒命了。

「……那個人沒問題。」

杜真小聲對女人說道。趴在石板上的女人轉過頭，從一頭蓬髮下看著杜真。

「因為他深得主上的信賴。」

女人感激地點了點頭，呻吟著撐起身體，面對著大僕。閽人仍然大叫著，大僕不理會他，跪在石板上。

「妳——怎會如此狼狽？」

「恕在下失禮，硬闖入宮，也為唐突之舉再三道歉，但敬請瞭解，在下絕無害人之意。」

大僕聞言，點了點頭，女人鬆了一口氣，深深地鞠躬。

「在下是戴國瑞州師將軍劉李齋——」

大僕驚訝地張大了嘴，李齋露出真摯的眼神仰望著他。

「在下有要事稟報景王，故前來參拜。在下深知有所冒犯，但懇賜燕見。」

李齋說完，伏地叩首。

「跪求大人……請景王賜見。」

大僕注視著李齋，然後用力點了點頭，看著杜真說。

「扶她一下，先帶她去休息——」

大僕還沒說完，李齋就打斷他。

「在下無暇休息！」

「並不是要把妳抓起來，妳需要休息和療傷。」

大僕說完後笑了笑說：

「我是大僕，名叫虎嘯——我已收到妳的請求，妳先休息，我找瘍醫過來。」

「不行！」閽人叫道：「你在想什麼！此人未經許可靠近禁門，而且還撂倒士兵，闖入此地。玷汙了宮城，傷害了主上的威信，趕快把她拖出去問罪！」

虎嘯驚訝地看著閽人。

「太粗暴了，此人為他國的將軍，豈可做出此等無禮之舉？」

「哪是什麼將軍！她哪裡像將軍？絕對是信口雌黃！」

「但是……」

「大僕，你別搞錯了，查明來訪者身分，決定如何處置是閽人的職責，希望你別因為深得主上的寵信，就干涉其他官吏的職務！」

「現在是討論身分問題的場合嗎？」

虎嘯喝斥道，閽人被他的氣勢嚇到，「如果見死不救，主上會饒你嗎？」

虎嘯氣憤地說完，催促著杜真說：

「快去，還有這頭騎獸，治完傷口後，安排他們休息。」

杜真點了點頭，伸手扶著李齋的肩膀，但李齋輕輕推開了杜真想要扶她起來的手。

「不行，妳要先休息。」

李齋搖著頭，想要追上快步離去的虎嘯。

「不可繼續妄為，如果沒有大僕，妳現在——」

「在下知道，」李齋看著杜真說道：「大恩不言謝，如果景王對弄髒王宮不會大發雷霆，是否可請大僕帶在下一起入內？」

「但是——」

「求你了……如果現在休息，恐怕無緣再見景王……」

聽到她聲聲懇求，杜真忍不住倒吸了一口氣。李齋面無血色，嘴脣也已發紫，呼吸急促，不時發出像笛子般的喘息聲，杜真扶著的肩膀和手臂也已經冰冷。

——這個女人的確來日不多了。

「——大僕！」

他把李齋的手放在自己肩上，支撐著她的身體。

「請帶她一起入內。」

「喂……」

「否則她無法瞑目。」

虎嘯可能聽出了杜真的言外之意，點了點頭，把大刀交給一名小臣，伸出了手，接過一臉無助的女人。

3

正寢是王的私人居室，以正殿——長樂殿為中心，由眾多建築物構成。不同的國家，不同王宮的正寢各有不同，但基本構造並無大異。因此李齋知道自己被帶進了正寢，因為李齋在戴國也獲得恩准，得以進入照理說臣子不得踏入的正寢。

李齋被名叫虎嘯的大僕從禁門一路帶到正寢，經過一棟又一棟的宮殿，穿越巨大的廊屋，進入可以看到前方富麗堂皇樓閣的宮殿內。李齋猜想自己目前身處隔著園林，和長樂殿相望的花殿休息室。前方的園林非常大，而且中間還建了用來區隔正殿和花殿的護牆，從正殿必須繞過園林，才能來到花殿。

到底要等多少時間——李齋不由得感到絕望。

李齋知道，即使受到再大的禮遇，自己也無法進入正殿，能夠來到花殿，已經是破例的待遇，但是，李齋的雙腳已經漸漸無力。雖然在虎嘯的攙扶下，勉強可以站在那裡，但她快要癱倒了。

「要不要坐下？」

虎嘯可能察覺了她體力不支，對她問道。李齋搖了搖頭，不能繼續做出無禮之舉。她深知自己一身破衣，無顏謁見一國之王，雖是情非得已，但剛才硬闖禁門已足以讓她被處死刑，不能繼續犯錯了——絕對不可以。李齋心裡很清楚，如果不維持最低限度的禮儀，至今為止努力的一切就失去了意義。

她雙腳硬撐著身體，虎嘯派去稟報的小臣回來了。他向虎嘯咬耳朵說了什麼——扶著李齋的虎嘯就在身旁——但她無法聽到小臣說什麼。耳朵從剛才一直在耳鳴，傳入耳朵的所有聲音都遭到干擾，很難聽清楚。

景王目前人在何方？離開正殿了嗎？還是為了來和自己見面，正在更衣？到底還要多久才能走到這裡？

李齋焦急萬分，看到虎嘯和其他人看向門口。她也跟著看向敞開的門外，一群小臣和女官沿著面向庭院的回廊走來，等在室內的小臣在門旁讓出一條路，拱手相迎。

李齋帶著一絲期待，但在走來的那群人中不見像是景王的身影，後方也不像有姍姍來

後尋找著。

的身後甚至不見為貴人開路者的身影。李齋緊緊抓著虎嘯的肩膀，繼續在那群人的身

遲的貴人。走在那群人最前方，快步走進室內的年輕女人穿著官吏平時穿的朝服，她

……視野已經開始模糊。

她把全身的力氣都用在左手上，抓住了虎嘯的肩膀。她的膝蓋發軟。景王還要走多少步才能來到這裡？如今已是分秒必爭，無法計算距離，必須要用步數來計算。

……趕快來、這裡。

那名年輕的女官吏摸向李齋的身體。李齋一轉頭，看到她一頭鮮豔的紅髮，露出驚愕之色的碧眼在李齋腦海中留下深刻印象。

「虎嘯，為什麼不讓客人休息？」

說完，她把李齋受傷的右臂放在自己的肩上。

「我是景王陽子。」

聽到她明快的聲音，李齋驚訝地看著身旁的年輕女人。

「無論有任何事，我都會聽妳說，所以，請妳先躺下休息。」

李齋的手臂頓時無力，整個人癱在地上，用盡最後的力氣向景王磕頭。

「在下因有要事稟報景王，故前來參拜。」

「——現在不行。」

李齋抬頭看著跪在自己身旁的景王。

「懇求您——懇求您拯救戴國……！」

景王一雙碧眼露出驚訝之色看著李齋的臉。

「在下深知向身為慶國國主的主上提出如此懇求不合乎道理，但我們已經——」

李齋哽咽，語不成聲。

戴國位在大陸的東北方，被孤立在虛海中央，每到冬季，就是一片冰天雪地。戴國的百姓生活在這樣的環境之中，但在六年前——新王登基的隔年，新年剛過不久，戴國就失去了王。

戴國失去了王的庇護，失去了上天的保佑，成為災難和妖魔蹂躪的牢獄。

「戴國百姓沒有自救之道，沿岸妖魔肆虐，想要逃離戴國也無法如願，但在戴國國內，百姓更是生活在水深火熱之中。」

壓抑在李齋內心多年的憤怒和痛苦傾瀉而出，讓她無法呼吸，好像有什麼冰冷堅硬的東西堵住了她的氣管。

「泰王因叛賊謀反，離開了宮城迄今未歸。台輔也下落不明，不知道是否平安。」

李齋趴在地上，額頭碰地，大聲叫道：

「白雉至今未落！」

這代表泰王未死，戴國的命運尚未盡。

「懇求您——」

李齋吐出最後一口氣，她努力想要吸氣，但只有喉嚨發出聲音，抗拒空氣的進入。視野出現了不祥的黑色斑紋，斑紋越來越大，最後變成一片黑暗，她只聽到尖銳的耳鳴。

她原本打算說「相助」，但不知道有沒有發出聲音。

4

——她聽到耳鳴聲。

不，這是風聲，李齋心想。這是戴國的冬季在戶外肆虐的冰冷風聲，況且現在極度寒冷。

強風吹拂。刺骨的寒風呼嘯著吹過樹木和山川，所到之處一片冰天雪地。河流表面被冰雪覆蓋，大地被埋在凍結的積雪之下，所有的街道都積著雪，強風吹過積雪表面，把冰冷的白色雪片吹向空中。

戴國遠離大陸，被孤立在大海之中。每年冬季，來自北方海域的刺骨寒風吹來，里廬都被冷雪埋沒，家家戶戶都門窗緊閉——在和外界層層隔絕的小空間內，點著溫暖的燈。人們聚集在燈旁，分享著微不足道——和外界的極寒相比，只能算是微不足道的溫暖。

火爐中的火焰、圍坐在周圍的人們的體溫，以及火爐上大鍋中冒出的熱氣，即使在冰天雪地中凍僵的陌生訪客，也可以分享這份溫暖。戴國的冬季天寒地凍，但同時充滿溫暖，有時候會用五彩繽紛的花束表達。李齋看著跑進來的孩子的身影想道。

「李齋，這個送妳。」

那個孩子遞上一束紅色和黃色等溫暖色系的鮮花，為只有些許微弱陽光的冰冷室內帶來了明亮的溫暖。戴國剛進入冬季，戶外寒風呼嘯，山野已經積了薄薄一層雪。

這個季節怎麼可能有如此鮮豔的鮮花綻放？李齋驚訝地看著遞給她花束的小客人，那個孩子抱著比他的臉更大的花束，臉上的笑容比花的顏色更燦爛、更溫暖。

「這是賀禮，聽說妳成為州師的將軍，所以我很高興。」

泰麒說著，露出了燦爛的笑容。他當時才十歲。

「送給在下嗎？」

「當然啊，我特地拜託驍宗大人——拜託主上賜給我的。」

年幼的宰輔說完，害羞地低下頭。

「在我出生的蓬萊，都會送花表達祝賀。聽說這裡很少有人這麼做，但我無論如何都想送花給妳。妳剛搬新家，有了鮮花，家裡看起來會更漂亮。」

「啊喲。」李齋笑了起來。她剛搬進這座官邸，這裡是客廳。新王驍宗登基已經一個多月，李齋被任命為瑞州師中軍的將軍，剛將官邸搬來白圭宮內。宰輔是僅次於一國之王的國家棟梁，同時也是管理李齋所屬的瑞州師的瑞州州侯，宰輔親自造訪官邸，而且還贈送花束，令她感到喜出望外，更感到驕傲。

李齋吩咐下官把花插好，放在客廳的供桌上，室內似乎頓時變得明亮、溫暖。李齋剛搬來不久，對環境還不熟悉，難免有一種陌生感，如今覺得這裡是自己的歸宿。

「太感謝了，承蒙台輔如此抬愛，在下真是太幸福了。」

「我才是很高興呢，我年紀還這麼小，對政務和軍隊都一無所知，所以聽到妳成為州師的將軍，我覺得好安心。」

坐在大椅子上的宰輔說完，向李齋低下頭說：

「呃，以後也請多多關照。」

「不敢當——宰輔怎麼可以向在下鞠躬？」

只有一國之王的地位高於宰輔，按照常理，宰輔不可能向州師將軍的李齋鞠躬。

「這不是鞠躬，只是欠身致意，所以沒問題。雖然照理說也不行，但我已經養成習慣了，驍宗主上也說，真拿我沒辦法，所以——呃，請妳也覺得沒辦法好了。」

「我會這麼做。」李齋忍著笑。這個年幼的宰輔在異國出生，在傳說中，東海盡頭的蓬萊——在那裡出生、長大，所以與眾不同，但李齋覺得和宰輔相處很舒服，宰輔善良溫柔，而且很溫暖。

「其實還有很多其他禮物。」

泰麒興奮得漲紅了臉，面帶笑容看著李齋。「正賴說，只送花太寒酸了，所以準備了很多賀禮，但我搬不動，所以他說會幫忙送來這裡。」

正賴以前是驍宗手下的軍吏，在改朝換代之後被任命為泰麒的傅相，同時兼任瑞

州令尹。正賴為人親切，但在驍宗麾下的文官中，是遠近馳名的菁英中的菁英。

「我和正賴兩個人想破了腦袋，不知道到底要送什麼賀禮。驍宗主上說，可以在寶庫裡隨便挑，所以反而傷腦筋，因為寶庫裡的寶物多得令人眼花繚亂。」

「真是──愧不敢當。」

「驍宗主上說沒關係，還吩咐我們也為他挑選一份賀禮。驍宗主上、我和正賴三個人的賀禮，所以有很多，到時候妳不要太驚訝。」

李齋用感激的眼神看著滿臉喜色的小麒麟。

「在下真是前世修來的福，衷心感謝您。」

李齋真的感到很幸福，受到王和宰輔如此厚愛，必將前途無量。朝廷將急速整頓，百姓歡迎新王，百姓的未來也光明燦爛，國家和人民都走向幸福──李齋當時發自內心這麼認為。

她做夢都沒想到短短數月之後，一切都土崩瓦解。

官邸迎接了貴賓，客廳亮起溫暖的光芒，但是──戶外仍然吹著寒冷的風。李齋的周圍充滿光明，完全沒有一絲陰影，即使如此，仍然不能忘記戶外肆虐的寒風。

寒風將會凍結一切，凍結國家、山野、街道和百姓。

那一天，戶外也是風聲呼嘯，帶著寒冷的空氣，伺機將所有的一切都凍結。不祥的風聲鑽進耳朵深處，導致不平靜的耳鳴。李齋沉浸在燦爛的心情之中，所以並未意識到，但官邸內到處爬滿寒氣，雙手雙腳都已冰冷。冰天雪地，四肢沉重，感覺麻木，只有刺骨的寒冷活靈活現——如同現在。
……好冷。
自己、國家——和百姓都會凍死。
（……好冷。）
「妳醒了嗎？」
一個聲音戰戰兢兢地問道——李齋似乎聽到有人說話。
她在好像凍結般的沉重眼皮和眉間用力，終於微微張開了眼睛。被睫毛擋住的昏暗視野中，一個女孩滿臉緊張地看著自己。
「太好了……！」
女孩說著，把冰冷的東西放在她臉上。她從骨子裡感到發冷，一陣惡寒貫穿全身——冰冷的刺激放在自己的臉上。對，自己……
「——景王。」
李齋回過神，脫口呢喃著，但微弱的聲音連她自己也聽不見。她張大眼睛，尋找著年輕女孩的臉，但找不到那頭紅髮。
「啊，請妳繼續躺著休息。不行，現在還不能起來。」
聽到女孩這麼說，李齋才終於發現自己準備起床。
——所以，自己還活著。

冰冷的手掌握住了李齋的手。冰冷的感覺讓李齋感到極度安心。雖然這麼冷，好像結冰一樣，但女孩像冰塊般的手讓她感到舒服。

「這裡是慶國堯天的金波宮。」

女孩的一雙大眼睛看著李齋，一字一句慢慢說道：

「妳來到這裡了，隨時可以謁見主上，所以，妳可以放心閉上眼睛休息一下。」

「……但是……在下……」

「已經沒事了，妳先睡一下，好不好？」

女孩說完，握著李齋的手，讓她摸著喉嚨，用她的手包住喉嚨下方凹陷處一顆圓形的東西。那顆圓形的東西比女孩的手更冰冷，讓李齋更加感到安心。這時她才終於知道，自己的身體好像燃燒般發燙，所以惡寒讓她感到不舒服。

「妳現在需要休息……別擔心，陽子不會棄妳不顧的。」

陽子。李齋重複了這個名字，但舌頭好像被黏在口腔裡。

「雖然她現在不在這裡，但已經來看過妳好幾次，她很擔心妳，所以妳現在要好好休息，已經沒事了。」

李齋放鬆了眉間的力量代替點頭，眼皮自然闔了起來。她聽到了風聲。寒冷的聲音是戶外呼嘯的寒風，還是只是自己的耳鳴？

不能睡著。李齋在心裡說道。

（……必須……去見景王……）

——李齋，萬萬不可。

風聲中傳來一個悲痛的聲音，腦海中浮現她的臉龐，一臉隨時會哭出來的表情。

——太卑鄙，太可怕了。

是啊。李齋對著虛空點了點頭。

（我知道這麼做很殘忍……花影。）

5

「戴國的新王在七年前的秋天登基——新王的名字叫乍驍宗。」

室內響起一個淡然的聲音。

這裡是名為積翠台的宮殿，內殿最深處的書房角落，空間不大的室內雖然不如下界那麼悶熱，但仍然淤積著夏季獨特的潮溼暑氣。後方的窗戶外是長滿苔蘇和蕨類的翠綠岩石，白色小瀑布帶著斑駁的陽光，洩入露臺下方一片清池中。夏鳥的啼叫聲從敞開的窗戶傳了進來，和水聲、涼意一起飄了進來。

「他在先王時代是禁軍的左軍將軍，深得先王信賴，也受到軍兵和領地百姓的愛戴，聽說威名也傳到他國。因此，在先王崩殂後就議論四起，認為乍將軍可能是下一任的王。」

「原來他這麼傑出優秀……」

陽子帶著感嘆和羨慕嘀咕著。

「是啊，」六官之長的冢宰浩瀚很乾脆地回答：「先王崩殂後，他也持續扶持朝廷，受到眾人的期待。在掛起黃旗後，他立刻回應了這份期待，進入黃海，前往東岳蓬山，昇山後獲泰麒遴選，登基為王，也就是所謂的飄風之王。」

「飄風之王？」

「就是從第一批昇山者中挑選出的王。」

麒麟選王——上天透過麒麟選王，下達天命。麒麟在世界中央黃海中的蓬山出生、長大，一旦到達可以選王的年紀，全國各祠都掛上黃旗。自認有資格為王者見到黃旗，就會進入黃海，前往蓬山見麒麟，諮諏天意，稱為昇山。

「飄風之王是如疾風般登基的王，但飄風通常被認為無法終朝，氣勢越強者，往往很快走向衰敗。據說飄風之王不是英雄豪傑，就是貪官敗類。」

「是喔……」

「泰王在掛上黃旗之前，經過了一番曲折，嚴格來說，並不能稱為飄風之王——不過，泰台輔是主上的同胞。」

「是啊，」陽子點點頭，「他和我一樣都是胎果，我之前曾經聽說過這件事。」

陽子出生在東海彼岸的蓬萊，但蓬萊是指遙遠的東方海上，一個傳說中的樂園，所以陽子並不是真的在那裡出生，陽子一直覺得這兩個世界只能稱為這裡和那裡，彼此都認為對方是夢幻的國度，是並非真實存在的世界，但是，這兩個世界偶有交集。

陽子就是在這種罕見的交集時漂流到那裡，然後又回到這裡——就是這麼一回事。雖然陽子已經接受了這個事實，卻仍然沒有真實感。因為陽子漂流到那裡時，還在卵果中。在這個世界，人是從名為卵果的樹果中誕生的。在這個世界和那個世界產生交集時，陽子的卵果漂流到那個世界。陽子的生命雖然已經存在，但還沒有誕生。未出生的生命進入女人的胎內等待誕生，然後經由分娩，在那個世界出生，因此稱為胎果。陽子在胎果中並沒有記憶，一直以為自己和其他孩子一樣，是身為父母的孩子出生、長大——沒想到事實並非如此，當聽到她應該在這裡出生，而且是一國之王，被帶回來這裡之後，也覺得好像被綁架到一個童話世界。

她完全沒有真實感——但也許「誕生」就是這麼一回事。自己目前在這裡，所以只能接受應該是這麼一回事，陽子也只能接受這個事實。她從那裡回到這個世界，成為景王已經兩年，如今覺得在那裡的生活反而像是一場夢。在名叫日本的奇妙國家出生、長大——她覺得自己做了這場夢。

「泰麒現在幾歲了……」

陽子嘀咕道，站在她背後的景麒回答了她。景麒是慶國的麒麟，之前把陽子帶回這裡，讓她坐上了王位。

「記得泰王登基當時，他才十歲。」

「泰王是在七年前即位……所以，年紀和我差不多……」

陽子有一種奇妙的感覺。她所做的夢——有人在那個夢幻的國度，或是夢幻城市的某個地方，和她擁有共同的夢。在陽子還是年幼的孩子時，年幼的泰麒也在那裡，太不可思議了。在夢中相遇的孩子出現在陽子的現實世界中，透過冢宰和宰輔之口，告訴了她這個世界。

陽子知道，這個世界上除了他們，至少還有兩個胎果，分別是位在慶國北方的大國，雁國的王和宰輔。延王和延麒建立了治世超過五百年的大王朝，他們雖然是胎果，但他們口中的故國對陽子來說，簡直就是夢境中的夢境，那是出自歷史課本，或是在故事中，以幻想的方式出現的古代「日本」。同樣是夢幻，那屬於另一個夢。陽子當初得到了延王和延麒的奧援，才能夠順利登基，在動亂中一直受到他們的照顧，但當時她從來不曾有過和他們來自同一個夢中的奇妙感覺。

……在那個夢中的街角，也許曾經和他擦身而過。

他是戴國的麒麟……陽子想道。他遴選了泰王，建立了王朝，李齋——那個遍體鱗傷的女將軍為了營救他們，冒著生命危險前來金波宮。

「怎麼了？」

景麒皺著眉頭問道，陽子這才回過神。

「喔……不，沒事，只是有一種很奇妙的感覺。」

陽子苦笑著。浩瀚也一臉納悶地看著陽子。

「對不起，浩瀚——你接著說。」

「泰麒他，」浩瀚看著陽子說道，然後低頭看著手上的資料，「因為發生了蝕，漂流到蓬萊，成為胎果在那裡誕生，十年之後回到了蓬山。」

「十年後？十年後就十歲了？」

「怎麼了？」

浩瀚反問道，陽子搖了搖頭——這代表泰果漂流到蓬萊時，漂流到的那個胎內已經有了另一個生命。她暗自感到驚訝。泰麒的形體已經存在於母親的胎內，已經有了心跳，已經會活動了。這時，泰果漂流到那個胎中，在那裡落腳，那原本在那個胎內的生命去了哪裡？

被泰麒踢走了嗎？泰麒鳩占鵲巢，然後才誕生在那個世界嗎——自己也是這樣嗎？想到這裡，就備感奇妙，同時也備感愧疚。難道不能認為原本在胎內的生命和胎果是兩個不同的生命體嗎？這個世界的人無法回答她這個問題。

浩瀚仍然一臉納悶地看著陽子，陽子再度搖頭。

「沒關係，你繼續說。」

「……泰麒回來的同時，戴國就掛上了黃旗，開始昇山，泰王很快就登基了。慶國也保留了當時的紀錄。鳳鳴戴國一聲，通知新王登基。根據紀錄，台輔之後曾經非正式地前往戴國慶賀。」

陽子驚訝地回頭看著景麒，景麒默默表示肯定。

「所以，慶國和戴國有邦交……」

「稱不上是邦交。」景麒小聲地說：「泰果在蓬山上時，臣也正在蓬山。那次發生蝕，泰麒漂流去蓬萊時，臣在蓬山。之後，泰麒回蓬山時，臣也剛好回蓬山，當時見到了泰麒……就是因為這樣的關係。」

「是喔。」陽子奇妙地小聲嘀咕——夢中的孩子曾經和眼前的麒麟見過面。

「所以她——李齋才會來慶國嗎？來請泰麒相識的景麒幫忙。」

景麒偏著頭：

「這——就不清楚了，臣並沒有見過劉將軍。」

「和泰王呢？」

「見過，他看起來的確非比尋常。」

浩瀚也微微偏著頭說：

「除了台輔有兩次私人訪問以外，兩國並沒有其他交流。事實上，慶國之後也陷入動亂，台輔並未去參加泰王的登基大典，官吏之間也沒有審議是否要派使節前往慶賀，這代表兩國之間並沒有需要正式派使節的邦交。」

景麒點頭表示肯定。

「總之，新王登基了——沒想到半年之後，戴國派來敕使，說泰王駕崩了。」

陽子眨了眨眼睛。

「敕使嗎……鳳呢？如果王退位，鳳不是會鳴戴國末聲嗎？」

「的確如此。王即位時，白雉會鳴一聲，王退位時會鳴末聲，照理說，鳳會鳴聲通報，但當時鳳並沒有鳴聲，至今也尚未鳴戴國末聲。也就是說，無論怎麼想，都覺得泰王不可能已經駕崩或是退位。」

陽子翹著腿，托腮沉思。

「我以前曾經從延台輔口中聽過類似的情況……雖然盛傳泰麒已死，但根據實際情況，判斷他應該沒死。一旦泰麒死了，蓬山上就會結出下一個麒麟的果實，但蓬山上至今仍未結出有麒麟的果實——泰果。」

「對，敕使送來的書狀中提到，只有泰王崩殂，並沒有提及泰台輔，但之後泰台輔就完全失去了消息。同時，戴國出現了難民潮，雖然也有人說泰台輔已死，只不過既然鳳未通報台輔登遐，應該認為只是謠傳而已。不久之後，聽說有新王即位，但既沒有派敕使前來，鳳也未鳴聲通報。」

「難民說什麼？」

「眾說紛紜，有人說偽王出現，也有人說泰台輔遴選了新王。也有人說泰王崩殂，目前王位無人，但最常見的說法是宮中有人謀反，弒殺了泰王，泰台輔也落入叛賊之手。」

即使是自己國家的事，王宮內部的情況也很難傳到宮外，很多都是以訛傳訛，因此百姓很難瞭解正確的情況。

陽子吐了一口氣。

「無論怎麼想，泰王和泰麒似乎都沒有死，李齋說，泰王離開了宮城，所以應該就是如此。也就是說，出現了偽王。偽王謀反，泰王和泰麒離開了宮城。」
「應該是這樣，但偽王是沒有正當性的王——空位時代，謊稱得到天命而自立為王，所以嚴格來說，目前的情況並不能稱為偽王。」
「喔，對喔，因為正當的王還活著。」
「正是如此。總之，劉將軍是瑞州師的將軍，瑞州是戴國的首都州，劉將軍之前屬於王宮的中樞，對戴國的內情也掌握了最正確的消息，和我們目前掌握的消息也沒有出入，所以將軍應該並非假冒身分。」
陽子瞪了浩瀚一眼。
「這代表你曾經懷疑李齋嗎？」
「臣只是確認而已。」
浩瀚很乾脆地回答，陽子嘆了一口氣。
「算了，李齋說希望我們幫忙，但我並不知道具體該做什麼，如果只是偽王自立為王……」
「是啊，至少必須先瞭解泰王的情況，以及泰麒目前的狀況。」
「問李齋最快……瘍醫說什麼？」
浩瀚輕輕皺起眉頭。
「據說目前還沒有把握。」
「是喔……」

「聽台輔說，泰王、泰台輔和延王、延台輔也有交情，而且戴國難民逃到雁國的人數最多，目前已寫信給雁國的夏官和秋官通知了劉將軍的事，希望如果他們瞭解情況，盡快通知我們，近日內應該會收到回覆。」

陽子點了點頭，隨侍的書記官女史走進積翠台，報告李齋已經醒了。陽子立刻趕去花殿，但李齋又睡著了。接獲通知後趕到的瘍醫對陽子表示，他對李齋的病情很樂觀。

「而且還有珍貴的碧雙珠，也許近日就會好轉。」

「是喔……」

陽子點了點頭，低頭看著病體衰弱的女將軍。

「竟然傷得這麼嚴重……」

她為了拯救自己的國家，遍體鱗傷來到這裡。

——無論如何都要助她一臂之力。

雖然陽子並不知道自己能夠幫上什麼忙。

她想要救這位女將軍，也想拯救戴國——還有泰麒。

6

李齋眉間用力，激勵著再度想要墜入沉睡的自己睜開眼，看到一張男人的臉。

「好像在說什麼夢話——」

男人原本把耳朵貼近李齋，隨即停了下來，看著李齋，露出了笑容。

「啊，她醒了。」

李齋覺得眼前這張臉很熟悉，卻想不起來曾經在哪裡見過。一個年輕女孩從男人身後跑了過來，探頭看著她的臉，李齋也覺得好像見過那個女孩。

——他們是誰？白圭宮內有這兩個人嗎？

李齋努力回想，頓時感到一陣暈眩，呼吸困難，身體發燙，全身都覺得疼痛。

「妳還好嗎？還認得我嗎？」

男人一臉擔心地問，李齋終於想起來了。

——對了，這裡不是戴國，而是慶國，自己終於趕到這裡了。

「我是虎嘯……妳還認得我嗎？」

李齋點了點頭。視野漸漸開闊、清晰起來，她知道自己躺在天花板很高的臥室中。不僅天花板很高，房間也很寬敞，床邊有一張黑色桌子，男人坐在桌旁，探頭看著李齋的臉。

「虎嘯……大人。」

「嗯，妳太了不起了……妳終於撐過來了。」

男人眨著眼睛，似乎很受感動，站在虎嘯背後看著李齋的女孩也用袖子擦拭著眼睛。

太驚訝了，自己竟然還活著。

李齋輕輕舉起雙手，左手出現在視野中，但右手沒有出現。她看向右手，發現放在被子上的睡衣袖子沒有厚度。

虎嘯露出歉疚的表情。

「右手真的沒辦法……能夠把妳救活，就已經是奇蹟了。雖然妳會很難過，但千萬別感到失望。」

李齋點了點頭。自己失去了右手。之前被妖魔攻擊，受了重傷，她將傷口綁緊止血，結果傷口就化膿了——那條手臂當然不可能保住，她到堯天時，右手臂已經是只要輕輕一碰，就好像隨時會掉下來的狀態。不知道是自行斷裂，還是為了治療傷口割斷的。

但是，她並沒有特別難過。雖然失去慣用手臂，就無法繼續當將軍，但無法拯救主上的將軍，有什麼資格稱臣？那條手臂不要也罷。

虎嘯把手伸到李齋的脖子下，輕輕扶起她的頭。女孩把茶杯放到她嘴邊，有什麼東西流進嘴裡。她覺得以前從來沒有喝過這麼甘甜，這麼香氣宜人的東西，但舌頭很快就發現那只是普通的水而已。
女孩把茶杯拿開，男人笑了起來。
「妳已經沒事了，真是太好了。」
「……我……」
「現在終於知道妳為什麼這麼魯莽，妳說了該說的話就昏倒了，幸虧陽子在場。」
「景王呢？」
「只要瘍醫同意，可以隨時請她過來。」
李齋點了點頭，虎嘯把她放下後站了起來。
「鈴，麻煩妳照顧她。我去叫瘍醫，順便通知陽子。」
「嗯，你趕快去。」
李齋目送虎嘯離去，視線轉向臥室的天花板。
「我……到底浪費了多少時間？」
「妳可別這麼說，因為妳需要充分休息——妳上次醒來已經是三天前的事了，從妳昏倒到現在，已經過了快十天了。」
「……這麼久……」
自己只是閉一下眼睛，竟然睡了這麼久？竟然浪費了這麼多時間？
李齋為自己浪費了這麼多時間感到痛苦不已，伸手摸向喉嚨。指尖摸到了又圓又光滑的東西，她握起來一看，才發現脖子上掛了一個圓珠子。

「照理說，這是主上才能用的，但陽子——」
女孩說到這裡，噗哧笑了起來。
「但主上威脅冬官，堅持要給妳用。」
「為……我？」
「這是慶國珍藏的珍寶，妳真的運氣很好，如果妳在其他地方或是其他王宮昏倒，可能就沒救了。」
「是嗎……？」
李齋不知道該不該感到高興。
——花影。
閉上眼睛後，只聽到風聲。她指尖摸著的珠子冰冷，冰冷的感覺讓她想起了離別的友人。
——花影，我來到這裡了……
花影是比李齋年長十歲，面容溫順的女官吏。她是非分明，但很善良，處事小心謹慎，甚至會讓人誤以為她很膽小。最後一次見到她是在戴國南部的垂州，李齋和她在那裡道別，獨自直奔慶國。
——李齋，萬萬不可。
花影在風中發著抖對李齋說道。她的聲音很溫柔，語氣卻很堅定。花影的表情和聲音都表示斷然拒絕。李齋很難過，因為她原本希望至少能夠得到花影的理解。

「太卑鄙，太可怕了。」

李齋和花影終於甩開了追兵，來到垂州的山丘上，準備投靠垂州侯。垂州的首都位在紫泉，雖然已是春天，但面對紫泉凌雲山的山丘上冷風直吹，回頭可以看到山麓下小規模的廬。廬周圍的農地一片荒蕪，只有兩、三個令人鼻酸的冢墓，沒有人祭拜，任其荒廢。

爬上這座山丘前，李齋和花影去的那個廬已經沒有居民住在那裡，只有幾個離開了荒廢殆盡的故鄉，想要逃到離他國較近地區的旅人，躲在搖搖欲墜的房子內取暖。那幾個旅人給李齋和花影喝了開水——然後，她們聽到了那個傳聞。

慶國有一個胎果的王登基了。

「聽說是很年輕的女王，我有一個親戚住在港城，聽那個年輕人說，是去年登基的，年紀和台輔差不多……」

那個傷痕累累的女人無力地說道。垂州是妖魔的巢穴。肅清已經席捲整個戴國，聽說只有垂州躲過一劫。女人和其他人離鄉背井，逃來這裡，短短半個月的行程，就只剩下這些人而已。她懷裡抱著一個裹著破布的孩子，但李齋和花影來到此地後，那個孩子始終沒動過一下。

「如果台輔平安無事，聽說差不多就是那個年紀。」

李齋向他們道了謝，離開廬家時，看到了一線希望。

「年歲十幾的女王……是胎果。」

李齋握著綁在門口的騎獸韁繩時喃喃自語，花影詫異地回頭看著她問：

「怎麼了？」

「花影，妳覺得呢？景王應該很思念故鄉吧？」

「李齋？」

「她一定很懷念故鄉蓬萊，對和故鄉有關的事物也會感到親切，妳不覺得嗎？」

也許是因為李齋說話的語氣中帶著興奮，花影露出聽不懂她在說什麼的表情。

「台輔也是胎果，年紀也和景王很相近。景王得知台輔的事，難道不會想要見面，想要拔刀相助嗎？而且，剛才那個女人不是說，慶國有雁國這個強大的後盾嗎？」

花影目瞪口呆。

「妳該不會想要尋求慶國的協助？怎麼可以？」

「為什麼不行？」

「李齋──王不可跨越國境，一旦用武力跨越國境，便犯下了即刻遭報應之罪，王不可以為他國用兵。」

「但是，妳剛才不也聽到了嗎？延王出兵援助慶國，景王借用了雁國的兵力進入失控的慶國。」

「兩者的情況不同，當時景王在雁國，並不是延王跨越國境，是景王借用了雁國的王師回到自己的國家……但是，目前主上並不在戴國。」

「但是……」

「妳不知道才國遵帝的故事嗎？」

「遵帝的故事？」

「以前，才國遵帝為範國的荒廢感到憂心，派了王師前往拯救範國百姓，結果遭到報應崩殂了。即使是為了拯救百姓，上天也不允許王率領王師跨越國境，怎麼可能會有王願意重蹈遵帝的覆轍？」

李齋低下頭，然後猛然抬了起來。

「對了……景王是胎果，也許並不知道遵帝的故事。」

「太卑鄙，太可怕了。」

花影憔悴而蒼白的臉因為驚愕和嫌惡而扭曲著。

「妳為了拯救戴國，不惜讓慶國沉淪嗎？妳剛才的話就是這個意思。」

「這……」

「不可以，李齋，萬萬不可。」

「那……」李齋咬牙切齒地說：「這個國家該怎麼辦？」

李齋用緊握的韁繩指著山麓。

「妳看那個廬，看看在那裡的人，這就是戴國的現狀。主上下落不明，台輔也不知去向，這個國家有誰可以拯救戴國！」

李齋一直在尋找——這幾年都在尋找。雖然帶著叛徒的罪名遭到追捕，但她仍然持續尋找，始終無法找到泰麒，也找不到驍宗，完全找不到他們的消息。

「雖然春天已經來臨，有多少農地在耕作？如果今年秋天沒有收成，百姓只能活活餓死。如果不趕快行動，冬天很快就來臨了。每年冬天，原本的三個廬變成兩個廬，兩個廬又減少為一個廬。今年冬天之後，到底還有多少百姓能夠活下來，妳以為戴國還能有幾個冬天！」

「但是……也不能因為這樣，唆使慶國犯罪。」

「戴國需要別人的協助。」

花影轉過頭表示拒絕。

「……我要去堯天。」

李齋小聲說道，花影露出哀傷的眼神看著李齋。

「拜託妳，萬萬不可。」

「即使去投靠垂州侯，也只有自己能夠得到安全，而且也沒有人能夠保證這種安全。也許垂州也和其他州一樣已經衰敗了，也可能逐漸走向衰敗，到時候又要逃往他處。」

「李齋！」

「……這是唯一的方法……」

「李齋，那我們只能分道揚鑣了。」

花影握在胸前的手指顫抖著，好像隨時都會哭出來。李齋看著她，點了點頭。

「……那也無可奈何。」

李齋是在王宮裡認識了花影，她們建立了友情，也都被趕出宮城。數年之後，終於在今年冬天，在花影的故鄉藍州重逢。她們在藍州熬過了一個冬季，為了擺脫追兵，兩人一起來到垂州。

花影目不轉睛地注視著李齋，終於用袖子掩著臉，發出輕微的嗚咽。

「垂州是妖魔的巢穴，聽說越往南，沿岸一帶的妖魔肆虐更嚴重……」

「我知道。」

花影用袖子遮住了臉，點了點頭，當她再度抬起頭時，露出了堅毅的表情，那是曾經當過藍州的州宰，之後被拔擢為六官之一的秋官長大司寇的優秀官吏應有的表情。花影帶著這個表情行了一禮後轉身離去。

——的確很卑鄙。

李齋想道。

真希望景王不知道遵帝的故事，李齋期待她對和故鄉有關的事物感到懷念，受到感情的影響決定拯救戴國。一旦景王舉兵救戴，慶國就會沉淪。王師一旦跨越國境，景王可能就會重蹈遵帝的覆轍，即使如此，慶國的王師仍然留在戴國，李齋至少可以掌握一軍的兵力。

自己要做的事很殘忍。

花影頭也不回，也沒有放慢腳步，沿著山丘走向紫泉的方向，好像在拒絕李齋。李齋目送她離去，抓住了騎獸的韁繩，飛燕不安地看著李齋和花影的背影，李齋看著飛燕說：

「只有我一個笨蛋繼續為拯救戴國掙扎了……」

李齋撫摸著牠脖子上富有光澤的黑毛。

「你應該還記得他，對嗎？」

李齋把頭靠在飛燕的鼻尖，腦海中想起一個聲音。

——李齋！

他總是欣喜地大聲叫著，跌跌撞撞地跑過來，然後每次都會問相同的話。

——我可以摸飛燕嗎？

「你還記得他的小手，對嗎？你很喜歡台輔……」

喀嗯。飛燕輕輕叫了一聲。

「你願意和我一起，成為戴國最後的笨蛋吧……飛燕，你願不願意和我同行？」

飛燕用漆黑的眼睛看著李齋，沒有發出任何聲音，只是默默彎下身體，催促李齋騎在牠身上。李齋把頭埋進飛燕的脖子，跳上了鞍韉，握著韁繩看向紫泉的方向，發現有一個人影站在那裡，不安地注視著自己。

（……花影。）

——妳為了拯救戴國，不惜讓慶國沉淪嗎？

蔑。

李齋空虛地看著臥室的天花板，天花板上浮現的那個面容滿是嫌惡和對她的輕蔑。

（……但是，我是為此而來。）

她不僅抵達了，而且還活了下來——景王救活了她。

李齋忍不住閉上眼睛。

（這必定是命運……）

＊

汕子深深吐著氣。四周都是亮黃色的黯闇，這是狹小卻無盡頭的「某處」。

——終於趕上了。

這次終於沒有和他分離，終於沒有失去他。當隱約的焦躁消失，因為鬆了一口氣，反而陷入了茫然。

「這裡是——」

聽到亮黃色的黯闇某處傳來一個聲音，才終於回過神。

聽到那個略微驚訝的聲音，汕子終於徹底清醒了。

「傲濫？」

「牢籠。」

在當時的混亂中，牠也追上來了嗎？汕子不禁有點感慨，當她正想要反問：「牢籠？」時，發現了一件事。

這是在泰麒的影子中，汕子並不清楚這個熟悉的影子到底在哪裡，只知道是投下亮黃色黯闇的某處，卻不知道到底有沒有上下，有沒有盡頭。

汕子和其他妖睡覺的方式不同於獸類或人類，所以不知道是怎麼回事，如果知道的話，一定會以為自己在做夢。她隱約知道在「某處」，卻不知道到底在哪裡，是怎樣的地方，甚至不知道到底是投下了亮黃色的陰影，還是亮黃色光芒微弱地照射。

然而，這個「某處」很狹小，她很明顯感覺到狹小，好像被封閉在牢固而堅硬的東西中，但並非只是因為金色的光比平時更微弱、更虛幻的關係。

——的確是牢籠。被關進了牢籠。

「這是……」

雖然她低聲嘟噥，但呼吸並沒有通過喉嚨的感覺。可能只是產生了這樣的想法，想要嘟噥而已。

「這個殼是怎麼回事？」

傲濫的聲音——可能也只是以為自己聽到了聲音——中充滿了困惑。

「殼……」

是泰麒。她直覺地想到。泰麒被看起來極其頑固的東西困住了。

汕子試著將意識移向外側。平時汕子的意識離開「某處」後，就可以碰觸到泰麒周圍的氣脈，如今卻被頑強的抵抗擋住了。

「無法離開影子……？」

不，並非不可能，只要加強念力，一定可以設法突破抵抗，但是，她預感會消耗極大的能量，需要非比尋常的毅力，而且必定會伴隨著極大的痛苦。

而且，汕子巡視周圍——她覺得自己在巡視。

光很微弱。泰麒的氣場很小，汕子感受不到耀眼的光芒，好像飄落的雨絲般的氣脈像游絲般細弱。

「被封閉住了……」

聽到傲濫的聲音，汕子感到不寒而慄。

麒麟是妖，妖類必須靠來自天地的精氣，才能維持超越獸類和人類範疇的能力，如今，泰麒接收到的精氣很微弱。使令以這種精氣為食，如今精氣卻變得如此稀薄。

吸收精氣的入口變小了。不是泰麒周圍的氣脈變弱，而是泰麒無法吸收這些精氣——他的角斷了。

——這是自食。

如果汕子他們吸收泰麒的精氣，就會對泰麒造成影響。靠目前吸收的精氣，不足以維持汕子和傲濫的命脈。

——明明有敵人。

敵人攻擊了泰麒。泰麒突然轉變，而且發生了鳴蝕。泰麒應該不知道如何引發鳴蝕。雖然這是上天賜予麒麟的能力，但泰麒對麒麟的能力一知半解，他遭遇到憑著本能引發鳴蝕的重大狀況，這必定與他的角受到重傷有關。而如此重大的事件，偏偏發生在汕子和傲濫去驍宗身邊瞭解情況之際，這件事必定早有預謀。

有人故意讓汕子遠離泰麒，然後趁機攻擊泰麒。只要麒麟登遐，王就會隨之崩殂。這是謀反。汕子嘟噥道。

——但是，到底是誰？

汕子在鳴蝕發生時，看到了一個人影，但無法看清到底是誰。

那個人影就是攻擊者嗎？那個人就是謀反的首謀嗎？那個人成功地利用傳聞把驍宗誘往文州，然後唆使泰麒派汕子和傲濫去找驍宗。最後在汕子他們離開，泰麒毫無防備的情況下進行攻擊，但是，敵人襲擊泰麒的行動失敗了，至少沒能奪走泰麒的性命。敵人發現之後，可能會再度襲擊泰麒，但是，汕子和傲濫無法自由行動。

怎麼辦？亮黃色的黯闇中響起傲濫的聲音。

「趕快入睡。」

睡覺時最不耗精氣，獸類睡覺時並不會毫無防備，會放鬆意識，感受周圍的動靜，只有肉體休息。

「絕對不能懈怠——敵人可能會追來。」

他恍恍惚惚，在黑白相間的布幕引導下，來到獨棟房子的門口。大門周圍和玄關擠滿了身穿黑衣的人，空氣中瀰漫著菊花和沉香的味道。那些人發現他，發出驚叫聲，大人紛紛跑了過來。身穿黑衣的一男一女出現在人牆的後方，女人哭倒在地，後方有一張被菊花包圍的老婦人照片，這時，他才終於知道這棟設置了祭壇的房子是哪裡。那是自己的「家」。

——你之前去了哪裡？

——怎麼了？發生了什麼事？

——已經一年了。

七嘴八舌的聲音好像海浪般打來，他差一點被淹沒。指甲掐進皮膚的疼痛把他拉回了岸邊，跪在他面前放聲大哭的女人的指甲掐進他兩隻手臂。

「……媽媽？」

他眨著眼睛。為什麼媽媽哭得這麼傷心？他感到不解。

為什麼有這麼多人在家裡？為什麼大家都在大聲說話？這塊黑白相間的布幕是什麼？為什麼祖母的照片會掛在這裡？

他偏著頭納悶，住在附近的一個女人探頭看著他的臉問：

「這段時間你去了哪裡？」

「……這段時間？」

在他反問的瞬間，他的腦海中閃現了無數畫面，但他還來不及釐清，就已經消失了，只剩下深深的空洞。空洞深處飄著雪，又大又重的雪片飄落在中庭。

他站在中庭。被祖母斥責，他被趕到中庭，然後——

「我為什麼會在這種地方？」

在他向周圍的大人發問的瞬間，沉重的蓋子在他體內落下，身為獸所擁有的一切都和失去的角一起被牢固地封印了。

「這種地方——？」

女人搖晃著他的肩膀。

「你不記得了嗎？你失蹤了一年，爸爸和媽媽，還有大家都擔心得要死。」

「我嗎？」

我剛才還在中庭啊。他想要伸手指向中庭，手卻碰到了不知道什麼時候變長的頭髮。他帶著奇妙的心情抓住自己的頭髮。

「我猜想，」旁邊的老人按著眼角，「一定是祖母把他叫了回來，為了見他最後一面。」

老人說完，看著周圍的其他人說：

「先讓他們家人好好聚一聚，讓他在出殯之前好好道別。」

「是啊。」在眾人表示同意聲中，他跟著仍然淚流不止的母親走進了家裡。

他在這個世界的時間再度啟動，同時，這也代表他已經不記得的另一個他——身為泰麒的他開始了漫長的自我喪失。

第二章

1

李齋靠在靠枕上。

「會不會不舒服？」

李齋知道這個問話的女御有一個奇特的名字，她叫鈴。李齋上次醒來時，還是沒有見到景王。在瘍醫為她療傷時，她再度昏睡過去。

之後曾經數度醒來，但瘍醫囑咐不能面會。這一天，瘍醫終於解禁——已經是兩天之後了。

「……給妳添麻煩了。」

她很久沒有坐起來了。身體比她想像中更虛弱，光是靠在靠枕上，就有點喘不過氣。瘍醫不允許她下床，所以李齋只能在臥室見客。

鈴為她擦了臉，梳了頭髮，幫她披上一件薄襖。這個女官負責李齋的生活起居。景王剛登基不久，宮中人手可能並不充裕，也可能因為不信任李齋，擔心萬一李齋心懷不軌，所以只派一名女官在此。

鈴為她梳理完畢後，三名客人走了進來。第一個走進臥室，在李齋枕邊坐下的人有著一頭令她難以忘記的紅髮——是景王陽子。

「……妳身體有沒有好一點？」

「託景王的福，讓在下撿回一命，在下由衷表示感謝。蒙景王如此關照，在下卻在景王面前如此狼狽，懇請景王恕在下無禮之罪。」

「這種小事不足掛齒，我知道妳很擔心，還是請妳先養好身體。我雖力有未逮，但會盡力相助，有任何需要，直說無妨。」

看起來年約十六、七歲，還帶有幾分生澀的年輕女王，言談之中充滿真誠。李齋原本以為景王更軟弱無能，看到眼前的景王有幾分武人的氣派，不禁感到有點意外——沒錯，景王和泰麒不一樣。李齋這才發現，因為聽到同是蓬萊出生，就毫無根據地認為景王也和泰麒大同小異。

「……謝景王。」

「可以稍微和妳聊幾句嗎？如果妳不舒服，直說無妨。」

「不，在下前來參拜，正是有事想要稟報景王。」

陽子點了點頭，看著身後的兩個男人。

「雖然進入女人的臥室是無禮之舉，但希望妳可以同意他們在場。這位是敝國的冢宰浩瀚，那位是景麒。」

聽到陽子的介紹，李齋再度發現自己以泰麒為基準想像一切，忍不住苦笑起來——沒錯，金髮者當然是麒麟，但戴國的麒麟是黑麒，所以有著一頭好像擦亮的鋼鐵般銀黑色頭髮。

「景台輔，久仰大名。」

李齋說道，景麒驚訝地看著她。李齋笑著說：

「在下經常從台輔……泰麒口中聽說景台輔。在下有幸得到台輔的厚愛，台輔經常告訴在下，景台輔為人善良，幫了他很多忙。台輔很景仰景台輔。」

李齋說完，景麒不知所措地移開了視線，景王也驚訝地回頭看著景麒。

「……怎麼了？在下說了什麼失禮之言嗎？」

「不。」景麒小聲嘟噥。陽子笑了起來。

「沒這回事，我只是聽到稀奇的事，有點驚訝而已……關於泰麒的事，希望妳告訴我們，在戴國到底發生了什麼事。」

「遵旨，」李齋點了點頭，「該從何說起呢……」

戴國先王的謚號驕王，曾經治世一百二十四年。

驕王崇尚奢華，窮奢極侈，但在政治上謹守最後的分際。他將耽溺玩樂的同好召入宮中，後宮嬪妃如雲，花錢如流水，將國庫揮霍殆盡，但絕不賜予這些玩伴官位，也絕對不讓他們參與政務，因此被認為「於寢暗，於朝明」的王。

姑且不論驕王施政是否賢明，至少在朝廷上，驕王並非昏昧庸碌之王。他重視傳統，重視道義，也重視秩序，不喜急劇變化和改革，治世穩健堅實。在驕王治世末期，國庫財政短絀，國家陷入窮困，但和他國相比，他將國政腐敗控制在最小限度。雖然有品行卑劣的官吏利用可乘之機侵蝕王朝，驕王崩殂後，貪腐行為更加變本加厲，所幸戴國尚未走向窮途末路，因為州侯和官吏、軍人中仍不乏通達事理的人才。驍宗正是其中翹楚。驍宗原為禁軍將軍，是深得先王信任的寵臣之一。他熟悉國政，也有眾多人才對他景仰有加。驍宗麾下軍吏和部屬個個精良，驍宗軍威名遠播首都州以外的八州，驍宗接受泰麒的誓約登基後，迅速調整朝廷，戴國邁向了新的時代。

——驍宗早已為登上王位做好準備。

眾人皆認為如此，這也的確是事實。

驍宗預料先王天命將盡，無論是否有新王即位，戴國都將經歷一場動亂，深知需要足夠的人才支撐已經走向荒廢的國家。驍宗培養了部屬和軍吏。驍宗領地的戶縣被稱為「小戴國」，乍縣的文官武官雖然只是一介縣吏，卻深諳國政，比前六官更詳細瞭解戴國的國情，從驕王朝的末期開始已投入國政，在日益衰敗的王朝發揮了防波堤的作用。

當時，有不少人預料到驕王的命數將盡，李齋也深知驕王朝已經嚴重衰敗，正一步一步走向沉淪，不久的將來就會完全沉淪。李齋如此確信，但也只是確信——僅此而已，從來不曾想過驕王崩殂後需要什麼，目前必須做什麼，奇妙的是，當時完全沒有想到需要思考這些問題，只有驍宗與眾不同。這就是自己——以及和自己一樣的人與驍宗之間壓倒性的差異。

驍宗送去朝廷的那些舊部屬支撐了衰敗的朝廷，在驕王崩殂後，支撐著不斷沉淪的國土，這些人也成為新王朝的支柱，驍宗的朝廷在改朝換代之後不久，就建立了牢固的體制。新王登基後，朝廷通常都會陷入極度混亂，需要相當一段時間，才能讓六官諸侯適材適用，只有驍宗例外。和其他朝代所需的歲月相比，驍宗的朝廷幾乎在一夜之間就整頓完畢，簡直是前所未聞的奇蹟。

——事件就發生在驍宗登基的半年後，戴國北方的文州爆發了大規模的暴動。

2

「——聽說文州發生了內亂？」

李齋走進內殿，發現幾個主要寵臣都已到齊。應召趕到內殿的李齋問話後，夏官長大司馬芭墨開了口。

「文州原本就是多事之州。」

芭墨說完，摸著花白的鬍鬚。

戴國北部——位在瑞州北方的文州冬天一片嚴寒，雖然東北方的承州冬季也很冷，但承州有許多耕地，森林資源也很豐富。相較之下，文州地勢陡峭，缺乏耕地，僅有的幾處玉泉成為民眾的生活來源，但玉泉也因為百姓常年聚集淘玉而開始枯竭。寒冷貧瘠——文州就是這樣的地方，聽說州政失序，民心惶惶，而且也多次發生內亂。生活困苦的百姓忍無可忍，紛紛揭竿而起，但更多是因為霸占玉泉和礦泉的惡質土匪——在那片土地上居住多年的匪賊為了權利、利益和私怨發生暴動，進而發展成內亂。

「可能是州侯更迭後管制鬆懈所致。因為之前的州侯是凶神惡煞，簡直就像是土匪的頭目，論殘虐粗暴，比土匪有過之而無不及，正因為如此，所以可以壓制住那些土匪。」

李齋點了點頭。前任文州侯的確冷酷毒辣，在貧窮的文州也營私舞弊，中飽私囊，原來這種人也有可取之處。

「州侯更迭後管制鬆懈，導致土匪日益囂張。說是內亂，其實是土匪和縣吏之間發生的紛爭，進而發展為暴動，但聽說土匪趁勢占領了縣城，向附近的里廬伸出魔爪，所以也不能姑息。」

「不能讓他們的氣焰繼續囂張下去，必須讓他們知道，家有家規，國有國法。」

禁軍左軍將軍巖趙用宏亮的聲音說道，他巨大的身軀充滿鬥志，但說話時並沒有緊張的感覺。在場的所有人都一樣——因為他們之前就已經預料到這種情況。

新年之後，戴國進行了大規模的肅清，除了掃除惡毒的官吏，更希望誘出在元惡大奸下蠢蠢欲動的惡賊。當時就已經預料到，一旦撤換惡名昭彰的文州侯，文州的管制必定會鬆懈，土匪就會日益猖獗。

「如果謹慎行事，那些傢伙就會目無王法，絕對不能讓這種情況發生，必須立刻派兵瓦解土匪的勢力，讓他們知道王師的厲害！」
「當然必須嚴懲這些土匪，問題在於是不是要立刻行動，必須考慮時機的問題。如果目前按兵不動，文州各地的土匪也會伺機而動，到時候就可以一網打盡，也更能夠彰顯國家的威力，只不過一旦錯過時機，野火就會擴大，萬一無法順利滅火，國家的威信就會蕩然無存。」
巖趙不以為然地看著芭墨。
「你這個老爺子還是這麼沒血沒淚，那些狗賊已經把魔爪伸向縣城附近的里廬了，你倒是想一想在那裡生活的百姓目前的處境。」
「如果有血有淚，怎麼可能成為夏官和軍吏呢？」
「言之有理。」巖趙搖晃著龐大的身軀，爽朗地笑了起來。
「如果奉敕旨討伐，就事不宜遲。」
英章用極度冷靜的語氣插嘴說道。他是禁軍中軍的將軍，英章和巖趙以前都是驍宗軍的師帥，驍宗軍有好幾個赫赫有名的部屬，英章是其中最年輕的。
「我和老爺子一樣，也沒血沒淚，但既然要出兵，還是越早越好。」
英章自嘲地說道，皺起了眉頭，做出沒血沒淚的樣子。
「一旦冰雪融化就很麻煩。不但路不好走，當周圍的冰雪融化時，那些匪賊就會逃進山裡。文州的山上有很多玉泉坑道的洞穴，一旦他們躲去那裡，就很難對付。」
「沒錯。」其他人表示同意，李齋內心也表示贊同。一旦匪賊躲進坑道，就很難繼續追擊。如果想要打擊文州的匪賊，讓他們日後不得輕舉妄動，就必須速戰速決，不能讓追擊戰變成持久戰，藉由迅速平定內亂，昭顯國家威信，打擊土匪，否則就失去了出動王師的意義。

在場所有人的視線都集中在驍宗身上，徵詢他的意見。

「……此事就由英章，出動中軍前往鎮壓。」

巖趙和芭墨正想提出異議，驍宗用眼神制止了他們。

「我並非同意英章的意見，只是時機問題、威信問題和壓制土匪日後行動這些細微末節，並非眼前的當務之急。」

「您說這些是細微末節？」

英章面帶不悅地問，驍宗很乾脆地點著頭。「不值得為這些細微末節費神，眼前最大的問題並不是土匪，而是百姓。必須討伐、鎮壓土匪，讓百姓瞭解有國家在保護他們。」

李齋恍然大悟，她發現其他人也都倒吸了一口氣。在場的所有人都羞愧地閉口不語。

「英章，你率領中軍和文州師會合，共同討伐土匪。即使不打勝仗也無妨，但要把縣城內的土匪一掃而光，中軍攻下縣城後，繼續留在文州，協助文州師加強都市的防備，不要勉強追擊土匪，必須讓百姓瞭解，有國家撐腰，不需要再害怕土匪，安定民心是目前的當務之急。」

「遵旨。」英章恭敬回答。不光是英章，驍宗的部屬都完全信任驍宗的意見。無論朝議時吵得再凶，一旦驍宗做出決定，就可以迅速整合意見——這是李齋根據目前為止的觀察學到的經驗。

英章在最短的時間內整備了中軍，出發前往文州。一個月後傳來消息，已經攻下縣城，差不多就在那個時候接獲消息，文州的其他地方有土匪動亂。

總共有三個地方發生動亂，其他地方也頻傳紛爭，看起來不像是突發性的暴動延燒，而是有組織的內亂。在半個月後，事態進一步擴大，土匪最初占領縣城顯然是文州整體內亂的一環。霜元率領的瑞州師左軍被派往戰地，驍宗也親自率領半數禁軍右軍親赴文州。各地的暴動相互串聯，動亂的中心逐漸移向位在文州中部的轍圍縣城附近。

——轍圍是和驍宗有淵源的縣城。

驕王統率的王師六軍的六名將軍中，有半數是不敗將軍，但驍宗並沒有名列其中。

深受驕王寵信的左軍將軍曾經在轍圍打過敗仗。

在驕王治世末期，轍圍不堪驕王的榨取，關閉了公庫，拒絕徵稅。文庫師立刻趕到，想要打開公庫，但周邊的居民集結，固守在轍圍，持續抵抗。最後由驍宗率領王師解決事態。

驍宗到達輸圍後，左軍一萬兩千五百名兵力立刻包圍了轍圍，同時讓包圍轍圍的州師撤退。

同行的巖趙、英章等師帥立刻提出異議，州師兩軍的兵力都無法攻下轍圍，禁軍只有一軍的兵力，怎麼可能攻下轍圍？

「根本是亂來。」巖趙厲聲說道，英章對他嗤之以鼻：

「你還真謙虛啊——這當然不是亂來，州師二軍打不下來，我們打起來不是更有勁嗎？只不過不可避免地會打持久戰，我可不想在歸途時遭遇大雪。」

「的確，」當時的師帥——之後的瑞州師左軍將軍表示同意，「一旦後方的山被大雪封閉，物資和人員都無法自由來往，文州沒有足夠的糧食可以供應我們到春天，必須在冬天來臨之前班師回朝。」

「物資可以從乍縣運送過來。我已經命令正賴打開義倉，在山路被大雪封閉之前做好過冬的準備。」

「這簡直是侮辱，」英章站了起來，「即使再怎麼棘手，也不可能拖延到冬天。驍宗大人竟然如此侮辱我們！」

「我無意侮辱各位，只是希望各位做好心理準備，最壞可能要在這裡過冬。」

「既然認為這麼難對付，就應該把州師叫回來，和那些廢物聯手作戰，雖然那些傢伙可能只會扯後腿。」

「我們不會借用州師的兵力，讓州師帶附近里廬的百姓去避難。因為即使打開了義倉，也無力供應附近的百姓。我們不可能自己吃飽肚子，眼看著百姓承受飢餓，但也不能減少士兵的糧食，這攸關生命，也關係到士氣。」

「趕快把轍圍打下來不就解決了嗎？只要在四周放火，三天就能夠攻打下來。如果借用州師的兵力，半個月也能夠搞定。雖然州師都是一些烏合之眾，但至少可以當作擋箭牌。」

「英章，我們是為何而來？」

「當然是討伐逆賊啊。」

「為什麼他們是逆賊？」

被驍宗這麼一問，英章感到詞窮。那些人當然是逆賊。既然對抗王的旨意，就理所當然成為逆徒。只不過——

「今年是冷夏，文州即將迎接嚴冬，卻沒有足夠的物資過冬。如果奉王的旨意，交出公庫內的糧食，百姓只有餓死一途，所以他們才會抗拒，不是嗎？」

英章抬頭說：

「主上下令討伐逆徒，既然王稱他們為逆賊，對我們來說就是逆賊，這不就是禁軍嗎？」

「原來如此，」驍宗冷笑著說：「原來你是主上養的狗。那我問你，王究竟是什麼？」

英章沉默不語。

「如果轍圍的百姓侵害了其他地方的百姓，為了萬民的利益，即使大肆誅殺也毫不足惜。轍圍的百姓拒絕賦稅，就會影響到其他縣里，為此必須攻下轍圍，打開公庫——但是，有必要趕盡殺絕嗎？」

幕營內陷入了沉默。

「我們奉敕命攻打轍圍，打開公庫——但是，絕對不能傷害任何轍圍的百姓。」

驍宗宣示道。

「士兵不得攜劍，可以持盾牌，但也不能用盾牌打百姓。」

盾牌是厚實的木頭所製，內側可以貼鋼皮，但絕對不可貼在外側。為了保護百姓，以防士兵情緒失控，用盾牌毆打百姓，在盾牌外側黏上厚厚一層羊的綿毛。綿毛是白色，如果有人違抗命令，把盾牌當作武器使用，導致百姓受傷，綿毛上沾到一滴血，就會嚴加懲罰。

一旦抓到百姓，就會加以勸說，然後立刻釋放。百姓可以回轍圍，也可以回到各自的里廬。

「我能夠理解百姓被重稅壓得喘不過氣的心情，但如果違背主上的旨意，國家就無法健全。如果討厭苦役，拒絕參與治水的風氣蔓延，百姓馬上會陷入困境。一旦轍圍拒絕稅役，就會造成他縣的負擔——可不可以請你們體諒這些情況，打開公庫？」

有的人回去里廬，有人回轍圍傳達勸說內容。轍圍的百姓起初抱有猜疑，但發現驍宗軍並無戰意，漸漸開始考慮驍宗的意見。

在包圍轍圍四十天後，王師多次攻打縣城，攻了又敗，敗了又攻，士兵盾牌上的綿毛依然是白色，完全沒有半點血跡。王師一再要求開放縣城，轍圍的百姓也一再拒絕，然後將消息傳回鴻基，諮詢王意。雙方都必須各讓一步才能解決目前的局面。驍宗率領的軍隊雖然沒有打勝仗，但也沒有落敗，固守轍圍的百姓也不得不接受現實，知道不可能繼續關閉公庫，王也因為禁軍無法獲勝的事實必須做出讓步。

在四十一天時，城門終於打開，但以戰果而論，並不算獲得勝利。

驍宗沿著飄著初雪的山路回到鴻基，傳達了王師敗北的消息。雖然寡不敵眾，但是，百姓最後還是基於道義打開了公庫，轍圍的百姓遵守了天道。

最後完成了徵收，主上沒有向驍宗追究敗北之責。

那次之後，「轍圍之盾」這個字眼就開始在戴國北方流傳，也有人稱之為「白綿之盾」，代表誠意的象徵，所以也有了「無轍圍之盾，便不足以信」的說法。

驍宗和轍圍之間建立了信義，當轍圍陷入戰亂的漩渦，驍宗不可能袖手旁觀。驍宗和霜元率領將近兩萬兵力前往文州，李齋抱著泰麒的肩膀，目送他們出征。

「……驍宗主上可以平安歸來，對嗎？」

年幼的麒麟不安地抬頭看著李齋，李齋充滿確信地點著頭說：

「台輔，您不必擔心。」

然而，李齋的保證變成了說謊。

事後回想起來才發現——李齋想道。這場動亂經過精心的策劃，一開始就要把轍圍捲入，而且成為動亂的中心，那並不只是土匪的暴動，而是有人組織了土匪，出謀獻策，在背後指揮。幕後黑手完全瞭解驍宗不會棄轍圍不顧。

驍宗離開之後，就再也沒有回來鴻基……

3

「——李齋？」

聽到訝異的叫聲，李齋回過神，抬頭一看，景王陽子一臉擔心地看著自己。剛才在思考該從何說起時，不由得陷入了對往事的回憶。

「妳不舒服嗎？那……」

「不是。」李齋搖了搖頭，「對不起，在下想起很多事……」

李齋說道，陽子點了點頭，似乎表示能夠理解。

「剛才您問在下戴國發生了什麼事……一言以蔽之，就是有人謀反，主上中計，御駕親征前往鎮壓地方之亂，之後就失去了蹤影。」

李齋簡單地說明了來龍去脈。

「……在下並不清楚詳細情況，聽說主上抵達了轍圍附近，在那裡布陣，然後遭到襲擊，在交戰的混亂中失去蹤影，之後就失去了音訊。」

「之後就完全沒消息嗎？」

「應該吧……因為我始終沒有遇見當時在文州且又瞭解詳細情況的人，也不知道有沒有其他人問到當時的詳細情況，更不知道是否曾經派人去搜索，也許當時根本沒辦法展開搜索……因為得知主上失去蹤影的消息時，朝廷正陷入一片混亂，沒辦法在朝廷的指揮下做任何事。」

「為什麼？」

「……因為發生了蝕。」

那是在驍宗前往文州的半個月後，前一天，國府收到了前往文州的霜元送出的青鳥，得知驍宗率領的軍隊順利越過山，抵達了離輸圍不遠的鄉城琳宇，在那裡紮營布陣。

「安全抵達了嗎？」剛好在路門巧遇的地官長宣角鬆了一口氣，笑著問道。

路門位在燕朝南側，有三層樓的樓閣，巨大的建築是普通人身高的十幾倍高，南北兩側的門扉之間的白色大廳中央，是通往雲海下方的白色階梯。

「真希望接下來也平安無事……主上原本是將軍，這種擔心可能很失禮。」

「是啊。」李齋笑著對宣角說，他們正打算一起走下路門——就在這時。

一陣低沉、輕微的地鳴。李齋停下腳步，不知道那是什麼聲音。宣角可能沒有聽到任何聲音，納悶地回頭看著四處張望的李齋。

「剛才那是——什麼聲音？」

李齋說話的同時，覺得整座山都在震動，簡直就像腳下的大地——王宮所在的凌雲山在震動，發出了聲響。世界搖晃著，巨大的路門發出扭動的聲音。李齋驚恐地瞬大雙眼，整個視野變暗，她還來不及抬眼看清楚，路門的屋瓦就像雪崩一樣掉落。

事實上——那時候整座山的確在震動。如果有人在上空俯瞰王宮，就會發現浮在雲海的島嶼中央，形成海灣的岸邊掀起了巨浪，同時以同心圓的形狀向四周擴散。雲海的海面在岸邊的宮城旁掀起大浪，然後又急速落下，岸邊的建築物也同時搖晃，隨即發出轟隆聲倒塌了。

簡直就像有人用一把巨大的鎚子砸在王宮的某個地方，強大的衝擊導致風起雲湧，驟風擠向四面八方。太陽頓時失色，蒙上了一層紅銅色。天空在轉眼之間變成了鏽色，然後漸漸凝結在一起，好像瘴氣般翻騰。

——這是怎麼回事？

李齋茫然地癱坐在地上。塵煙後方的異常天空是怎麼回事？大地仍然在蠕動，雖然已經不再搖晃，但撐在地上的雙手可以感受到地面的震動，好像地面下有什麼東西在活動。

「是——蝕。」

身邊傳來悲鳴般的聲音。回頭一看，發現同樣倒在路門石板路上的宣角正抬起頭，他滿身都是泥土。

原來這就是蝕。她在這麼想的同時，又納悶為什麼會發生蝕。李齋第一次遇到蝕，但之前曾經聽說——雲海上方不會發生蝕。

宣角站了起來，他的腳下滿是散亂的瓦片。幸虧他們剛才走了兩、三步，否則現在他們就會被壓在瓦礫堆下。

「李齋，台輔呢？」

宣角用緊張的聲音問道，李齋跳了起來。地鳴仍然持續，周圍有不少人跌倒，悲鳴和呻吟此起彼落，但她現在沒時間理會這些。

泰麒在哪裡？現在離下午處理政務的時間還早，他應該已經離開了外殿，但應該沒有充足的時間回到正寢內的自己房間，所以可能在仁重殿。

「別擔心，大僕和台輔在一起。」

李齋說道，宣角抓住了她的手臂，灰頭土臉的他已經臉色鐵青。

「李齋，妳知道嗎？天上照理說不會發生蝕，只有鳴蝕——台輔引發的蝕例外。」

李齋衝了出去。

「李齋！」

「宣角，請你照顧附近受傷的人。」

李齋對著身後叫道，跳過瓦礫，一路奔向路寢。李齋也曾經聽說，麒麟會引發很小的蝕，原來那叫鳴蝕——但是，在蓬萊長大的泰麒知道如何引發鳴蝕嗎？

李齋在蓬山上認識了泰麒。驍宗昇山時，李齋也一起昇山了，在蓬山上遇到泰麒時，他不會轉變——不會變成麒麟，也沒有使令。在蓬萊出生、長大的泰麒不太瞭解麒麟是什麼，只有在遇到緊急狀況時，才能喚醒可以稱之為本能的能力，所以現在必定發生了緊急狀況。

空氣中瀰漫著塵土的味道和木板碎裂的味道，熟透開始腐爛的太陽，鏽色陰沉的天空，紅色的雲氣翻騰，持續不斷的地鳴發出不平靜的音頻——這一切令李齋產生了不祥的預感。必定發生了什麼壞事，而且是非常糟糕的事。

李齋跑向仁重殿時，發現房屋的損壞情況更為嚴重。州廳的門完全倒塌了，周圍的牆壁也都坍塌，後方的建築物也東倒西歪，或是已經倒塌了。地面的石板浮了起來，或是完全翻了過來，房屋爬滿龜裂，到處都是瓦礫。她看到了仁重殿所在的那片宮殿，那裡的宮殿幾乎都變成了瓦礫山。

地鳴不知道什麼時候已經停止，取而代之的是四處響起的呻吟和悲鳴。淡淡的陽光灑下，天空中可怕的紅色也漸漸消失。

不一會兒，人們開始聚集，召集了眾多士兵搬開瓦礫，尋找泰麒的身影，卻遍尋不著小麒麟。仁重殿正殿西側，面向雲海的露臺和園林也不見他的蹤影，宮殿和樹木都連根拔起，倒在地上，上面堆積著好像攪拌在一起的沙土和瓦礫，而且被雲海的大浪掃平了一切，只留下累累的傷痕。雖然出動了船隻，牽出騎獸，翻遍整個園林尋找年幼宰輔，但那天之後，再也沒有見到泰麒的身影。

在持續搜索的同時，緊急派了青鳥去文州報信。那隻青鳥尚未到達文州，就有另一隻鳥從文州飛了回來。青鳥送來的書簡上寫著，驍宗失去了蹤影。

臥室內一片沉默。李齋緊緊握著掛在脖子上的圓珠。

「主上從此失去了消息……台輔也毫無音訊。」

「李齋，如果妳不舒服……」

陽子想要制止，但李齋閉上眼睛，搖了搖頭。

「王宮陷入一片混亂，無法指揮人員尋找主上和台輔的下落……」

李齋呼吸急促，陽子慌忙蹲在她的床邊問：

「妳沒事吧？」

聽到陽子的問話，李齋回答說：「在下沒事。」但聲音被急促的呼吸打斷了。她再度聽到了風聲，聽到了——耳鳴的聲音。風中傳來花影的聲音。萬萬不可。

「……好了，今天就先這樣。總之……」

李齋察覺到陽子離開的動靜，想要伸出手——這時，李齋再度想起，自己的右手不見了。李齋失去了太多，痛苦湧上心頭。

「……懇求景王……」

李齋鬆開握著珠子的手，伸向陽子。一雙溫暖的手握住了她的手。

「……救救戴國。」

「我知道。」
瘍醫從隔壁跑了過來，李齋在深沉的黑暗和罪惡感中聽到瘍醫的聲音，「就到此為止吧。」

4

「……你們有什麼想法？」
陽子走出花殿的同時，問身後的兩個人。其中一人面無表情地陷入沉默，另一個人回答說：
「目前還沒有什麼想法，至少目前知道了泰王和泰台輔下落不明的經過了。」
「我不是問這個，」陽子苦笑道：「她希望我們拯救戴國……你們有什麼想法？」
浩瀚微微皺起眉頭。
「必須視李齋具體提出什麼要求，以慶國目前的狀況，能夠提供什麼援助也是很大的問題。」
當浩瀚回答時，景麒停下腳步，行了一禮。景麒在州廳辦公時被臨時找來，所以必須趕回去處理公務。目送景麒離去後，浩瀚也離開了正寢，回去冢宰府。
每個人都無暇只為李齋的事操心。陽子走回內殿的途中想道。慶國時時刻刻都在運作，而且也必須面對本國的問題。
浩瀚說的沒錯，說要幫助很容易，但實際問題是，陽子能夠做什麼？陽子登基至今剛滿兩年，對政務還很生疏，而且是不太瞭解這個世界情況的胎果王，甚至無法順利閱讀文書和公文，大部分政務都必須仰賴浩瀚和景麒。因為有他們分擔，所以她才有時間請太師來輔導。不光是陽子，國庫和朝廷都沒有餘力幫助他國。
她沿著內殿向西走時一路思考，在廊屋遇到一個身穿皮甲的人。
「啊，桓魋。」
桓魋也發現了陽子，停下腳步，行了拱手禮。他是慶國的禁軍將軍。
「來得早不如來得巧。」
陽子說，桓魋向後退了一步。
「您可別找臣，臣剛訓練完小臣，如果還要成為主上發洩壓力的對象，臣的身子恐怕會垮掉。」
陽子輕聲笑了起來。
「不是你想的那樣。如果你累了，要不要坐下來休息一下？」
「喔。」桓魋點了點頭，陽子帶著他來到內殿深處的書房。那是陽子白天的住處，可以在公務的空檔來這裡休息。
「……真是湊合的王朝。」
陽子在書房內泡茶時嘀咕道，桓魋一臉錯愕地看著她。陽子苦笑起來——先別談救戴國的事，慶國也需要別人拯救。一國之王無法處理政務，必須從閱讀、書寫開始學起，有一半的小臣是以前的市井俠客，所以必須教導他們紀律和正統的戰術，負責訓練的人手也不夠，只能由禁軍的左軍將軍親自訓練。

「桓魋，你真的太辛苦了，還要負責小臣的訓練。」

「不，臣沒有問題，反正不打仗的時候，將軍很閒。」

陽子笑了笑，她知道桓魋說的並非事實。陽子當初剛來這裡時，為軍隊的規模之大感到驚訝，但瞭解內情後就完全接受了。因為這裡沒有警察，軍隊必須在秋官的指揮下，負責巡邏和取締犯罪，而且公共土木工程建設也屬於軍隊的管轄。如果是不需要徵用百姓的公共工程，就會在官吏的指揮下，由服勞役的罪犯和軍人投入工程，還要負責王宮和都市的警備，達官貴人的警護，不管有沒有打仗，軍隊都很忙。

「那我給你一點犒賞。」

陽子說著，遞上了茶杯。桓魋笑著低頭接過茶杯。

「雖然不是酒，但謝主隆恩。」

兩個人都笑了起來，陽子問桓魋：

「桓魋，你認不認識泰王？聽說他赫赫有名。」

「認識啊，」桓魋點了點頭，「雖然沒見過，但聽過他的傳聞。是以前的乍將軍吧？」

「那你認識劉李齋嗎？她以前是承州師的將軍。」

「不，這就不認識了──啊，對了，她的騎獸已經恢復體力了。」
「是嗎？太好了。」
「是啊，臣雖然不認識劉將軍，但看她的騎獸，覺得她應該很優秀。騎獸對主人很忠誠，騎獸本身也訓練得很好，應該說是被調教得很好，可見主人很照顧騎獸，而且以身作則──否則不可能把騎獸調教得那麼好。」
「是喔……」
「只是臣沒聽過她的名字，其實原本就不太可能知道其他國家將軍的名字，只是乍將軍比較特殊，應該就是這麼一回事。」
「特殊嗎……真厲害。」
「喔喔。」桓魋似乎了然於心。
「沒什麼好比較的，因為乍將軍是傑出的人才。」
「如果真是傑出的人才，戴國就不可能荒廢至此。」
「這樣說太殘酷了，並不是泰王讓國家荒廢，而是因為發生了什麼異常的事，導致他下落不明，並不是他本身的過錯。」
桓魋表情嚴肅地偏著頭思考。
「什麼異常的事？」
「聽說有人謀反，出現了偽王，泰王和泰台輔也下落不明，目前只知道這些情況，因為李齋的身體還沒有完全恢復。」

「是喔。」桓魋嘀咕後，陷入了沉思。陽子也沉思起來。雖然不瞭解詳細的情況，但知道李齋前來尋求慶國的幫助，也知道她拚了命想要拯救戴國，但慶國只是湊合的朝廷——根本沒有餘力為戴國做什麼。

「到頭來，都是由別人做出評價。」

桓魋嘀咕著，陽子回頭看著他。

「……嗯？」

「所謂評價，都是由他人根據結果貼上標籤。比方說，剛好每次出征都打勝仗，就會被稱為常勝將軍，聽到常勝將軍的名字，大家就會覺得是優秀的將軍，但其實完全有可能發生一個無能的將軍剛好從來沒有打過敗仗的情況。」

「你是說，對泰王的評價過高的意思？」

「不，臣不是這個意思……只是如果把看起來沒有贏面的戰爭推給同袍，只打有把握的戰爭，要成為常勝將軍並不難。只要保持常勝，世人就會稱讚是立於不敗之地的將軍，一旦被視為常勝無敗的將軍，就會覺得必定是優秀的將軍，是出色傑出的人物。」

「這……是這樣嗎？」

「但是，評價只是針對結果，傑出人物這幾個字只是對乍將軍——泰王的結果做出評價，並不是代表泰王的內在，如果按照結果論，當戴國開始荒廢時，泰王就不再傑出優秀了……總之，不需要和他人比較，因為比較都是把對他人的評價和自己的內在進行比較，其實這兩者根本無法比較。」

「原來如此。」陽子笑著說。

「……不需要比較，主上是好王。」

「啊？」

「對臣來說，沒有失蹤，好好坐在王位上，而且還願意接納半獸為臣的就是好王。」

這位半獸人的將軍一本正經地說道。陽子笑了起來，然後問他：

「桓魋……如果派你去戴國，你能夠討伐偽王嗎？」

「主上別開玩笑了。」桓魋慌忙搖著手。

「我們的禁軍這麼弱嗎？」

「問題不在這裡，慶國根本沒有餘力出兵，出兵是一件大事。一軍就有一萬兩千五百人，光是士兵就有這麼多人，如果是派兵，還要外加軍吏、馬和騎獸，主上能夠想像這麼龐大的軍隊，到底要多少糧食嗎？」

「對喔，吃飯的問題……」

假設總共是一萬三千人——陽子暗自盤算著。按照故國的方式，每人一餐至少一合米，三餐就是三合，一萬三千人的話，光是白米，每天就要三萬九千合。

「多得難以想像，如果每餐吃一個漢堡，一天就要三萬九千個……」

「啊？」

「沒事。」陽子苦笑著回答。

「所以各地的夏官都有後勤系統，當地方發生內亂派兵時，可以靠後勤系統獲得補給糧食，但如果遠赴他國，而且是發生謀反的國家，就無法仰賴對方的後勤系統，必須帶著糧食上路，在考慮如何搬運之前，首先要解決的是哪來這麼多糧食。」

「慶國沒辦法供應……」

「即使調度全國後勤系統的所有糧食也不夠，而且目前各個後勤系統也只有最低限度的儲備糧食，更何況慶國根本沒有可以運輸這麼多物資和士兵的船隻，要怎麼去戴國？」

「原來如此……」

「慶國根本不可能派兵去其他國家，況且，太綱規定不可以入侵其他國家。」

「這不算入侵，我們又不是要去占領戴國。」

桓魋偏著頭。

「對喔……好像可以這麼說。」

「如果要這麼說，那我的情況呢？當時我是靠雁國的王師打敗偽王，才能夠進入堯天。」

「也對。」

「所以我們只能協助尋找泰王和泰麒……」

「他們目前在哪裡？」

「完全不知道——如果只是搜索，只要派一兩擁有飛空騎獸的空行師，是不是就可以了？你覺得可行嗎？」

桓魋皺著眉頭。

「只有二十五騎恐怕很難，至少要一卒，如果有一百騎，或許可以分頭搜索。」

「一卒空行師喔……」

要派一卒空行師提供協助並非不可能，但官吏不會同意，他們一定會說，目前慶國自身難保，怎麼還有這種閒工夫？陽子托著臉頰思考片刻。

「……王有沒有在王位上的確會有很大的差異。」

陽子喃喃說道，桓魋露出嚴肅的表情。

「是啊，差異相當大。姑且不論泰王的為人，如果他失蹤了，戴國百姓會很辛苦，而且那個國家的冬天很寒冷，雖然不該這麼說，但也許泰王死了還比較好。」

「死了比較好？」

「一國之王崩殂後，就會有新王，百姓只要忍耐到新王出現。如果是昏庸的王，上天會收回王位，百姓只要熬到昏庸的王下台，新王出現就好。從某種意義上來說，王既沒有死，卻不在王位的情況最糟糕。」

5

夜半時分，李齋聽到小聲說話的聲音驚醒了。

「……我好餓。」

「我就知道，我還帶了茶過來。」

「太好了，妳要不要一起吃？」

聽到閒聊的聲音，李齋輕輕抬起頭。床邊的女御驚訝地回頭看著她。有一個年輕女孩從臥室門口探頭進來。

「對不起，把妳吵醒了嗎？」

「沒有。」李齋搖了搖頭，「妳還沒有吃飯嗎？因為在下的關係？」

李齋問，鈴用力搖著頭。

「我、我只是錯過了時間，祥瓊送了宵夜來，沒關係。」

「請妳趕快去吃，在下沒事。」

李齋說道，名叫祥瓊的女孩對鈴笑著說：

「妳趕快去吃，我會在這裡陪將軍。」

「嗯。」鈴點了點頭，離開臥室。祥瓊走進來，坐在李齋床邊。

「對不起，驚動到妳。我是女史，名叫祥瓊。」

「……不，在下才要說抱歉，給女御添了很大的麻煩，在下現在已經不需要別人陪了。」

「李齋大人，這由不得妳決定，是瘍醫決定的事。」

祥瓊說完笑了笑。

「請妳不要放在心上。我們才要說抱歉，這裡人手不夠，無法好好照顧妳，真的很抱歉。」

「沒這回事……女御很照顧我。」

「還有景王……景王看起來是很誠懇的人。」

李齋說著，悄悄移開了視線。

「她的確很認真，老實到有點傻。」

祥瓊小聲笑了起來，李齋意外地回頭看著她。

「金波宮的各位……和景王的相處好像很輕鬆。」

「宮內好像完全是這種風氣。景王毫無威儀，妳一定也嚇到了吧？」

「不……」

「聽說泰王是很優秀的人……現在下落不明，妳一定很擔心。」

「是啊。」李齋點了點頭。

「戴國的百姓一定很辛苦，而且戴國的冬天這麼寒冷……」

「妳很瞭解戴國？」

「不，」祥瓊搖了搖頭，「我在芳國出生，芳國的冬天也很寒冷，只要有任何一項不利因素，都會對冬天造成影響，而且是關係到生存的影響。聽說戴國的冬天比芳國更冷。」

「是……是啊。」

「芳國目前王位上無王，和戴國的情況不一樣。芳國的先王治國無方……」

祥瓊說完，露出落寞的笑容。

「所以，目前王位上無王，對百姓反而比較好，但聽說泰王德高望重，這樣的王竟然下落不明。」

「是啊……」

「聽說有人謀反……任何一個王朝的初期，那些佞臣因為不願失去既得利益，都會興風作浪……」

「……會這樣嗎？」

李齋小聲嘀咕，祥瓊偏著頭。

「王朝的初期的確很容易發生這種情況，那些趁王位無王時專橫跋扈的人在新王即位後都會惶惶不安，但我不認為這是謀反的原因。」

「嗯？那是？」

「不知道。」李齋回答說。當初預料到那些不安的官吏可能企圖謀反，李齋他們也充分警戒這件事。

「為什麼……會發生這種事……」

——主上可能會成為了不起的賢君。

和李齋一起從承州啟程同行的師帥語帶感動地說。

「三公也很欽佩，說從來沒有任何一個王朝可以這麼快就整頓完成。」

「是啊。」

「士兵也為出現了一個傑出的王感到欣喜若狂，百姓也很歡迎。」

李齋笑著點點頭。驍宗原本是武人，所以很受士兵歡迎。驕王是文治的王，所以向來比較不重視武人。驍宗在登基後，立刻處分了驕王的財產，送去各地的義倉，為過冬儲備物資，也受到百姓的歡迎。戴國的冬天很寒冷，一旦糧食和木炭用盡，就會有生命危險。驕王的鋪張奢侈導致義倉已空，如今終於有了儲備物資，百姓無不歡欣鼓舞。

「感覺一個全新的、美好的時代來臨了。」

師帥說完笑了起來。

李齋也有同感，經常可以聽到百姓歡喜的聲音，即使去市街，百姓對王師也很親切，由此可知對新王的態度。不光是百姓，在宮中來往的官吏，每個人臉上的表情都充滿了活力。

但是——急速奔馳的馬車會發出擠壓聲。李齋身為州師將軍進入朝廷後，在照理說應該是一片光明燦爛的朝廷中，發現有很多地方都出現了奇怪的陰影。在冬至的郊祀結束後，她才終於瞭解內情。

「最近要請台輔去漣國。」

驍宗召集親信商討大計。

「去漣國，往返要一個月，要在這段期間冬獵。」

李齋原本並不知道這句話有言外之意。新年前後沒有重大的公務，她以為要在這段期間大規模狩獵，但內心仍然忍不住感到驚訝。朝廷雖然已經完成了整頓，但主上也未免太悠哉了。其他人可能也有同感，不由得露出困惑之色。擔任禁軍右軍將軍的阿選打破了沉默，他壓低嗓門問：

「獵物是？」

「豺狼。」

聽到驍宗簡短的回答，李齋內心一驚。

「必須處決在先王的手下徇私舞弊，專橫跋扈的狡吏，不能輕易放他們下野，否則他們會懷恨在心，日後滋事，戴國也需要他們用毒辣的手段累積的私有財產。」

李齋終於瞭解冬獵是肅清的意思，忍不住感到慄然。其他人可能也有相同的感慨，分不出是呻吟還是嘆息聲此起彼落。

「郊祀結束後，就只等迎接新年了，所以派使節去漣國，禁軍和瑞州師的主要將軍也同行，那些傢伙一定會放鬆警惕，然後就趁此機會一網打盡。」

「——台輔在這段期間去國外？」

阿選問，驍宗點了點頭。

「最好不要讓蒿里看到。」

「但是，之後也會有風聲傳入台輔的耳朵。」

「設法不讓他知道。接下來要討論的事，除了蒿里以外，也不能讓任何不參與此事的人知道。」

「所以要祕密處決……？」

「怎麼可以！」李齋差一點叫出聲音。她知道賊臣必須鏟除，但如果不明確罪行，公開處罰，就變成一種私刑。

「一切都會按照正規程序執行，只是必須徹底保密。在參與此事的官府中，嚴格挑選負責的官吏，其他官吏絕對不可參與。蒿里回來時，一切都要處理完畢，到時候他只會發現有幾個官吏換了人，人數好像減少了而已。」

這不等於在欺騙泰麒嗎？李齋原本想要這麼說，但還是改變了主意。對麒麟來說，不知道這種事的確比較好。麒麟生性仁慈，討厭流血，也厭惡殘酷的行為，甚至會因為見血而生病，所以這是驍宗對泰麒的體貼。

李齋努力說服自己接受，這時，有人開了口。那是不久之前就任大司寇一職的花影。

「這樣妥當嗎——恕臣直言，台輔天資聰慧，與其隱瞞，還不如據實以告。」

「不行。」驍宗的回答很簡短，完全沒有反駁的餘地。

得知計畫的概要後，李齋更感到不寒而慄。驍宗打算一口氣肅清所有毒辣的官吏，他的毫不猶豫反而令人感到害怕。沒錯——驍宗原本是驕王的寵臣，之前就安排部屬在朝廷的各個部門，他早就知道誰做了什麼，沒做什麼，誰是有問題的官吏，該如何處罰。驍宗在登基時，就已經計畫好要排除誰，由誰來接任，也預測到排除這些佞臣後會發生什麼狀況。那場冬獵不只是為了鏟除國賊，同時要讓打算伺機而動的敵人原形畢露，引蛇出洞。心懷叛逆和邪惡野心的人、巧妙掩蓋自己惡行的人一旦發現展開肅清，就會得意忘形——或是惶惶不安，進而採取行動。

李齋看著驍宗想道。

（主上打算在一年之內，完成新王登基後需要十幾年——甚至可能需要花數十年才能做到的事。）

李齋突然感到渾身發冷。在此之前，李齋從未對驍宗感到不安。驍宗是德高望重的名將，李齋也高度肯定驍宗的為人，很尊敬他，但這時第一次產生了不祥的預感。

這絕對不是對驍宗的計畫感到不安，也不是擔心驍宗身為王的能力，只是覺得——這麼強烈的光芒，必定會造成很深的陰影。

不久之後，在一個雪花飄舞的夜晚，花影突然登門拜訪。

6

「下雪了。」

花影被帶到官邸的客廳後說道，向李齋行了一禮。

「外面很冷吧？」

李齋請她坐在火爐旁的椅子上。

「這麼冷的天氣，花影大人大駕光臨寒舍，深感惶恐。」

「別這麼說。」花影對著李齋搖了搖頭，「請恕我不請自來，上門叨擾。我一直希望和李齋大人找機會好好聊一聊。今天心血來潮，差人前來問話，感謝妳欣然應允。」

「備感榮幸。」

李齋笑了笑，請她享用下人備的酒菜，但花影似乎心不在焉。白皙的臉上露出不安的表情，而且似乎覺得很冷。她看起來四十多歲，無論外表和實際年齡都比李齋年長，但此刻臉上露出了好像迷路孩子般迷惘的表情，似乎不像是為了和李齋建立友情登門造訪。

「恕我冒昧，請問花影大人特地登門有何貴幹？」

花影似乎從沉思中驚醒，看著李齋。

「啊……不，沒什麼特別的事，只是想找機會好好聊一聊……」

花影雖然這麼說，但她從進門之後就很寡言，她似乎也發現了這件事，害羞地低下了頭。

「其實不必特地來府上叨擾，占用李齋大人的時間……我真是太失禮了。」

李齋偏著頭。

「希望花影大人不要怪在下說話太直截了當——妳是不是有什麼煩惱？」

花影好像被說中了心思，抬起頭，然後露出好像快哭出來的表情。

「如有冒犯，敬請見諒，因為在下說話向來無法迂迴委婉。」

「不，」花影搖了搖頭，「千萬別這麼說，是我失禮。不瞞妳說，冒昧造訪不曾深談的李齋大人，所以想了很久，不知道該怎麼開口。謝謝妳直截了當地問我，讓我鬆了一口氣。」

花影淡淡地笑了笑，仍然一臉無助地用指尖撫摸著酒杯的杯緣。她和軍人李齋不同，指甲修剪得很整齊，保養得宜的手指在陶器杯緣滑動，但微微顫抖著。

「妳似乎覺得冷，要不要吩咐下人再拿火爐進來？」

「不，並不會冷。」

花影說完後，可能察覺了自己的指尖在發抖，慌忙用另一隻手握住了手指。

「……不是因為冷。李齋大人，我很害怕。」

「害怕？」

花影點了點頭，直視李齋。李齋覺得她是發自內心感到害怕。

「主上登基之後，王宮發生了巨大的變化，真是太與眾不同了——我從來沒有聽說過有人可以這麼迅速整頓朝廷。」

李齋沒有立刻表示同意，默然不語地等待她的下文。雖然經常在朝廷上下聽到這句稱讚，但從花影語帶顫抖的聲音判斷，顯然她並沒有為此感到高興。

「……這麼迅速沒有問題嗎？」

花影幽幽地說。

「……迅速？」

「朝廷必須整頓，舊惡也必須清除，但需要這麼躁進嗎？為什麼不能慢慢花足夠的時間，在充分思考後，穩健地逐漸改變呢？」

「妳覺得太躁進了？」

「我的確這麼覺得。不，我並不是批判主上，只是我對自己正在做的工作感到害怕，總覺得好像遺忘了什麼，好像遺忘了什麼不可以忘記的事，忍不住擔心，一切都這麼急速改變沒有問題嗎？」

李齋點了點頭，覺得情有可原。

花影原本是藍州的州宰，聽說是一位重情重理的名宰相。幾次見面後，發現她的確是一個慈悲為懷、注重禮節、個性沉穩的人。做事深思熟慮，也很細心周到，驍宗拔擢她成為六官長之一完全合理，只不過李齋也曾經聽到有人質疑，花影是否適合擔任大司寇一職。秋官的主要工作是整備法令、審判罪行，維持社會安定。秋官同時也是負責外交的官吏，但有人擔心太富有同情心的花影是否適合擔任秋官。

秋官是冷若秋霜，烈如夏日的官吏，對刑罰、法令和節操都很嚴格，就如秋天的霜、夏天的烈日般，可以讓草木乾枯。坐在李齋面前的這個女人像迷路的孩子般無助，從她身上完全感受不到身為秋官的嚴厲和剛烈。

「……一直以來，我都在治理地方，為百姓謀福祉，並不習慣懲罰他人。我深知這並不是習不習慣的問題，必須貫徹職責——但是，正因為我不適合擔任秋官，所以至今為止，各代先王都不曾命令我擔任秋官一職，但是……」

花影越說越小聲，垂下了雙眼。她顫抖的手指再度在酒杯的杯緣上滑動。

「接下來我必須審判很多官吏，而且必須在短時間內解決。我很害怕，即使是罪人，可以這樣倉促審判嗎？」

李齋露出微笑。

「請喝酒，身體可以暖和一點。」

花影點了點頭，順從地把酒杯拿到嘴邊。李齋看著她說：

「在下能理解妳的不安，朝廷的確發生了巨大的變化，新王朝都會摒除舊惡，但如此快刀斬亂麻，恐怕史無前例。主上的果斷堅決的確令人感到驚訝。」

李齋苦笑著，花影的嘴角也露出微笑。

「我們武人向來注重時機，所以認為在時機成熟時，就要當機立斷，必須毫不猶豫，果斷勇敢。在戰場上，往往無法謹慎思考後再做出決定，如果為了追求慎重，反而可能會錯過最佳時機。正因為如此，在下能夠接受主上的決斷，因為在下知道目前的確是良好的時機，必須採取行動。」

李齋說完，露出了微笑。

「雖然在下很懷疑，如果換成是在下，不知道能否做出同樣的決斷，但因為事關重大，所以很可能會猶豫不決，拖拖拉拉，結果反而會陷入泥沼，這正是我們的不足之處。」

「李齋大人，妳不會感到不安嗎？」

李齋稍微遲疑了一下，但花影應該沒有察覺。

「……在下不會感到不安，反而對主上感到驚嘆，竟然可以果敢做出這樣的決斷。主上應該深有確信，才能夠這樣毫不猶豫地做決定。既然如此，快刀斬亂麻，一口氣摒除舊惡絕對不是壞事。朝廷越快整頓完善，百姓就越快能夠豐衣足食。」

「這……對，我能理解。」

花影低下了頭。

「但是，那份確信……我無法瞭解為什麼主上能夠如此毫不猶豫地確信，這絕對不是不相信主上……」

「花影大人，妳之前和主上……」

「不，完全沒有任何交集，但曾經聽過主上的傳聞。」

花影說到這裡，終於露出了微笑。

「所以，接到詔令要我擔任秋官長時，我真的很驚訝，想不透主上為什麼知道我這種人——」

「主上就是如此。」

「李齋大人，妳以前就是主上的部屬吧？」

「在下不知道能不能稱為部屬——」

李齋是在蓬山上結識驍宗，和驍宗同時昇山的李齋在那裡終於見到了久仰大名的乍將軍。為了昇山而進入黃海者幾乎都會成群結隊，一起穿越黃海，但驍宗並沒有加入其中，只帶了部屬，獨自前往蓬山。

「所以，在下是到蓬山之後，才第一次看到主上。」

「是喔……脫離隊列獨自穿越黃海不是很危險嗎？」

「照理說很危險，但對主上來說，並不是太大的問題。之後在下才聽說，在驕王時代，主上曾經有三年期間放棄仙籍，離開禁軍。當時他曾經進入黃海，黃海有專門以捕獲騎獸維生的人，主上當時拜那些人為師。」

「……堂堂的禁軍將軍，當他們的徒弟嗎？」

花影驚訝地張大眼睛，李齋輕輕笑了起來。

「主上就是這種人，聽說他想親自獵捕、調教騎獸，在昇山時也想順便狩獵，所以沒有加入隊列，當在下聽說驍宗將軍也和我們同時進入黃海昇山時，就知道自己無望了。」

李齋苦笑起來，花影掩著嘴問：

「我是不是問了很失禮的事？」

「完全沒有……所以，在下以前並不是主上的部屬，但在蓬山時，有幸得到驍宗將軍和台輔的抬愛，也因為這樣的關係，得到了主上的提拔。」

禁軍將軍和州師的將軍雖然地位有高低，但李齋並不算是驍宗的部屬，所以當時驍宗也是以同輩的態度和她相處。驍宗登基後，立刻邀李齋來鴻基，和他的部屬見面，其中有昇山時曾經同行、已經熟識的人。她被拔擢為瑞州師將軍後，很自然地和驍宗以前的部屬為伍。

「雖然特地說明有點奇怪，但在下也覺得自己既像是主上的部屬，又好像不是。」

「原來是這樣……」

花影輕輕吐了一口氣。

「看來我的直覺還不差——不，我一直覺得妳不太像是主上的部屬，和之前就追隨主上的部屬有一點不一樣。」

「是嗎？」

「對，所以今天才決定登門造訪……因為其他人讓我感到害怕，我根本說不出口，總覺得他們會一句話就打發我，認為有什麼好擔心的，但我覺得妳不太一樣，也許是因為我們都是女人的關係。」

「深感榮幸。」

李齋回答說。花影說的沒錯，追隨驍宗多年的部屬因為長期在驍宗身邊，所以充分瞭解驍宗的為人和想法，也有多年來建立的深厚信賴，彼此之間有很牢固的羈絆，但因為他們之間的羈絆太牢固，李齋有時候會有一種無法融入的感覺。就連李齋都會如此，花影的感覺應該更加強烈，覺得只有自己是異端分子，和其他人格格不入。

「也許是因為不安，才會感到害怕。」

花影苦笑著說道。

「我一直覺得，當主上說話時，妳和其他人就能夠聞一知十……我一直這麼認為，只有我無法瞭解主上的意圖，當我戰戰兢兢地看著你們好像完全瞭解的樣子時，發現你們已經走在很前面了，我每次都落在後面……」

「在下認為並不是每個人都瞭解主上的意圖。」

「……是嗎？」

「在下猜想是這樣，在下有時候也無法瞭解主上的想法，只是覺得既然主上這麼說，那就沒問題。」

「所以妳完全信服主上。」

花影的聲音中帶著些許寂寞，同時又似乎在擔心什麼。

「也許不完全是，在下認為自己並不是無條件信任主上，雖然在下不知道要怎麼表達……在下和主上不一樣。」

「不一樣。」

「在下第一次見到主上時，終於知道原來這就是能耐的不同。該怎麼說——看事物的觀點不一樣，主上經常從我們根本想不到的地方觀察事物。」

花影想了一下，恍然大悟地抬起頭。

「我知道驕王治世無法長久，但從來沒有想過該為以後做什麼準備——就好像這樣嗎？」

「對，沒錯，說來慚愧，在下也一樣。在下知道驕王的治世無法長久，也預測到戴國將越來越荒廢，不逞之徒將會專橫，但是，卻沒有想到之後的事——根本不覺得需要思考，應該說，根本沒想到要思考這個問題。」

「我能理解。」

「看到主上所做的事，有一種恍然大悟的感覺。國家將走向荒廢，為了阻止繼續荒廢，就需要人才，要培養這些人才，以及安排在重要的職位上需要花相當的時間。既然憂國，就必須做好充分準備。事後回想起來，覺得是顯而易見的道理，但當時竟然完全沒有想過這件事。雖然已經預測到這個國家的未來，卻完全沒有想到未來該怎麼做，好像未來根本不存在。」

花影低下了頭。

「但是，主上看到了……」

「應該就是如此，這就是能耐不一樣，在下沒有想到，這是自己的能力不足——

好像這麼說也不對。如果有思考的契機，在下相信自己也會知道這些，只不過在下沒有發現思考的契機。」

李齋說完，點了點頭，繼續說道：

「所以，在下無法瞭解主上的意圖時，就覺得一定也是這麼一回事。主上看到了在下沒有看到的某些事，因此產生了確信。如果有明顯的疑問，或是明顯的錯誤，在下也會提出異議，但如果不覺得有特別的疑問，也不覺得有什麼錯——只是不太瞭解的時候，就會用這種方式說服自己。當結果出現時，在下應該就會恍然大悟。」

「是嗎？」花影怔怔地點著頭，再度不安地看著李齋。「關於台輔的事，妳也這麼認為嗎？」

——她說中了要害。李齋心想道。

「這……」

「我知道如果台輔得知接下來的這些動亂，必定會感到痛心，但我覺得認定會是這樣的結果，然後把台輔趕到國外的做法簡直就是蠻幹。如果台輔得知自己離開的這段期間進行肅清，不僅會對肅清這件事感到痛心，更會因為自己無能為力，無法為那些人請求刀下留人或寬恕而受到傷害。」

李齋沉默不語——因為她之前就認為，以泰麒的性格，一定會為自己的無能為力感到自責，同時，當他發現是因為避免他插手這件事而被趕出國，就會更加受到傷害。

「我認為主上嘴上說是顧慮到台輔的心情，但這樣的決定完全沒有顧及台輔的心情……主上所做的一切都是如此……」

「花影大人。」

花影悲傷地笑了笑。

「……最後還是批評主上了……這是我的看法，我覺得主上只是帶著信服他的部屬，急躁而強勢地進行改革。就好像主上不顧台輔的心情一樣，也不顧及很多事……」

李齋覺得如果問花影，主上到底沒有顧及什麼事，花影恐怕也答不上來。花影可能只是對急速的變化感到不安，她的擔心應該沒有明確的根據，這並不是對驍宗感到不安，而是對自己被驍宗創造的急流沖走感到害怕。可能很多人都有類似的不安，很多人都不喜歡急劇的變化——非但不喜歡，還會本能地感到害怕。同樣的，也會有人對驍宗的果斷勇敢、毫不猶豫感到害怕，毫無意義地反對。

——朝廷就是以這種方式出現了齟齬。

通常會因為對自己待遇的不平、對政治手腕的害怕，或是對王的為人感到不安而反王，但是，花影並沒有對自己的待遇感到不平，也不是對驍宗的手腕感到害怕。雖然花影的話聽起來像是對驍宗的為人感到不安，但應該並非完全正確，真正的原因在於花影的內心，是對急劇變化所產生的恐懼。

強烈的光芒就會造成很深的影響，這並不是驍宗做錯了什麼，也不是有人對驍宗直接的不滿。既然如此，就很容易瞭解、很容易解讀，也可以防患於未然。

只是不知道這種恐懼會以什麼方式存在、隱藏在哪裡，無法看透這件事才更可怕。目送花影離去的背影時，李齋心裡這麼想道。

7

李齋和花影也在那次之後成為好友。花影是新加入驍宗麾下的臣子，李齋雖然比花影稍微資深，但也稱不上是驍宗的部屬，兩個女人一個是文官，一個是將軍，有點相似，又不太相似的地方，讓彼此感到安心自在。

花影的臉上始終帶著迷惘的表情，尤其當泰麒前往漣國，冬獵正式展開後，她的神情更加憂鬱，令人感到擔心。

許多官吏因為各自犯下的罪行被帶去刑場，花影負責最終定罪，決定處罰。參與肅清的官吏漸漸開始批評花影的審判太輕。花影必須審判他人的罪行，即使狠下心做出審判，別人卻在背地裡指責她手下留情——百姓和不瞭解狀況的官吏也齊聲指責秋官，嚴厲批評花影為什麼不懲罰曾經在先王手下專橫跋扈的佞臣，不追究責任就讓他們下野？花影為此感到痛苦不已，身影日漸憔悴。

「為什麼要我當秋官？李齋，我無法理解主上的用意。」

花影因為公務繁忙，幾乎都住在大司寇府內。她在大司寇府內痛哭失聲。李齋無言安慰，獨自來到夜晚的外殿。雲海上雖然比下界溫暖，但深夜的庭院冷得結起了冰霜。微風吹來，李齋似乎在其中聞到了血腥味，雖然王宮中根本不可能有血腥味。

李齋等人的工作是逮捕官吏後交給秋官，然後把他們帶赴刑場，有時候甚至必須祕密處理他們的屍體。因為是祕密進行，李齋只挑選了最少人數的部屬執行任務，因為人數很少，李齋有時候不得不親自處理，甚至必須挖坑埋屍——她覺得身上也好像沾到了屍臭味。

李齋並不介意，因為她是武人，早已習慣了，但花影呢？

李齋情不自禁地走向內殿的方向，看到通往正寢的門殿，才終於停下腳步。驍宗允許王師六將軍隨時可以進入正寢，但見到驍宗，該說什麼呢？李齋下不了決心，還是垂頭喪氣地往回走，卻無力走回去，在內殿園林的涼亭角落坐了下來。

——花影太可憐了。

她沮喪地嘆著氣時，背後傳來一個聲音。

「妳好像很疲累。」

聽到聲音，她立刻正襟危坐。回頭一看，是驍宗。

「不——沒有。」

「我可以坐下嗎？」驍宗問，李齋默默行了一禮。

「不會冷嗎？」

「……很冷。」

李齋內心覺得很冷，和內心的冷相比，落在石桌上的霜根本不算冷。

「李齋，聽說妳這一陣子和花影交情很好。」

驍宗問道，李齋很想當場逃走。驍宗早晚會斥責花影，只是她不希望現在聽到。

「聽說妳們很談得來。」

「……是。」

「那可不可以請妳問花影，要不要暫時離開目前的職務？」

李齋瞪大了眼睛。

「主上是說……要撤換花影嗎？」

李齋目不轉睛地看著驍宗，驍宗苦笑著說：

「並不是妳想的那樣，我對花影的工作並無不滿，只是似乎對她造成了太大的負擔。」

「……花影應該並不覺得有負擔，因為那是她的職責。」

李齋之所以這麼說，是因為一旦解除花影的大司寇職務，就等於被驍宗趕出朝廷。對官吏來說，這是難以承受的挫敗。

「她很努力做好自己的工作……雖然有批評的聲浪，但那可能是因為花影原本就不適合擔任秋官。」

「是啊。」驍宗說。李齋忍不住抖了一下，但並不是因為寒冷，而是太生氣了。

「既然主上知道，為什麼還任命花影擔任秋官？」
「……聽說大司寇對罪人手下留情。」
「是啊，所以她並不適任。」
「正因為如此，她才適任啊。」
李齋感到意外，一時說不出話。
「因為我覺得對罪人手下留情的花影，可以發揮良好的牽制作用，只不過花影可能無法承受。如果她感到太痛苦，可以離開這個職位，會為她安排春官或地官之類的職務，可不可以請妳這麼轉告她？」
所以，驍宗知道自己推動的改革太急躁了。李齋想道。
「審判罪人加以懲罰時，懲罰往往會越來越重，就像從坡道上滾落，會一發不可收拾，但現在必須做這件事，所以我認為不適任的秋官反而更適合。」
「……嗯……的確。」
「但花影似乎很痛苦，我不忍心這麼毀了一名優秀的官吏。如果我直接勸她可以暫時離開，她會覺得我在斥責她，所以請和她關係良好的妳先和她溝通一下，我再和她談比較妥當。」
李齋突然覺得卸下了肩上的重擔。她深深地吸了一口氣，然後吐了出來。
「……不能稍微放慢腳步嗎？花影並不是武官，在處理公務時會深思熟慮，小心謹慎行事，如此一來，花影的心情應該會比較平靜。」

「在蒿里回來之前，必須先整頓出一個眉目，青鳥已經回來報告，蒿里離開了漣國，只剩下半個月的時間了。」

「無論如何都必須在台輔出國期間完成嗎？」

「我正有此意。」

「但是，台輔回來之後，還是會聽說。既然有肅清的事實存在，就不可避免地會傳入台輔的耳中。當台輔事後聽說，不是會更加難過嗎？與其如此，還不如事先告知。」

「因為，」驍宗苦笑著說：「麒麟是民意的具體象徵——既然如此，不能讓百姓知道的事，就不應該讓麒麟知道。」

「是這樣嗎……不，對台輔來說，這的確是不想聽，也不想看的事，只是為什麼要隱瞞百姓？百姓知道肅清這件事，的確會感到害怕，但在驕王的手下為虎作倀、助紂為虐者必須受到懲罰。百姓希望看到欺壓自己的人受到懲罰，所以目前才會質疑秋官辦事不力。即使不必理會不滿的聲音，但如果不讓百姓知道，百姓心裡也會放不下。」

王朝終有結束的一天，王崩殂的瞬間，王朝就結束了，但是，百姓的苦難並沒有結束，沒有明確的界線顯示苦難的日子結束了。沉淪的王朝會讓百姓承受苦難，王一旦崩殂，官吏就會在朝廷橫行霸道，即使新王登基後，在初期階段，仍然會充滿動亂。百姓的苦難並不會在登基大典之後馬上結束，必須讓百姓知道，痛苦的時代已經結束，登基大典後新王朝開始運作的初期，無疑是最佳時機。新王登基，摒除先王時代的病灶，兩者同步進行，就可以宣告百姓的苦難時代結束，一切邁向正軌的時代來臨。

「也許吧。」

「那——」

「但是，我不想讓蒿里看到這一切，他年紀太小，而且害怕見血，因為他是麒麟。」

「如果您考慮到台輔的心情，是否也該為台輔得知自己離開期間，發生了可怕的事時的心情著想？如果事後得知這個事實，得知派他出國是為了讓他無法做任何事，台輔會……」

李齋覺得自己似乎踰越了分際，但驍宗點了點頭說：

「他一定會很難過……但問題不在這裡。」

李齋偏著頭。

「蒿里有時候會在我面前露出害怕的表情，我覺得這正是百姓的不安。」

李齋驚訝地看著驍宗。

「既然麒麟是民意的具體象徵，所以可以這麼思考。百姓害怕戰亂和流血，先王是文治的王，正因為是文治的王，所以在末世也不曾出現太殘酷的行為，只是一味腐敗。為了讓百姓耳目一新，出現一個武斷的王最有效，但百姓也會同時感到不安。武斷的王固然果斷勇敢，但如果偏離正道，就會很可怕——我覺得蒿里的眼神反映了因為害怕而引起的不安。」

主上他——李齋暗想道，但思考也到這裡中斷，因為她不知道該如何形容此刻的心情。可以說他與眾不同，也可以說他脫離常軌。原來他從這個角度觀察那個年幼可愛的孩子。

「我不想讓蒿里看到這次的事——既然這樣，就不能讓百姓知道。我認為蒿里的存在，就是發揮了衡量的作用，百姓的信任才這麼微小……」

「是。」李齋點了點頭，同時覺得驍宗果然不同凡響。

在李齋眼中，泰麒只是一個年幼稚嫩的孩子，完成了遴選新王這項重責大任，卻又無力而無助的孩子，但是，在驍宗眼中並非如此，泰麒是重大而巨大力量的具體象徵，不是寵愛的對象。這是理所當然的事。泰麒不是小孩子——他是麒麟。李齋每次都是聽了驍宗的說明後，才發現這些理所當然的道理。

「這次的事不會讓蒿里知道，也不會讓百姓知道，要盡可能祕密而迅速完成，絕對不能讓他知道到底發生了什麼事。」

「……遵旨。」

李齋行了一禮，驍宗點了點頭站起來。李齋目送他離去——然後去找花影。花影再度哭了起來，只是和剛才流淚的原因完全不同。她終於放鬆了緊繃的神經。花影哭了一陣子，終於露出開朗的笑容。

「李齋，我終於瞭解妳為什麼說『主上與眾不同』這句話的意思了。沒錯，我似乎也瞭解該如何說服自己了。」

「在下也再次確認了。」

李齋苦笑著說道。

那天之後，花影如釋重負。花影和驍宗舊部屬之間不再有隔閡，花影看起來也像是驍宗的部屬。

差不多就在那一陣子，李齋發現四處出現了類似的變化。

在花影向李齋吐露內心不安的那個時期，四處聽到不安的聲音。原來和花影一樣，無法理解驍宗處事方法的人，對驍宗的快刀斬亂麻感到不安的人比李齋想像中更多，但那些不安的聲音也漸漸平息。

朝廷漸漸走向團結——至少看起來如此。

李齋感到害怕。

李齋很難用言語形容內心這種不安的感覺，如果非要說的話，就是她擔心極度的好往往和極度的壞並存，兩者都是突出，只是突出的方向完全相反而已，就像作惡多端的王會招致災難一樣，她擔心驍宗也會招致災厄。

朝廷看似恢復了平靜，也走向團結。對驍宗的武斷所產生的擔心，對他的急躁產生的不安，以及果斷的處事方法所產生的恐懼似乎都消除了。在泰麒回來之前，也鏟除了貪官汙吏，同時嚴加監視那些因為鏟除大奸大惡後開始蠢蠢欲動的官吏，也做好了準備。驍宗的舊部屬和其他人之間的隔閡造成的不和諧似乎也消除了。

照理說，應該平安無事了——然而，李齋還是感到不安，覺得似乎疏忽了什麼。水面是否還隱藏了某些災厄的種子？

李齋始終抱有這種想法，而且，那個人也的確從看似平靜的水面下突如其來地現身。

＊

他花了相當長時間才瞭解自己發生了什麼事。

簡單地說，他遭到了神隱。他被祖母斥責，被趕去中庭，然後就突然消失了。他不記得消失瞬間的事，好像一段在昏昏而睡的模糊時間後，又回到了這個家。雖然一年多的時光流逝，但對他而言，那些時間並不存在，既然不存在，當然也不可能解釋其中的內容。

大人找來了警察和醫生，不久之後，他就被送去各家兒童諮商中心，那些大人拚命想要填補他失去的那段時間，但他完全想不起任何事。

在他的感覺中，完全沒有任何落差。從大雪的中庭到祖母葬禮那一天的玄關，雖然有些地方無從解釋，卻是連貫的整體，反而是這個世界有落差。祖母死了，弟弟突然長大了。學校的同學變成了比他高一年級，原本比他小一歲的弟弟變成了他的同學——然而，在他周圍人的眼中，這個世界當然不存在落差，而是他本身就是落差，也因此導致他和周圍人之間出現了決定性的紛歧，在根本性的事物上產生了差異，彼此再也無法和諧。

他開始失去，只是周圍人並不知道，連他自己也沒有察覺。他並不知道自己在這個世界過了一天，就在另一個世界失去了一天。不僅如此，他也沒有發現在這裡的他——被封印在他內在、身為獸類的他，也一天一天損耗。泰麒的身體因為蝕和自我療癒而耗盡了精氣，即使如此，仍然可以慢慢療癒，只要花費漫長的歲月，再度長出角並非不可能的事。照理說，應該是如此。

「怎麼了？」他父親問他，「你不吃嗎？」

父親看著兒子停下筷子。母親看著坐在餐桌前，不知所措地看著晚餐的兒子，撫摸他的頭，笑著為他解圍說：

「我想起來了，你以前不喜歡吃肉，都是媽媽不好，忘了這件事。」

「妳不要再寵他了。」父親的聲音冷若冰霜，「那是媽媽為了讓你養身體特別準備的，這個世界上還有很多孩子沒飯吃，挑肥揀瘦是壞習慣——趕快改掉偏食的壞毛病。」

「因為你遭遇了很多事，所以很累了，對不對？」

母親摟著他的肩膀說，努力藉此填補落差。

「吃不下油膩食物沒關係，你可以剩下不吃。」

「不行！」

父親的聲音比剛才更冷漠。

「不要再寵他了，以後他還會遇到很多事，只有在他失蹤期間，別人才會同情他，以後必定會在背後對他指指點點。」

「但是……」

母親插嘴說道，但父親不理會母親，看著他說：

「聽到了沒有？」
「……好，對不起。」
他點了點頭，拿著筷子拚命吃了起來。
——他當然不知道，這將會對他的療癒造成決定性的損害。
昏沉中，汕子的肩膀抖了一下。她在半夢半醒之中微微抬起頭，籠罩她的亮黃色黯闇中，似乎飄進了淡淡的血腥味。
——那是什麼？
她在半昏沉的意識角落想道。些許的異物讓她產生了不舒服和不安的感覺。
汕子抬頭良久，努力想要窺探堅硬外殼外側的動靜，但始終無法釐清，她終於放棄了。
……好像沒事。
也許只是心理作用，自己太敏感了，眼前不會發生什麼大事。汕子這麼告訴自己。
汕子知道泰麒在面臨危機時，會本能地引發蝕。為了逃離惡賊，他引發了蝕，而且也順利逃脫了。泰麒穿越了門，既然已經穿越，就代表這裡是異界。在泰麒還是金色果實時，曾經漂流來到的異界。當泰麒面臨突如其來的危機時，他不加思索地做出了極其妥當的選擇。泰麒本能地逃回了以前漂流來過的地方，回到認識的人周圍。那是泰麒以前借胎的女人和她的丈夫，以及他們的孩子，說起來，就像是他的臨時父母和兄弟。一旦逃來這裡，奸賊就鞭長莫及，泰麒選擇了可以自保的地方。

……既然這樣，這裡就不可能發生不好的事。

敵人或許會追捕泰麒，但曾經遺失裝了泰麒果實的汕子清楚知道，要找到泰麒談何容易。即使最後能夠找到，也必然會耗費相當長的時間，所以，汕子只要注意來自外部的襲擊就好。

所以不會有問題。汕子這麼告訴自己，再度陷入了沉睡。不知道過了多久，她再度察覺有異物而醒來，在一次又一次發生後，汕子無法再無視這種不快的刺激。

——這到底是什麼？

汕子抬起頭，雙眼在亮黃色的黯闇中徘徊，拚命尋找異物感的來源。

「……那是毒。」

黯闇中傳來傲濫的聲音。汕子這才恍然大悟，對，沒錯。

雖然不是毒——但充滿了像毒一樣的穢濁。

「為什麼？」

汕子嘀咕道。他們不是泰麒的臨時父母嗎？泰麒判斷這裡很安全，所以才會逃來這裡，為什麼他們想要加害泰麒？

必須讓他們停止——汕子想要打破自己訂下的禁令，衝出外殼，不知道哪裡傳來的聲音制止了她。

「被囚禁了嗎？他們是看守嗎？」
聽到傲濫的話，汕子猛然發現，也許就是這麼一回事。
「難道敵人料事如神？」
敵人知道泰麒會逃來這裡，事先收買了他的臨時父母——難道是這樣？
「但他們並沒有積極危害泰麒。」
「但充滿了穢濁。」
「沒有察覺到敵人的動靜，可能是害怕泰麒的力量，目前按兵不動。」
很有可能——傲濫在黯闇深處表示同意。
「既然這樣，只要乖乖被囚禁，就不會有生命危險。」
「如果抵抗，就會把他交給敵人嗎？」
「有可能。」傲濫小聲地說。
汕子很猶豫，到底該繼續被囚禁，還是該打倒看守，解放泰麒？但是——如果這麼做，汕子他們就會極度消耗泰麒的精氣。目前因為泰麒沒有角，導致吸收的氣脈弱如游絲了，為了預防日後敵人可能發動的襲擊，也許眼下必須忍耐，養精蓄銳。即使泰麒脫離了看守，目前也無處可去，至少汕子不知道這個世界的哪裡是泰麒的容身之處。戴國太危險，暫時無法回去，只有世界中央的蓬山才是唯一安全的地方，但泰麒已經沒有能力再度引發蝕，汕子和傲濫也沒有這種能力，一旦這麼做，會耗盡泰麒所剩不多的精氣。既然無法回去，汕子就不知道可以讓泰麒逃去哪裡，在找到可以躲藏的地方之前，如果遭到兩、三次襲擊，也沒有把握是否能夠安然度過。即使能夠化險為夷，汕子和傲濫消耗的精氣可能會極度損傷泰麒。

只要乖乖被囚禁，也許就不會遭到襲擊。只要不是致命的毒，也許不必太計較。

「……泰麒在這個世界需要庇護。」

傲濫在遠處說道。

「即使是牢獄的庇護、看守的庇護，也勝過沒有庇護，妳也見識過之前的騷動了。」

汕子點了點頭。泰麒周圍的那些人不僅在精神上責備他，還以檢查身體為名，用各種奇怪的器具壓迫他。如果要被那些警察或是醫生之類的傢伙隔絕，也許該忍受目前被囚的狀態——沒錯，即使是這樣的庇護，也勝過沒有庇護。

「盡可能忍耐吧……必須靜觀敵人的動向。」

只是必須提高警覺。傲濫低聲說完，陷入了沉睡。

第三章

1

這一天，陽子結束上午的朝議回到內殿，發現有一隻鳥在等她。名為鸞鳥的鳥也算是一種官府之間用於聯絡的青鳥。青鳥傳遞文書，鸞鳥記憶人語，直接傳遞。只有鳳凰和白雉所在的梧桐宮有鸞鳥，只有當鸞鳥的主人──王成為寄件人或收件人時，才能使用這種鸞鳥。鸞鳥就像是王的親筆信，不同國家的鸞鳥的尾羽顏色各不相同。

陽子看到鸞鳥，微微睜大了眼睛，然後餵食了一顆銀粒。鸞鳥用開朗的男人聲音說了一句：「正午請開禁門。」就閉上了嘴。陽子輕輕苦笑，在正午準時前往禁門，在門前等候片刻，果然如鸞鳥所預告的，兩匹騶虞從天而降。

「……遠道而來，有失遠迎，深感惶恐。」

陽子面帶苦笑迎接走下坐騎的兩個人，個子高大的男人輕輕挑起眉毛說：

「不是慶國派使者前來，說如果瞭解情況，盡快通知你們嗎？」

「冢宰做夢也不會想到延王會親來報告，負責迎賓的官吏現在忙壞了。」

陽子笑著說完，看著另一個有著一頭金髮的少年客人。

「延台輔，好久不見了。」

「嗯。」延麒六太笑著說話時，已經走向禁門。

「……那個戴國的將軍呢？現在可以說話嗎？」

「勉強可以。」

陽子帶著兩位賓客走進王宮，把李齋前來求救的來龍去脈告訴他們，並解釋說因為李齋之前病體虛弱，無法移動，讓她暫時在正寢的臥室內休養。

「瘍醫說已經可以移動了，所以決定安排她搬去能夠得到更好照顧的宮殿。如果她醒了，可以聊天，但可能沒辦法久聊。昨天聊到一半時，她也突然感到不舒服。」

「目前已經瞭解戴國的情況了嗎？」

「只問了最低限度的事——啊，浩瀚。」

浩瀚等在內殿的入口，景麒和太師遠甫也站在他身後。陽子帶著前來迎賓的他們一起來到書房角落的積翠台。

「聽李齋說，泰王和泰麒都下落不明。」

「是啊。」延王尚隆坐下時點著頭。

「我再度調查後，發現蓬山的確沒有泰果，代表泰麒未死。鳳也未鳴，泰王應該也未死。來自戴國的難民眾說紛紜，但曾經發生謀反的可能性最高。」

「李齋也是這麼說，泰王為了鎮壓內亂離開王宮，然後失去了音訊，詳細情況就不得而知了。」

「……可能率兵出征後遇到什麼意外，雖然未死，但也並非平安無事，可能被俘，或是被暗殺者盯上，目前不得不暫時藏身。無論如何，戴國已經掌握在逆賊手中，泰王想要討伐逆賊，奪回王位也無能為力——泰麒呢？」

「也不瞭解詳細的情況，目前只知下落不明……聽說當時發生了蝕，王宮內發生了鳴蝕，對白圭宮造成了很大的損害。」

「……發生了鳴蝕？」

六太不解地問道，他臉上的表情很凝重。

「對，李齋說，鳴蝕之後，泰麒就失去了蹤影。雖然在瓦礫堆中找了很久，但還是沒有找到。」

「這……感覺很不妙。」

「很不妙？」

六太點了點頭。

「既然發生了鳴蝕，就代表泰麒本身遇到了某種異變。如果不是天大的事，不可能引發鳴蝕。」

「是這樣嗎？」

「嗯，」六太點了點頭，「並不是發生了鳴蝕，導致他失去蹤影，而是泰麒被逼到走投無路，所以引發了鳴蝕，搞不好泰麒已經不在這裡了……」

「所以去了那裡？」

「還無法斷定，但很可能遇到異變，為了逃離異變，所以引發了鳴蝕，逃去了那裡。只不過——如果只是這樣，通常應該早就回來了。已經六年未歸，可能又發生了什麼狀況。」

陽子點著頭，然後看向尚隆。

「延王，遇到這種情況該怎麼辦？」

「什麼怎麼辦？」

「我是說，如果泰王崩殂，泰麒不是要遴選下一個王嗎？即使泰王平安無事，如果泰麒死了，泰王也會隨之而去。那時候，蓬山上就會結出泰果，戴國就會有新麒麟誕生，然後遴選新王。」

「的確是這樣。」

「但泰麒並沒有死，所以不可能有新麒麟誕生吧？而且，泰王應該也活著，所以，即使泰麒平安，也不需要遴選新的王。」

尚隆點了點頭。

「就是這樣，泰王和泰麒都還活著，理論上，戴國並沒有發生政變。」

「但是大量難民逃離家園，戴國目前的狀況應該很嚴峻。」

「是啊，至少沿岸有妖魔出沒，以前有大量難民，但這一陣子幾乎沒有。」

「聽說出現了偽王，是因為停止了正當的王舉行的郊祀，導致國家越來越荒廢，有沒有什麼方法可以撥亂反正？」

「既然有正當的王，就不能稱為偽王——不過姑且這麼說也無妨。按照目前的情況，戴國百姓起義是唯一的方法。雖然不知道目前泰王和泰麒的情況，但諸侯可以團結百姓的力量討伐偽王，就可以撥亂反正。」

「但是，之前派敕使來通知泰王崩殂至今已經六年了，如果有辦法起義討伐偽王，恐怕早就這麼做了，正因為無能為力，李齋才會遍體鱗傷地來向我求救。」

「……也許吧。」

「總之，雖然你親自前來，但幾乎無法提供你任何有效的消息。戴國目前的狀況就是如此。偏偏在燕朝發生了蝕，造成了重大的損害，但這個消息也沒有外傳，可見中央的官吏，和瞭解情況的重臣，以及首都的百姓幾乎沒有逃出來。李齋是唯一的例外，由此可見，戴國的狀況非常嚴峻。」

尚隆和六太都陷入了沉默。

「李齋說，戴國的百姓已經沒有能力自救，所以至少要派人去尋找泰王和泰麒的下落——」

「我就是為此事而來！」陽子的話還沒說完，尚隆就開口說道：「目前所知戴國的情況就是如此，所以我並不是來傳達這些消息，我是來阻止妳的。」

「阻止我？」

「妳聽我說，無論發生任何狀況，都不可以派王師前往戴國。」

陽子眨著眼睛。

「……為什麼？」

「沒為什麼，因為規定就是如此。」

「當初是你協助我回到了慶國。」

「兩者情況不同，」尚隆加強了語氣，「當初妳來請求協助。無法進入慶國的景王來雁國尋求保護，我只是把王師借給妳而已。」

「……聽起來像狡辯。」

「不管是不是狡辯，天條就是如此。率領軍兵進入他國就是犯下即刻遭報應之罪，是會讓王和麒麟在數日之內死去的大罪。」

陽子困惑地巡視室內，太師遠甫點頭表示同意。

「之前有遵帝的先例，妳知道嗎？」

「不知道。」

「以前，才國有名為遵帝的王，在那個時代，鄰國範國的王失道，百姓苦不聊生。遵帝同情範國百姓，派王師前往範國，但因為不能討伐他國的王，所以就駐紮在範國邊境附近的里廬，保護想要逃難的百姓，或是把他們救出來，沒想到在王師跨越邊境的幾天後，麒麟就死了，遵帝也跟著死了。上天不允許這種事情發生。」

「但那是……」

尚隆搖了搖頭。

「評論上天所為並無益處，這代表即使不是侵略，即使不是討伐，而是為了保護百姓，都不可派軍兵前往他國。即使並無歹念，以天條而論，就是大罪——而且在遵帝之後，才國的國氏從齋變成了采。」

尚隆說完，巡視著在場的所有人。

「遵帝登遐之後，一如慣例，齋王在玉璽上的印影也就消失了，當新王登基後，玉璽的印影變成了采王玉璽。只有上天才能改變玉璽，可見遵帝犯下了逆天大罪。國氏改變是很罕見的事，可見罪行多麼重大。」

「所以要棄戴國不顧嗎？」

「我並沒有這麼說，只是並不是看到他人有難，就要伸出手相助——事情沒這麼簡單。這件事攸關慶國的國運，千萬不可急躁。」

「這就是要棄戴國不顧，延王，你並不知道李齋衝進金波宮時的狀況有多慘，難道為了自保，要推開不顧生命危險來求救的人嗎？」

「妳不要誤會，妳是慶國的國主，並不是戴國的國主。」

「但是……」

尚隆舉起一隻手。

「有難民說，泰王被殺，泰麒也被殺了，而且是瑞州師的劉將軍下的手。」

「……怎麼可能？」

「既然認為泰王和泰麒都未死，代表這只是傳聞而已，但必須記住，難民提到逆賊時，最常提到的名字正是劉將軍。」

2

這一天，李齋得到瘍醫的許可，從之前休養的正寢搬去寄宿的宮殿，但李齋仍然無法站立，只能坐在轎子內被抬去新的住處。由虎嘯帶路，來到內殿附近的一座宮殿，進入面向簡樸園林的客廳，讓李齋坐在長椅上後，一個小孩子從隔壁臥室衝了出來。

「你回來了？我全都準備好了，是我一個人完成的。」

「是喔。」虎嘯笑著，把手放在小孩子的肩上。

「他叫桂桂，是我的弟弟，接下來他會和女御一起照顧妳——桂桂，這位是戴國的將軍李齋大人。」

小孩子露出燦爛的笑容看著李齋說：

「聽說妳身負重傷？現在不痛了嗎？」

「對——不好意思，給你添麻煩了，桂桂大人。」

聽到李齋這麼說，小孩子不好意思地笑了起來。

「叫我桂桂就好，我只是奄。」

說完，他突然「啊！」了一聲，轉頭看著虎嘯。

「夏官派人來說，騎獸已經帶去廄房了，真的可以讓我來照顧嗎？」

「只要李齋將軍同意就沒問題，那是她的騎獸。」

「是喔。」桂桂露出充滿期待和讚嘆的表情看著李齋。

「……騎獸？」李齋看著虎嘯問：「是飛燕嗎？」

「對，騎獸已經完全康復了，雖然原本想帶給妳看一下，但天官反對把騎獸帶進正寢。」

「真不知道該如何感謝……」

「不必謝我，可以讓桂桂照顧嗎？但桂桂從來沒有照顧過騎獸，所以必須由妳負責指導。」

「當然可以。」

聽到李齋這麼說，桂桂小聲地歡呼：「太好了。」

「不給客人倒茶嗎？」

虎嘯問，桂桂跳了起來，大聲回答說：「對喔。」然後衝出了堂室。

「恕在下冒昧請教，那孩子是虎嘯大人的……？」

「不，他和我非親非故，他失去了親人，所以陽子把他帶回來照顧。」

「陽子……景王？」

「對，雖說是她帶回來照顧，但她根本沒有時間，所以就留在我身邊。」

「所以，這裡是虎嘯大人的府上？」

「這要怎麼說呢？」

李齋眨了眨眼睛。

「這裡應該算是太師的宅第，就在太師府後面，原本是府第的一部分，但我得到太師遠甫的特別准許住在這裡，所以妳也可以住在這裡。」

「所以，太師是虎嘯大人的親戚？」

「不是，也是非親非故。」

「……恕在下冒昧，這是……？」

李齋偏著頭感到納悶時，桂桂抱著茶具跑了進來。

「虎嘯，陽子來了。」

「陽子嗎？」

「嗯，她說想要見李齋大人，可以帶他們進來嗎？」

虎嘯看著李齋，徵詢她的意見。

「當然……請進。」

李齋點點頭，虎嘯和桂桂走出去，帶著五位客人走進堂室。除了帶頭的景王，還有昨天見過的景麒和冢宰，以及一個從來沒有見過的男人，和一個金頭髮的小孩子。

「這兩位是雁國的延王和延台輔。」

李齋大驚失色，看著來自雁國的主從。

「雁國的……為什麼？」

「因為我聽說他們和泰王、泰台輔有交情——李齋，我想繼續請教昨晚的話題，戴國目前到底是怎樣的狀況？」

李齋用剩下的那隻手摸著胸口。

「慘不忍睹，因為主上和台輔都不在。」

李齋回答，陽子的一雙碧眼看向李齋。

「聽說戴國的難民中，有人說泰王和台輔被殺了，而且還直指凶手就是瑞州師的將軍。」

李齋瞪大了眼睛。

「不是——這是誤會！」

「我只是確認一下，妳不必緊張。」

李齋跳了起來，陽子制止她。

「不是這樣，在下的確被當作大逆的罪人遭到追捕，但在下絕對沒有做這種事。」

「……我知道。」

景王看著李齋，眼中露出了關心。李齋吐了一口氣，不知道是因為緊張還是放心，她突然感受到一股渾身麻木般的倦怠感。

「……雖然在下被視為犯了弒君之罪，或是被認為有人指使在下這麼做，數度對在下發出追擊令，但事實並非如此。」

李齋用剩下的一隻手緊握掛在胸前的圓珠。

驍宗前往文州時，李齋率領的王師在鴻基負責戒備。除了戒備以外，王師還必須負責無數工作，李齋他們必須接替前往文州的王師留下的工作。

——就在這時，一個傳聞傳遍了王宮的各個角落。李齋每天忙得焦頭爛額，始終沒有聽到這個傳聞。為了接替那些離開鴻基軍兵的工作，她從清晨到深夜四處奔波，有一天夜晚，當她精疲力竭地回到官邸時，看到花影一臉不安地正在等她。

「聽說妳等了很久？」

李齋聽下官報告，花影正在官邸等候她回家，立刻緊張地走進客廳。初春季節，深夜的堂屋很冷，花影沒有帶下官，獨自坐在那裡的身影看起來很孤單，而且感覺很不安。

「如果派人來通報，在下可以提早回來。」

李齋說完，走進了客廳，花影露出鬆了一口氣的表情。

「——那怎麼行！妳公務繁忙，還上門叨擾，真對不起。」

雖然下人貼心地為花影準備了酒菜，但花影完全沒有吃。看到花影等待時緊張的樣子，以及看到李齋時的表情，李齋知道必定不是好消息。

「李齋，妳有沒有聽說奇怪的傳聞？」

「——傳聞？」

「對，因為我不諳軍事，所以難辨真偽……」

花影說完，直視著李齋的雙眼。

「……有人說，主上出征去文州的轍圍，也未免太巧了。」

「太巧了？」

「對。」花影不安地交握著雙手。

「有人說，轍圍和主上淵源深厚，如果只是發生內亂，主上不會親自出征，正因為是轍圍，所以主上才會出征。」

「這……的確如此。無論嚴趙、阿選和英章，任何一個禁軍的將軍都有能力鎮壓土匪之亂。事實上，主上最初也派英章去鎮壓，雖然內亂擴大，英章一個人似乎有點吃力，只要加派其他將軍助陣，就可以解決問題，主上根本不需要親自出馬，但主上借用了阿選的軍力御駕親征，的確是因為轍圍的關係。」

李齋在說話時，才發現的確太巧了。正因為是轍圍，所以驍宗才會親自出征，她之前對這件事毫無疑問，但說出口之後，的確察覺到其中有不自然的味道。

花影點頭表示同意，但臉上的表情還是很黯然。

「傳聞說，之前就料想到新年的冬獵會造成混亂，很多問題會趁此機會爆發。文州的土匪最令人擔心，所以文州最先發生動亂也完全不覺得有問題，只不過既然偏偏把轍圍也捲進去，就覺得文州發生動亂固然理所當然，但因為太理所當然，反而不自然了。」

「……聽妳這麼說，的確是這樣，因為是在文州，而且是在轍圍，所以主上會出征，任何人都對此沒有產生疑問。反過來說，想要誘引主上離開王宮，文州的轍圍是不二之選。」

有人故意誘引驍宗離開王宮——李齋這麼想道，看著滿臉不安的花影。

「該不會……這是對主上大逆的一環？」

「是不是可以這麼認為？但也有相反的意見。」

「相反？怎麼相反——」

「我不知道能不能說清楚……」

花影想了一下，似乎在思考如何表達。

「假設有人對主上抱有反叛之心，如果在王宮中，很難對主上下毒手，所以如果能夠誘引主上離開王宮，前往像是戰地這種混亂的地方，就可以把握千載難逢的機會，所以叛賊製造了叛亂，誘引主上離開王宮，但如果太唐突發生動亂，會引起主上的懷疑，而且主上並不會因為有地方發生動亂，就御駕親征。於是，就利用了文州的土匪，因為文州發生動亂很自然，而且轍圍也在文州，考慮到主上和轍圍之間堅強的信義關係，完全可以預料到轍圍發生狀況時，主上會御駕親征。正因為如此，策動謀反的人選擇了文州，選擇了轍圍。」

「非常有可能。」

「但是，也可以從相反的角度思考。如果是轍圍，主上很可能御駕親征——反過來說，如果轍圍發生狀況，主上離開宮城也不會顯得不自然。」

「在下不太……」

李齋想要說「在下不太理解」，花影打斷了她。

「也就是說，也許一切都是主上的考量。主上基於某種理由，想要離開宮城，但在朝廷剛整頓完畢的這個時期，沒有理由非離開宮城不可，所以就利用了轍圍。」

「當轍圍有危難，主上離開宮城並不會不自然——這點在下能夠理解，但正如妳所說的，主上為什麼要在這個時候離開宮城呢？」

「會不會……是持續冬獵？」

花影小聲地說，李齋一笑置之。

「不可能。在這個時期，主上御駕親征，有反叛之心的人可能會蠢蠢欲動，但在下沒有聽說有這些計謀。」

「對，我也沒聽說……所以，會不會是在測試我們？或是……最糟糕的情況，是為了處置我們？」

「怎麼可能？」李齋叫了起來，「不可能！」

至少李齋對驍宗沒有任何反叛之心，也沒有任何可能會招致誤會的言行。李齋和驍宗的部屬相處很愉快，和驍宗也相處融洽——而且和泰麒的關係比任何人都好。

花影縮著身體，皺起了眉頭。

「……我也希望是這樣，但聽到有人說，看看剩下的這些人。」

「剩下的這些人？」

「禁軍的巖趙大人、阿選大人，還有瑞州師的妳和臥信大人，其中巖趙大人和臥信大人以前在主上手下擔任師帥，阿選大人在驕王時代是禁軍右軍的將軍，妳是承州師的將軍。曾經是主上部屬的將軍有兩個人，帶領兩軍；不是主上部屬的將軍也是兩個人，也帶領二軍，其中主上借用了阿選大人的半軍兵力前往文州，也就是說，阿選大人的力量只剩下一半——」

「這是胡亂猜疑。」

「和平定內亂有密切關係的是夏官，以及準備武器的冬官。夏官長大司馬是芭墨大人，冬官長大司空是琅燦大人，他們以前都是主上的部屬。主上離開王宮，就只剩下台輔而已，但陪在台輔身邊的是州令尹正賴大人。除此以外，天官、天官長大宰的皆白大人以前也是主上的部屬，只有秋官的我、春官長張運大人，和地官長宣角大人以前不是主上的部屬，我們幾乎和平定內亂沒有關係，不知道內亂的詳細情況，也沒必要知道……」

「還有冢宰，動用兵力時，必須由冢宰參與。冢宰詠仲大人以前也不是驍宗主上的部屬，他以前是垂州侯——」

李齋說到這裡，搖了搖頭。

「沒錯——在下覺得是胡亂猜疑。主上以前是將軍，深得主上信賴的人也都來自驍宗軍，所以和主上關係密切的人，都擔任軍務的要職。從他們的背景來看，這不是理所當然的嗎？參與平定內亂的人都是主上以前的部屬，其他人都是新加入，這種情況並非計謀，而是考慮到適材適用的結果，也是理所當然的結果。」

「可以……這麼認為嗎？」

花影不安地用手指按著額頭。

「當我聽到這個傳聞時，感到不寒而慄……老實說，因為我覺得很心虛。」

「花影！」

「不，並不是我曾經有過反叛之心，而是我起初無法瞭解主上的想法，覺得主上做事太躁進，所以感到很不安，也曾經有過距離感，很惶恐不安……我不是還曾經來找妳哭訴嗎？」

李齋點點頭。

「我現在終於瞭解了，雖然覺得主上躁進，但主上並沒有操之過急，所以我也不再感到不安，主上所做的一切，都有足夠的理由讓我信服。只是以前的確曾經感到不安，可能旁人也看出來了，可能我的態度讓人覺得在批評、否定主上，會產生這樣的誤會也很正常——想到這裡……」

「但是……」

「春官長張運大人也一樣，以前經常批評主上，我知道冢宰詠仲大人以前也感到很不安。然後是阿選大人和巖趙大人……還有妳，李齋，也有關於妳的負面傳聞。」

「我的傳聞嗎？」

「對，」花影蒼白的嘴唇顫抖著，「阿選大人在驕王的禁軍中，和主上一起被稱為雙璧，結果其中一人當上了王，另一人成為臣子，所以心裡很不是滋味。」

「怎麼會？該不會也這樣說在下？」
「對，也許妳聽了這些傳聞會感到不舒服，妳當初不是和主上一起昇山嗎？最後主上獲選為王，所以有人認為妳心裡必定不悅。巖趙大人原本也是驍宗軍的部屬，但他原本就是在禁軍赫赫有名的人物，當禁軍將軍有空缺時，大家都認為非巖趙大人莫屬，沒想到年紀尚輕的主上破例成為禁軍將軍。雖然巖趙大人一直在驍宗軍內，但內心有所不滿。」
「這——如果用這種方式胡亂猜疑，可以為任何人都冠上莫須有的罪名。」
「我也這麼認為……我覺得這只是惡意。」
「比惡意更嚴重。台輔的確當著在下的面遴選了主上，但在下從來沒有覺得心有不甘，認為在下必定為此感到生氣的人，一定覺得換成自己，必定很生氣，覺得無法原諒，會憎恨在自己面前搶走榮耀，所以才會說，在下也必定會這樣，覺得別人也一定像他一樣卑劣，這種……」
李齋說到這裡住了口。人往往都是按照自己的標準推測他人，這和自己覺得痛，所以猜想別人也會覺得疼痛的惻隱之心相同，以自己的標準衡量他人這件事本身並不是壞事——只是個人的心態問題。
「……對不起，沒錯……有人會這麼想也許很正常，可能看別人的時候難免如此吧。只是在下對主上並無二心，在下相信主上也知道，而且阿選和巖趙也一樣。主上對阿選抱著敬意，把巖趙當成家人，說主上把他當兄長或許不太恰當，至少是把他視為親切的年長者，而且也很仰賴他，巖趙也以主上為榮。」
「……是啊。」
「主上不可能為了處分我們而離開宮城。首先，主上把台輔留了下來，如果是冬獵的下一步，不可能把台輔留下。」
「對——妳說的對。」
花影鬆了一口氣，終於露出了笑容。
「只不過……可能懷疑我們其中一人，想要觀察動向，在下無法斷言沒有這個可能性，但果真如此的話，把台輔留下也似乎也很奇怪，所以還是可能被人誘出了王宮……」
「是啊……」
花影說完，露出凝重的表情。
「不知道主上是否已經進入文州了，希望可以平安無事。」
李齋點點頭。
「在下會把這些情況告訴巖趙他們，在主上回宮之前，要多觀察動靜。」
翌日，巖趙聽了李齋的話放聲大笑。
「這些人的想像力真豐富啊。」
「心懷不軌的人，會覺得別人心裡也有不軌。」

阿選也苦笑著說。臥信嘆著氣。

「為什麼唯獨沒有提到我，如果是因為我是個小人物，根本沒資格嫉妒驍宗大人，那還真令人失望啊。」

李齋輕輕笑了起來。看到他們輕鬆的態度，便覺得昨晚和花影說話時感受到的不安顯然是杞人憂天。

「你的確是小人物啊，這也是無可奈何的事。」

巖趙說道。

「果然這麼嚴重嗎？」

臥信笑著回答，但李齋認為他是精通用兵之道的傑出將軍，在王師訓練時，往往跟不上他的步調，所以也最辛苦。巖趙和霜元都採用堅實、正統的戰術，臥信則以奇計奇策見長，難以預料他的行動，絲毫不得鬆懈。英章也一樣，但相較於英章的陰險，臥信的詐術顯得明朗快活。

「但如果要懷疑，不是應該懷疑英章嗎？我經常納悶，英章那傢伙為什麼沒有陷害驍宗大人。」

巖趙說，臥信也點著頭說：

「是啊，而且他和正賴也臭味相投。」

「英章之前說，正賴這個人一無是處，即使害他也完全不會感到良心不安。」

李齋笑著插嘴說：

「正賴也說過類似的話，他說英章已經黑心到骨子裡了，根本不必費心去猜到底是白還是黑，反而很輕鬆。」

「……原來這兩個人根本是一丘之貉。」

臥信說道，在場的人全都捧腹大笑。

「不過，」阿選苦笑著插了嘴，「還是得小心謹慎，在文州轍圍出事的確太巧了。」

巖趙收起笑容，點了點頭。阿選雖然以前不是驍宗的部屬，但巖趙等人對他也另眼相看。李齋和阿選在新兵訓練時交過手，發現他用兵伶俐——如果可以用這幾個字形容將領，阿選就是這樣的將軍。李齋不曾和驍宗合作用兵，但聽說驍宗和阿選是很相像的將領，所以當時曾被稱為雙璧。

巖趙抱著粗壯的手臂說：

「……也許該不著痕跡地調查一下和文州有淵源的人。」

「也該通知一下驍宗大人，派青鳥去報個信。」

3

那天傍晚，李齋有事前往州府，看到泰麒衝進府第的庭院。泰麒東張西望，走下回廊，一看到李齋，立刻叫著她跑了過來。平時他總是帶著一臉稚氣的笑容跑向李齋，但這一天的表情很凝重，好像身後有什麼人在追他。

「李齋——我在找妳。」

泰麒一路叫著跑到李齋面前，緊緊抓住了她的手。

「聽說驍宗主上很危險，這是真的嗎？」

「很危險是指？」

「聽說驍宗主上御駕親征是遭人設計，文州有壞人想要推翻驍宗主上，在那裡埋伏，準備襲擊——」

「怎麼可能？」

李齋勉強擠出笑容。

「誰告訴你這些謊話？驍宗大人是去鎮壓暴動。」

聽到李齋這麼說，泰麒的身體往後一縮，臉上的表情更凝重了。

「正賴也這麼說。」

「可不是嗎？完全不必擔——」

李齋的話還沒有說完，泰麒就搖著頭。

「妳和正賴都說謊，因為我是小孩子，不想讓我擔心，所以才故意這麼說。」

李齋感到不知所措，跪了下來，正視著泰麒的臉。

「在下沒有說謊……為什麼覺得在下說謊呢？」

「琅燦告訴我，六官商討之後，決定不要告訴我。」

李齋皺起眉頭，她知道花影召集了六官，就像李齋和其他將軍曾經商討一樣，他們也討論了這件事，不難推測，他們在討論時曾經提到要不要告訴泰麒這個話題。照理說，動用州師必須經過泰麒的同意，但目前由令尹正賴代為執行實際業務。不難想像他們商討後做出結論，目前尚未查明傳聞的真相，只是臆測而已，讓泰麒知道此事，只是徒增他的不安——但冬官長琅燦還是告訴了泰麒嗎？

「琅燦還說，即使問正賴，他也會叫我不必擔心，只是發生了小暴動，驍宗主上並不是去打仗，而是去前線激勵百姓和士兵，完全沒有危險，所以不需要擔心——結果果然是這樣。」

李齋站了起來，想要帶泰麒離開庭院，泰麒不願離開，李齋小聲對他說：

「隨時會有人來這裡，看到台輔的神情，官吏可能會誤會。」

「但是……」

李齋露出微笑。

「宰輔的舉止不能讓官吏感到不安，在下送您回府上。」

泰麒低著頭，李齋牽著他的手走向正寢時，盡可能用開朗的語氣和他說話。有些人對驍宗離開王宮感到不安，所以出現了各種臆測，其中當然也有傳聞認為，一切都是想要引誘驍宗去文州的奸計，但那只是傳聞而已，如果官吏因為這樣的傳聞感到不安，就會造成各種負面影響，所以六官和將軍們曾經商討該如何處理這個問題。

「的確發生了暴動，所以主上這次出門，也許不像出門旅行那麼安全，但英章已經先去了文州，而且主上也帶了霜元同行，更何況驍宗主上原本就是很厲害的將軍，如果為主上擔心，反而很失禮。」

「但英章不是已經難以對付，才會向驍宗主上求救嗎？」

李齋瞪大了眼睛。

「雖然暴徒的人數超乎原本的判斷，英章的確感到難以對付，但並沒有向主上求救。主上帶霜元一起前往，是為了激勵百姓和士兵，希望文州早日恢復安全。」

「……真的嗎？」

李齋笑著點頭，泰麒安心地吐了一口氣，只是臉上仍然帶著不安的表情。李齋努力尋找各種話題，想要讓他振作，但泰麒心不在焉，來到正寢的正殿時，泰麒閉口不語，似乎不知道該不該相信李齋的話。

「……您還是不相信在下說的嗎？」

李齋語氣溫柔地問道，泰麒為難地抬頭看著她。

「不知道……我不知道該怎麼想。」

說完，他低下了頭，臉上的表情仍然很凝重。

「因為我是小孩子，所以大家都特別照顧我，很多事都不告訴我，也不讓我看到。因為大家都知道，即使對我說了，我也聽不懂，擔心我為自己聽不懂感到沮喪，所以都不告訴我。因為我知道大家都一直用這種方式對待我，所以不知道妳說的到底是真是假。」

「台輔……」

「即使琅燦所說的，或是下官的傳聞正確，妳可能也會否認。因為妳覺得讓我擔心太可憐，所以才會否認……正賴和其他人也都一樣。」

泰麒說完，難過地嘆了一口氣。

「沒辦法，因為我是小孩子……但是，我也會擔心驍宗主上，因為他去了遠方危險的地方，我不希望驍宗大人受傷，或是遭遇危險。如果驍宗主上有危險，我想要幫忙。雖然我沒有任何能力，但還是會努力思考到底能夠做什麼，然後做力所能及的事……」

泰麒的眼中含著淚水，沒有繼續說下去，全身都散發出強烈的失落。

「……我覺得這是我的職責，雖然大家會覺得我多管閒事……」

李齋感到一絲心痛。泰麒的確還很年幼，正因為如此，周圍的人都努力不讓這個心地善良的孩子痛苦，讓他難過，這是對泰麒的愛護，但也許對泰麒來說，會覺得大家把他當成孩子，不把他放在眼裡——如果是驍宗，會告訴泰麒嗎？李齋突然產生了這個疑問。

「泰麒……並不是你想的那樣。」

雖然李齋這麼說，但泰麒放開她的手，衝進了門殿。李齋重重地嘆著氣，目送他的背影離去後，轉身直奔冬官府。

琅燦還在冬官府內。李齋告訴下官，她要見琅燦，不一會兒便被請進了正廳。琅燦的面前放了大量文件和書籍。

「可以自己找地方坐嗎？」

琅燦沒有抬頭，揮了揮手。她外表看起來是十八、九歲的年輕女孩，感覺不像是六官之長，但她博學多聞，冬官長大司空的不二之選。冬官擁有百工，冬官長大司空手下有匠師、玄師、技師三官，專門製作國家的物品和咒具，研究新技術。三官手下有無數工匠，聽說琅燦和任何工匠交談，都不會發生雞同鴨講，無法溝通的情況。

「……請問妳為什麼要對台輔說那些話？」

李齋問道，琅燦這才抬起頭，臉上的表情似乎在說，原來是為了這件事。

「因為我覺得台輔知道比較好。」

「那些都是空穴來風的傳聞，妳竟然——」

「妳的意思是，泰麒知道，也是徒增他的擔心而已嗎？但驍宗主上的確可能是遭人設計，不是嗎？」

「那只是不能排除這種可能而已。」

「這就代表有可能是這種情況。照理說，這是重大事項，宰輔必須知道。」

「但是……」

李齋的話還沒說完，琅燦就皺起眉頭，闔上了書。她單腿抬到椅子上，托著腮說：

「我覺得你們太溺愛麒麟了，我能夠瞭解你們把他捧在手心的心情，但事關國家，必須考慮到輕重緩急。也許這並非只是地方之亂，有可能是大逆。如此重大的事，怎麼可以瞞著一國的宰輔呢？宰輔有宰輔的職責，這和年齡沒有關係，出動州師也要經過宰輔的同意。」

「雖然沒錯，但是……」

「這種事，根本不需要妳一臉可怕的表情來興師問罪，我只是按理行事，是你們悖理違情。」

李齋默然不語，琅燦說的話並沒有錯。

「而且，如果主上發生了狀況怎麼辦？雖然台輔年紀幼小，但並不是無能，也不是無力。如果遇到所有的事，都同情台輔，袒護台輔，根本是對台輔的侮辱。如果主上有難，台輔有能力營救主上，就必須讓台輔出面營救，不讓台輔插手，反而太殘酷了。」

李齋想起泰麒極度失落的樣子。

「……妳說的對。」

「嗯，」琅燦露出滿面的笑容，「李齋，妳的理解能力很強，非常好。」

李齋忍不住苦笑。

「琅燦大人認為這是弒君嗎？」

李齋問，琅燦突然露出嚴肅的神情，抱著膝蓋說：

「如果知道的話……」

琅燦深深地嘆著氣。

「等到查清楚之後，可能就來不及了。因為這裡離文州很遠，即使出動空行師，也要好幾天的時間才能趕到。在緊要關頭，只能動用戴國祕藏的珍寶，但只有王或麒麟才能使用——只有擁有泰這個國氏的人才能使用，所以只有台輔才能使用。在緊要關頭時，最迅速而又確實，而且值得信賴的，恐怕只有台輔的使令了。」

李齋倒吸了一口氣，琅燦調皮地挑著眉毛看向李齋。

「我實在搞不懂你們為什麼把台輔當成一個無力的小孩，他不是有饕餮嗎？」

「……那……倒是。」

麒麟會降伏妖魔做為自己的使令。泰麒不幸在蓬萊出生、長大，所以無法像其他麒麟一樣擁有無數使令，他只有兩個使令。其中一個是養育麒麟的女怪，不能算是使令，嚴格來說，泰麒只有一個使令，唯一的使令就是饕餮，幾乎可說是傳說中才會出現的強大妖魔。

「饕餮是妖魔中的妖魔，如果要說有牠隨侍在側的小孩很無力，那我們根本就是嬰兒。」

琅燦說完，瞇起了眼睛，看著虛空。

「說起來，那個麒麟……是超越饕餮的妖怪。」

4

李齋和其他人努力尋找文州之亂是謀反前奏曲的證據——或是想找證據證明並非如此，卻遲遲不見成果。尤其並沒有發現有人和文州有特別密切的關係，也沒有任何人的行為特別奇怪。雖然有人說，在王宮中看到了可疑的人影，但這比之前的傳聞更加捕風捉影。就在這時，發生了鳴蝕。

李齋從路門跑向仁重殿，放眼望去，到處都是殘垣斷壁。她避開樓閣的殘骸繼續奔跑，遇到幾個跑過來的人。

「啊，李齋——」

「臥信，台輔呢？」

「不知道，我也在找。」

說完，他繼續奔跑起來。仁重殿所在的那一片已經變成了瓦礫山，即使勉強沒有倒塌的宮殿，西側也都嚴重毀損。李齋看到正殿的仁重殿也不例外，不由得感到背脊發冷。

他們在庭院內尋找時聽到了叫聲。抬頭一看，負責照顧泰麒的大僕從半倒的宮殿中爬了出來，正賴被他扛在背上。

「潭翠，台輔呢？」

李齋大叫著跑了過去。

「不知道，我沒有和台輔在一起。到底發生了什麼事？」

這個向來沒有表情的男人臉色大變，他的頭上都是灰塵和牆壁的碎片，臉上有無數細小的傷痕。他扛著的正賴也一樣，但所幸並沒有重傷。瓦礫堆中傳來馬匹悲痛的嘶叫聲。

「為什麼會離開台輔？你最後是在哪裡看到他？」

李齋追問道，潭翠搖了搖頭。

「台輔那時候在正殿，正賴找我，我就交代小臣後離開了。」

地鳴已經停止，四處響起呻吟和慘叫聲。雖然聽到有人求救，但李齋他們有比營救他們更重要的事要做。必須尋找泰麒——李齋正這麼想，遠處傳來有人叫她的聲音。回頭一看，阿選帶了幾名手下跑了過來。

「台輔呢？」

阿選劈頭問道，他的樣子也和潭翠他們差不多。「好像在正殿。」臥信回答後，李齋等人把正賴交給士兵照顧，在潭翠的帶領下跑向深處。他們緊張地在正殿內尋找，在瓦礫堆中翻找，卻不見泰麒的蹤影。除了正殿以外，附近也都找不到泰麒。雖然徹夜尋找，仍然一無所獲，從文州飛來的青鳥讓搜索行動不得不暫時擱置。

青鳥帶來的消息讓國府的混亂達到了顛峰。

鳴蝕導致王宮災情慘重，許多官吏受傷、不知去向。幸好發生在燕朝，在場的官吏幾乎都是仙，所以並沒有造成太多人員死亡，但也並不是完全沒有，無法加入仙籍的奚和奄傷亡慘重。官吏的受傷和混亂導致國政完全停擺，每個人都不知如何是好。

「主上到底怎麼了？」

李齋問道，芭墨回答說：

「霜元的書信中說，主上在戰鬥中失去了蹤影。霜元帶人四處尋找，最終仍然無法找到。目前只知道這些狀況，完全不知道具體發生了什麼事。我已指示霜元先回來，但等青鳥抵達，霜元回到這裡，最快恐怕要將近十天的時間。」

「文州的情況如何？」

巖趙問道，芭墨搖著頭。

「似乎並未平定動亂，雙方對峙，戰況陷入了膠著。」

「那……該怎麼辦？」

花影問道，但沒有人能夠回答她的問題。因為不僅沒有人知道該怎麼辦，甚至沒有人有權限回答這個問題。當王不在時，由冢宰主持朝廷，但冢宰詠仲在鳴蝕中身受重傷，至今仍然無法起床，也無法說話。輔佐王的宰輔也下落不明，目前朝廷內沒有人能夠代替王彙整諸官的意見後做出決定。

「遇到這種情況要怎麼處理？由誰指揮諸官……」

「按照慣例，天官長是六官之首，兼任冢宰的職務。」

聽到芭墨的話，在場的所有人都陷入了沉默。目前已經確認，天官長皆白在鳴蝕發生時，正在仁重殿附近的三公府。三公向王提供助言和諫言，輔佐宰輔，三公的府第災情嚴重，房屋也倒塌了。三公和擔任三公輔佐的三孤總共六人中，兩人已經死亡，剩下的三人和皆白至今仍然沒有找到。

「事已至此，就只能請官位次於天官的地官長統籌朝廷。」

芭墨說，地官長宣角搖著頭說：

「這怎麼行？我沒這種能耐。」

宣角態度堅定地拒絕，其他人也不再勸進。宣角是溫厚的年輕文官，是從瑞州拔擢進入朝廷的官吏，和驍宗軍並無淵源。雖然他為人誠實，但經驗尚淺，而且在目前的緊要時期，不瞭解軍隊情況的人無法掌控朝廷。況且，目前的朝廷是武派的王朝，剩下的主要官吏大部分都是以前驍宗軍的部屬，所以只有驍宗軍的舊部屬，至少必須由武官出面，才能掌控朝廷。

「正賴大人呢？」

宣角問道，但沒有人回答。正賴也受了傷，目前正在休息，所幸傷勢並不嚴重。他的身體沒有問題，而且正賴以前是驍宗軍的軍吏，是驍宗的部屬，同時也是遠近馳名的文官。從這個角度來說，是最適合帶領官吏的人才。雖然在場的所有人都知道，只是沒有人提正賴的名字。

「……主上回來之前，如果需要有人主持朝廷，正賴當然沒問題，但眼前並不是這個問題。」

所有人聽了芭墨的發言，都忍不住點著頭。目前並不是由誰帶領官吏的問題，如果只是這個問題，無論正賴或芭墨都沒有問題，宣角和李齋也可以暫代。眼前所面臨的問題並不是這麼簡單，而是戴國目前無王這件事。

目前並不知道驍宗的安危。如果驍宗崩殂，國家需要新的王。誰會是下一任的王——眼前面對的是如此重大的問題。

一旦王位空缺，在下一任王登基之前，暫時由冢宰主持朝廷，但身負重傷的詠仲無法勝任。天官長不在，如果由其他人擔任，即使只是臨時暫代，也缺乏足以坐上王位的後盾。如果不是承襲慣例，或是有上天的天條做為後盾，任何人都沒有足夠的威信，幾乎不可能主持朝廷。

「總之，是不是該趕快找人代替冢宰一職？」

春官長張運說道。

「是否該推舉一個能夠領導眾人的人物擔任冢宰，然後成立代朝？」

「你搞錯先後順序了吧！」

巖趙怒氣沖沖地說，「驍宗大人只是下落不明而已，霜元也只說消失而已，並沒有說死了。要先確認驍宗大人是否平安。」

「請等一下。」

花影說道，她白皙的臉龐因為不安和緊張顯得更蒼白了。

「……遇到這種情況該怎麼處理？有沒有人知道慣例？」

「這種情況……」

有人嘀咕道，花影點了點頭：

「恕我說句不吉的話，敬請各位原諒。假設主上崩殂，要怎麼處理？」

「就得由台輔遴選下一任王——」

宣角回答。

「但台輔也不見蹤影了。」

「如果台輔也登遐，就進入了空位時代。按照慣例，由冢宰擔任代王，成立代朝。如果詠仲大人的身體無法勝任，就必須任命新的冢宰。」

「由誰任命？」

宣角一時無言。

「——只有王和台輔有任命冢宰的權限吧？如果主上不在位，就由台輔任命，但如今主上不在，台輔也不在，冢宰也不在任上……以前曾經發生過這種情況嗎？」

「應該沒有。」

芭墨不悅地回答。

「不，應該發生過王和宰輔同時登遐的情況，冢宰可能也同時捲入，這種情況下就會立偽王。如果不是有人謀反，同時殺了王和宰輔，冢宰和天官長也一併慘遭毒手，應該從來沒有發生過像現在這樣找不到人主持朝廷的情況。」

「冢宰並沒有死，雖然身負重傷，但還有意識。」

宣角大聲說道。

「應該可以把玉璽交給冢宰，由冢宰親自任命下一任冢宰。」

「只有獲得台輔任命時，冢宰才能保管玉璽，如今台輔不在，要怎麼把玉璽交給冢宰保管？」

「如果主上已經崩殂，玉璽就失去了效力，這種時候就需要白雉的腳。只要有白雉的腳，就可以由六官三公推舉，任命新的冢宰。」

「但目前無法斷定主上已經崩殂，首先必須確認主上是否平安，舉國尋找主上和台輔的下落。」

「那我想請教一下，該由誰主導這項舉國的事業？沒有一個領導官吏的人，能夠指揮全國行動嗎？」

議場頓時陷入了混亂，李齋茫然地站在角落。曾經有過王崩殂的前例，也有宰輔登遐的前例，但之前應該不曾有過雙方的行蹤和安危都不明的情況。只要有一方平安，就有該如何處理的慣例，但雙方都不在，而且生死不明時，到底該怎麼辦。

「無論如何，即使無視規定，也要先確認主上的安危。」

正當有人這麼說時，議場外響起一個平靜的聲音。

「主上駕崩了。」

議場內鴉雀無聲。李齋回頭看向聲音的方向，發現阿選站在議場入口。剛才一片混亂，沒有任何人發現阿選不在場。

阿選巡視眾人後，向眾人伸出手。他的手上拿了一截鳥的腳。

「恕我僭越，因我認為當務之急是確認主上的安危，所以前往梧桐宮，參拜了二聲宮。」

議場內響起呻吟，阿選極度平靜地說：

「白雉死了，我按照慣例，砍下牠的腳帶來這裡。」

5

李齋話音剛落，堂室內的五個人發出五種不同的聲音。

「這……」

聽到陽子的聲音，李齋點了點頭。

「白雉死了，就代表王已崩殂，我們簡直就像被推入了絕望的深淵——當時在場的所有人都沒有理由懷疑阿選說的話。」

阿選以前是驍宗的同袍，兩人被稱為雙璧，聽說他們於公於私都交情甚篤。在驍宗登基後，始終厚遇阿選，驍宗的部屬也對阿選另眼相看。阿選沒有辜負眾人的信賴，泰麒也和他很親近。

阿選從沒有任何不安、也沒有任何風波的水面下突如其來地現身。

議場內安靜良久。每個人都因為太震驚而說不出話，最後還是阿選打破了凝重的沉默。

「總之，要援救在王宮受傷的人，不知各位意下如何？除了受傷的官吏以外，還需要安排地方治療奄、奚。我認為當務之急，就是在外朝設一個治療院。」

宣角點點頭，然後突然抬頭問：

「對了，鴻基城裡的情況怎麼樣？」

「似乎很平安。」

答話的還是阿選。意外發生後，阿選立刻派手下去營救百姓，確認鴻基的市井災情並不嚴重。在雲海上方發生的蝕似乎被雲海阻隔，沒有傳到下界。總之，設置治療院，治療受傷的官吏和奄、奚一事寫成公文後，用白雉的腳捺了印。這時，才有人想到必須保管印影消失的玉璽，阿選已經派部屬去處理了此事，但正寢也未能躲過一劫，玉璽可能被埋在瓦礫堆，目前正在加速尋找。

——總而言之，當其他官吏驚慌失措時，只有阿選把握了該做的事，然後付諸行動。

在王崩殂後，白雉的腳就代表玉璽，必須有人加以保管，原本該負責保管的宰輔不在；宰輔不在時，取而代之，負起保管責任的三公，以及擔任三公輔佐的三孤也都不在。冢宰也受了傷，臥床不起。王宮內陷入極度混亂，面對如此劇烈的變化，有無數公文需要處理，這些公文都需要白雉的腳捺印，負責保管的人必須在這些公文上捺印。

把白雉的腳帶回家的阿選很自然地承擔起這個責任，也沒有任何人提出異議。當自己驚慌失措時，將軍做了該做的事，目前國家處於非常時期，由武官擔任指導者比文官更理想。朝廷原本就是武派王朝，對武官的親和力比較強，而且阿選原本是和驍宗不分軒輊的出色人才，眾人也期待阿選成為下一任王。驍宗在登基後，也對阿選另眼相看，給予厚遇——每個人都回想起這件事。

驍宗執政後向來武斷行事，導致冢宰和其他文官根本無法代理驍宗處理政務。目前留在王都的武人還有巖趙、臥信和李齋三人，巖趙和臥信都是純粹的武人，並不適合成為施政者，李齋原本也只是州師的將軍。曾經在驕王手下擔任禁軍將軍，深入參與政務的阿選繼承驍宗的王位再妥當不過了。那就暫時交給阿選，等非常時期結束，事態平靜後，再重新組成朝廷，成立代朝即可——當時的每個人都這麼想。

雖然沒有任何人提議，但白雉的腳很自然地由阿選負責保管，需要裁決的公文堆積如山，送到了阿選的手上。阿選在裁決這些公文時，很自然地留在內殿，任何人都沒有覺得有什麼不對勁。

臥信被派去文州搜索驍宗，平定文州之亂，召回了失去將領的阿選軍。不知道是否嗅到了王宮內發生了異變，李齋的老家承州發生了動亂，李齋立刻出發前往承州。

「李齋，妳要出征嗎？」

在李齋出發兩天前的深夜，花影前來拜訪李齋。
「對，既然是承州，在下精通承州的地理，由在下去比較妥當。」
「是啊。」花影雖然表示同意，但一如往常地露出不安和無助，她目不轉睛地看著李齋的臉，彷彿將面對生離死別。
「不必擔心，在下很瞭解承州，承州師也有很多朋友和同袍，而且承州的動亂規模也不像文州那麼大，不需要太多時間就可以解決，馬上就可以回來了。」
「嗯……我相信如此，我衷心期待妳早日歸來。」
花影露出了微笑，但她的表情好像快哭出來了。
「李齋——我們這樣做對嗎？」
「……妳是指？」
「主上不在，台輔也不在，但國家已經開始邁向新的時代……我很害怕。」
「又害怕了？」
李齋輕鬆地揶揄道，花影露出複雜的表情笑了笑。
「是啊，我整天都戰戰兢兢……」
李齋輕輕笑了笑。
「是啊。」
「但是我比之前更加害怕了……主上宛如一匹奔馬，我騎在那匹馬上真的很害怕，目前這個國家也在疾馳，但我們騎的到底是什麼？」

「啊？」李齋叫了一聲，再度看著一臉不安的花影。

「即使看起來多麼躁進，看起來太果斷，主上是堂堂正正的戴國國主，是經由台輔遴選，獲得天命登基的王，說起來，是上天認同的悍馬。但是，現在呢……？」

李齋茫然無語。花影移開了視線。

「我們已經很習慣代朝……從驕王崩殂，到主上登基期間，一直都為代朝效力，所以不會有任何不對勁的感覺，但我一天比一天更感到害怕。留在內殿，以白雉的腳代替玉璽的那個人到底是誰？」

「但是，阿選他……」

「他沒有天命，這一點無庸置疑。目前台輔也生死未卜，如果台輔在——或是台輔登遐，目前的狀況絲毫沒有不自然，但是，台輔真的登遐了嗎？」

「但是，花影……」

「既然發生了鳴蝕，不就代表台輔漂流到那個世界了嗎？不，如果只是漂流而已，應該已經回來了，所以很可能他想要回來，卻回不來，但是，如果台輔在某個地方仍然健在，目前的朝廷就不是代朝。」

花影的臉皺了起來。

「阿選是偽王，目前的朝廷是偽朝。」

「花影！」

李齋立刻左顧右盼。這裡是李齋的房間，當然沒有其他人的影子。

「李齋，妳還記得主上出發前往文州後不久的傳聞嗎？」
「在文州的轍圍發生動亂，未免太巧了……那個傳聞嗎？」
「對，但不光是這個，這一陣子，我也很在意另一個傳聞。」
「另一個？」
「除了主上被設計的傳聞以外，不是還有另一個傳聞，說是由主上策劃的嗎？主上為了處置留在王都的我們，特地去了文州。剩下的將軍分別是巖趙大人、臥信還有妳，以及阿選。主上特地帶了阿選的兵力出征，可能是為了削弱阿選的兵力。」
「怎麼可能？」
「現在我反而覺得這才是真實的，當時主上前往文州，是因為轍圍發生了動亂，所以不得不出征，但需要帶阿選的兵力前往嗎？主上是不是擔心阿選會叛亂？」
「但是……不，之前主上派台輔去漣國時，請阿選擔任副使，如果懷疑他，會這麼做嗎？」
「但是，當時霜元不是也同行嗎？霜元和正賴，還有照料台輔的大僕潭翠同行，每個人都帶了一名下官，當時只有八名隨從同行，阿選和他的部屬即使想要作亂，也很難採取行動。而且，因為阿選和台輔同行，所以並沒有參加新年的冬獵，也就是說，他並不知道計畫的具體內容。主上也許派阿選同行，就是為了不讓他知道。」
李齋陷入了沉默，但並不是完全接受花影說的話。雖然並沒有相信，但的確感到事有蹊蹺。文州發生了動亂，動亂延燒到轍圍，所以迫使驍宗不得不御駕親征；為了不讓泰麒瞭解肅清的詳細情況，派他去漣國，同時由阿選擔任副使同行。她從這兩件事中嗅到了很相似的味道，或者說是自然得有點不自然的味道。

身處漩渦之中時，一切看起來都很自然，一切都理所當然，但事過境遷後重新檢討，就似乎可以發現偽裝成自然的作為。些微的不對勁，會讓人覺得只是想太多，但兩件事中難以無視的感覺如此相像。而且，以前曾經聽說，驍宗和阿選的用兵方式很相像。

也許……李齋微微倒吸了一口氣。也許在李齋也不知情，任何人都沒有察覺的水面下，兩個相像的人展開了一場互扯後腿的激烈戰鬥。也許在水面上曾經出現隱約可見的漣漪，雖然大部分人都沒有察覺，但也有人發現了。花影曾經產生質疑，李齋也曾經感到不對勁——也許很多人都察覺到隱約的可疑跡象，結果就發展成那個錯綜複雜的奇怪傳聞？

李齋微微顫抖。後天天亮之前，她就要離開鴻基前往承州。承州偏偏在這個時候發生動亂，以目前留在王都的將軍中來說，李齋前往承州平定動亂也是理所當然——但是……

「李齋……如果我只是杞人憂天，妳完全不必放在心上。不，真希望這是膽小怕事的我胡亂猜測……」

花影說完，用力握住李齋的手。

「請妳一定要平安回來，然後嘲笑我真的是膽小鬼。」

李齋點了點頭。

兩天後，李齋內心帶著漆黑的不安，在天亮之前從鴻基出發。

——這也成為李齋和鴻基的訣別。

6

李齋深深地嘆著氣，握緊了手上的珠子。

「——在下必須前往承州，從鴻基出發後，花了半個月的時間從瑞州來到承州。在越過州境的幾天後，一名下官衝進在下的營帳。」

「請將軍救我，我要被殺了。」

他渾身顫抖地說道，但身上的破爛衣著完全不像是官吏。為了混在難民中逃避追捕，他一身窮人穿的破袍，滿身都是泥土和汙垢。

「我是春官大卜的下官，擔任二聲氏。」

說著，他遞上了綬帶。綬帶是一條三指寬的編織繩，所屬的地位不同，長度和顏色各不相同。李齋一看他從破衣中拿出的綬帶，就知道那是春官大卜二聲氏的綬帶。二聲氏的工作就是在二聲宮內照顧白雉。

「二聲氏為什麼來這裡？」
「將軍……我記得是禁軍的將軍，禁軍右軍的將軍。」
「阿選。」
「對，正是丈將軍。那一天——就是發生巨大災難的那天晚上，他突然帶著手下來到二聲宮，詢問是否有災情，大家是否平安。照理說，未經大卜的允許，就不得打開大門，但因為那天情況特殊，所以就讓將軍進入二聲宮。」
「阿選？」
「對，丈將軍——阿選一進入二聲宮，立刻揮劍砍向白雉，但阿選的劍無法砍傷白雉，劍只是虛晃了一下。阿選察覺之後，命令我的同僚另外帶一隻雉過來，那是雞人管轄、在祭祀時所用的雉。士兵對我的同僚左右夾攻，用劍威脅他前去雞人那裡，然後把雉帶了回來。阿選殺了那隻雉，砍下牠的腳，把白雉裝進罈裡，埋進了洞裡——」
說完，他捂住了臉。
「然後殺了在場的所有官吏……」
他費了好大的工夫才逃離現場，幸好因為之前發生了鳴蝕，宮殿有一半坍塌了。
「阿選進來時，我就產生了不祥的預感。因為之前曾經聽說主上擔心某位將軍加害於己，也是為了逃離那個人接二連三的謀殺行動，才會前往文州。」
「有這種傳聞……？」

「對。我想起這個傳聞，感到極度不安，所以慢慢移向角落不引人注意的地方。當可怕的狀況發生後，我躲進了瓦礫堆，結果發現那裡有一個洞，我就沿著那個洞溜到宮外了。」

年輕的官吏趁著夜色和混亂回到了官邸，但立刻有人上門尋找。他躲在走廊下方逃過一劫，當時聽到士兵說，死亡人數不對，必定有人逃走了。

「我好不容易才逃出宮城，躲進搬運屍體的車子，假裝是死人經過了城門。被丟棄在鴻基外的冢堂前之後，我爬出來逃命。起初我直奔瑞州，但在那裡發現了空行師，所以我決定離開瑞州，就混在難民中，一路逃來這裡。」

說完，他合掌哀求李齋：

「請將軍救我，阿選會殺我，請妳——」

「在下答應你。」

李齋點點頭，命令手下帶他去休息，並再三叮嚀，千萬不要讓別人看到，也不要告訴他人。李齋寫了兩封信，其中一封交給親信送去鴻基，表面上是請示對於平定叛亂的諫言，但同時派了使者攜帶密函送去給王宮的芭墨，並一再叮嚀，必須交給芭墨本人，如果密函有可能會落入他人之手，就立刻撕毀。同時，還派出青鳥飛向正在文州的霜元。

——阿選謀反！

李齋把來投靠她的二聲氏藏在營帳內，默默地繼續前往承州。十天後，空行師突然從天而降，佩戴著阿選軍徽章的空行師亮出捺了可怕朱印的公文。

「現已查明，李齋與二聲氏狼狽為奸，闖入二聲宮，試圖將白雉腳占為己有，並殘殺官吏。」

空行師還斷言李齋殺了驍宗，也殺了泰麒。

「請劉將軍返回宮城，希望不要進行無謂反抗，損害自己的名聲。」

雖然李齋堅稱並不認識二聲氏，也不知他的下落，但空行師顯然知道李齋把他藏匿在營帳內。年輕的官吏被拖了出來，不由分說地被當場斬首。雖然空行師聲稱不會對李齋不利，但那是因為有軍兵在場，李齋毫不懷疑自己會在被帶往鴻基的路上遭到毒手。

李齋之所以能夠順利逃命，是因為空行師帶走李齋時，允許她騎著自己的騎獸——飛燕同行。李齋在飛燕的協助下，才終於順利逃脫。那裡已是承州，李齋在承州有很多知舊，這也是李齋能夠活下來的重要原因。

那天之後，李齋就成為大逆的罪人。

李齋欲哭無淚。被稱為國賊簡直是天大的屈辱，她被冠以莫須有的罪名，只能四處躲藏。大部分知舊都相信李齋，也深表同情，但也有人指責她為什麼要犯下如此大罪，甚至有人想要把李齋交給阿選。協助李齋的知舊中，有人因為藏匿罪遭審判，被視為同謀大逆的罪人，受盡汙辱的屍體被棄置在刑場。

「差不多有一年……不，更長時間，在下為了逃避追擊，只能四處躲藏。在下四處流浪期間，阿選在宮城內建立了牢固的地位。不久之後，百姓也漸漸瞭解阿選才是叛賊，但那時候——為時已晚了。」

當時，原本在文州的英章和臥信也不見了蹤影，驍宗的部屬已經都散在全國各地潛藏，或是遭到暗殺，完全無法瞭解王宮內部的情況。雖然也有人站出來指責阿選，但這些人不是遭到殺害，就是下落不明。

「阿選不允許任何人指責自己，或是稱讚主上。轍圍——主上被阿選設計前往的地方被阿選的軍隊燒成一片荒野，主上的出身地——委州的土地也付之一炬，曾經是主上領地的乍縣也遭到包圍，徹底封鎖物資，聽說那裡的百姓在那一年冬天幾乎都死光了。」

陽子感到愕然。

「阿選如此痛恨泰王嗎？」

「也許吧……在下也不清楚，在下以前從來沒有見過有人偏執到這種程度。也許因為必須深藏不露，所以阿選內心的憎恨也越來越深，而且並不是只有和主上有淵源的地方被燒盡，熬不過冬天，變成無人的里廬。只要是指責或是反對阿選的地方，也都慘遭相同的命運。」

「等一下，」始終默然不語地聽著李齋說話的延王尚隆開了口，「這不是破壞國土嗎？阿選的行為根本是在掐死從泰王手上偷來的羊。」

「對，」李齋點著頭，「在下也這麼認為。照理說，阿選企圖弒君篡位，是覺得自己才是王，想要統治戴國，但在下看起來並非如此，阿選似乎對支配、統治戴國並無興趣。」

李齋覺得他的反叛並不是怨恨驍宗，想要搶奪驍宗的一切，阿選謀反的動機並不是如傳聞所說，是因為當初被稱為雙璧的將軍，一個成為王，自己成為王的臣子而心生怨恨這麼簡單，正因為如此，完全沒有人對阿選產生懷疑。

李齋覺得阿選簡直就像對戴國深惡痛絕。阿選似乎對自己統治的國土遭到破壞，以及自己支配的百姓不斷死亡無動於衷，所以也對他束手無策。

「一旦發生動亂，阿選可能就會派兵鎮壓，想要趁雙方僵持不下之際，採取某些行動之類的計謀根本無法發揮作用。只要發生動亂，阿選就派大量士兵前往，把里廬燒光，把叛民殺光。當叛民逃命時，阿選甚至不追捕。叛民逃走後一旦再度發動叛亂，就再度趕盡殺絕——他似乎採取了這樣的態度。」

「這樣如何治國？」

「照理說是這樣，但是……」

李齋也難以理解，阿選如果殘暴，但支持阿選的人前仆後繼。說他們是因為害怕阿選而從命，恐怕並不正確。李齋被認為是叛賊後四處逃竄，之後在戴國四處尋找驍宗的下落，中途遇到對阿選產生質疑者或是有叛意者，就加以召集、組織，企圖謀反，奇怪的是謀反行動從來不曾成功。內部必定有人倒戈，組織不幸瓦解。前一天還在大聲指責阿選、痛罵阿選慘無人道的人，隔天突然開始支持阿選，地位越高，這種傾向越明顯。

「也曾經發生前一天還努力保護叛民的州侯突然向阿選出賣我們，若無其事地向阿選輸誠，繼續當州侯的事，即使看到自己的州遭到踐踏，百姓遭到殺害也無動於衷。」

有人說，這個國家病了。這的確像是瘟疫，感染瘟疫的人喪失對阿選的叛意，對再殘忍的事也可以視而不見，無論眼前發生任何事，都無動於衷。

「就像……洗腦一樣嗎？」

陽子低聲嘀咕，難道這種洗腦手段席捲了戴國嗎？無論如何，如此一來，就對叛賊束手無策了。

「戴國的百姓沒有自救的方法……」

李齋喘著氣，陽子慌忙握住她的手。

「妳還好嗎？」

陽子問道，李齋堅強地回答說：「沒問題。」但她的聲音被急促的呼吸打斷，閉上的眼瞼也隱隱發黑。

「今天就先到這裡。妳先……」

陽子想請她休息，李齋乾瘦的手指用力握住了她的手。

「懇求景王……救戴國。」

「我知道。」陽子用力回握李齋的手。浩瀚找來了在附近待命的虎嘯，虎嘯衝進來說：「今天就到此結束吧。」陽子依依不捨地離開了堂室。

陽子看著尚隆和浩瀚。

「我不能棄之不顧——我做不到。」

「陽子！」尚隆低聲制止。

「你剛才也看到了？你覺得能夠袖手旁觀嗎？如果只能袖手旁觀……這種王還有什麼存在的價值？」

「陽子，問題不在這裡。」

「上天不是要求以仁道治理天下嗎？如果現在棄戴國不顧，算是仁道嗎？雖說上天不允許，但果真如此嗎？上天在哪裡？說不允許的主體到底在哪裡？」

上天有天條，天帝統轄，但陽子在被天帝任命為王的儀式時，既沒有見到天帝，也沒有聽到天帝的聲音。雖然知道這個世界的人都說有天帝，也信奉天帝——天帝的威信支配著世界，但沒有任何人曾經看到天帝。

「如果王的義務就是守護慶國，棄戴國不顧，我才不要這種王位。」

陽子說完，衝進了庭院。

7

陽子一路沿著金波宮跑向深處，胡亂地走了一陣子，經過一片安靜的宮殿，來到一個面向雲海的寧靜地方。金波宮建在一片起伏的山上，她經過某個宮殿的庭院，穿越一小段岩壁中的隧道，來到一個奇岩之間好像山谷般的地方。山谷的前方是伸向雲海的岬角，這個狹小的空間只有一座涼亭，除了夏季的草上開了幾朵小花以外，並沒有其他景色。

陽子輕輕嘆著氣，左右兩側岩壁上的樹木投下陰影，可以聞到樹木的味道和海水的味道，除了可以眺望眼下的雲海，這裡一無所有。

「原來還有這種地方。」

陽子嘀咕著，坐在草地上。夏季的鳥兒啼叫，海浪聲陣陣。陽子在此刻之前並不知道金波宮有這種地方，廣大王宮的大部分地方對她來說都是無用的空間，所以她也從來沒去過。

——這裡很不錯。陽子托腮想道。

雖然完全不知道這是在哪裡，也不知道等一下要怎麼回去。

不光是金波宮，這個世界很缺乏空白，無論牆壁和柱子都畫滿了色彩和圖案，很少看到什麼都沒有的空蕩空間。園林也不例外，富有個性的樹木和岩石擠滿了整個空間。

這裡除了眺望雲海以外一無所有，很可能是被歷代的王捨棄的地方。雖然有涼亭，但色彩已經剝落，不像經常有人維護，所以反而令陽子感到安心——這種時候，她就會想起自己來自異世界。

登基為王後日理萬機，幾乎沒有想起故國，即使偶爾想起，也覺得像是以前的夢境。不知道是忘記了，還是封存了——得知了泰麒的事後，內心有點動搖，湧起了懷念之情。雖然不至於眷戀，但想到再也回不去了，就有一種痛苦的失落感。

那個麒麟和自己擁有相同的時代、相同的空間。

——不知道他此時此刻身在何方。

他引發了蝕，是回到了那個像夢境般的世界嗎？但是，泰麒為什麼還不回來？

陽子陷入了沉思，突然間，輕微的腳步聲響起。回頭一看，她的僕人站在身後。

「……景麒，你竟然知道我在這裡。」

「臣隨時都知道主上在哪裡……浩瀚在找您。」

「嗯……」

「延王面色凝重。」

「我想也是……」

「臣可以坐在您旁邊嗎？」

「請坐。景麒，你有什麼看法？」

「對哪件事的看法？」
「仁慈的獸也覺得該對戴國袖手旁觀嗎？」
坐在一旁的景麒默默看著雲海片刻。
「……戴國的百姓太可憐了。」
景麒幽幽地說，陽子點著頭。
「之前就聽說戴國走向荒廢，但事態恐怕比想像的更嚴重。」
「是啊……即使是空位，也只有六年而已，通常六年的時間不至於荒廢到慘不忍睹。泰王登基之前，荒廢的情況也沒有特別嚴重。」
「你曾經去過鴻基嗎？」
「對，在王登基後不久，也沒有明顯的荒廢，可能是代朝發揮了良好的作用。」
「是喔。」陽子嘀咕道，然後看著景麒。
「泰麒是怎樣的人？」
「是個小孩子。」
陽子噗哧一聲笑了起來。
「你還是老樣子，你的回答完全沒有說明任何事。」
「是……這樣嗎？」
陽子獨自笑著。
「嗯……那已經是七年前的事了，即使問了，也應該和現在有很大的不同。」

「是啊。」景麒簡短回答。

「如果你被迫離開國家，你會怎麼做？」

「……臣會回來。」

「你認為哪些情況會導致你回不來？」

「臣無法想像。泰麒雖然年幼，但知道自己的使命，也因此感到畏縮。即使因為發生了災難而離開戴國，也會千方百計回去。臣無法想像是怎樣的狀況讓他回不去。」

「……泰王會不會和他在一起？」

景麒沉默片刻後回答說：「不會。」

「為什麼？既然不可能發生想回來卻回不去的狀況，不就是代表他自己不想回去嗎？也許和泰王一起躲了起來。」

「如果泰王和泰麒在一起，就沒有理由躲藏。泰王並不是失去百姓的信任而被逐出王宮，當麒麟和他在一起時，士兵不可能不打開王宮的門。」

「對喔……」

陽子陷入了沉思，景麒靜靜地說：

「臣猜想……並不是那麼簡單。」

「為什麼？」

「因為之前發生了鳴蝕……鳴蝕也稱為麒麟的悲鳴引發的蝕。」

「悲鳴。」

在這個世界和那個世界之間往來時，必須經過吳剛的門。必須借助月亮的咒力，在月影中打開門，但並不是任何人都有能力打開那道門，需要有咒物或是相應的能力才能打開那道門，只有上位的仙、妖魔或是麒麟才能做到。在沒有月亮的白天當然無法打開吳剛門，聽說在黃海內和雲海上也無法打開。

「鳴蝕無需借助月亮的力量，靠麒麟的力量製造裂縫，因此是非同小可的事。雖然規模很小，但還是蝕。一旦發生在城鎮，將會對附近一帶造成極大的損害，當事人也不可能平安無事，所以通常不會引發鳴蝕，臣也從來沒有引發過。」

「是喔……」

「而且，臣猜想泰麒並不知道引發鳴蝕的方法。」

「怎麼會不知道？」

「……只是泰麒不知道，因為他是胎果。他在蓬萊出生，十歲之前都一直在蓬萊生活。因為這個原因，所以他也不太瞭解麒麟是怎麼回事。」

陽子偏著頭納悶。

「……臣不知該如何解釋。有關麒麟屬於獸的部分很難一言蔽之，臣雖然不曾引發過鳴蝕，但應該曾經有過這個念頭。雖然臣沒有具體的記憶，但瞭解鳴蝕的感覺，能夠很生動地瞭解鳴蝕應該就是那種感覺，但知道後果不堪設想，所以除非有天大的事，否則不能輕易引發。」

「是喔……」

「還有很多類似的事。麒麟年幼時以獸形現身，然後學習如何變成人形。轉化為人形，然後變回獸形——麒麟會學習這種轉變，但臣不記得什麼時候學習，也忘了是在怎樣的契機下如何學會，即使被問到，也只能回答不知不覺就學會了。」

「就像我們學會走路和說話一樣嗎？」

「應該是。麒麟的很多能力都是在獸的時期學會的，嗚蝕的能力也一樣。臣完全不記得是什麼時候學會的，但知道那種感覺，可能小時候曾經試過，也許很像人類在某一天發現自己有腳，就想要跑看看……也許和這種感覺差不多。雖然不知道為什麼想要跑，也不知道跑了之後會發生什麼狀況，但還是想跑看看，跑了幾步之後，發現情況不妙，然後就趕快回頭——臣以前應該有過類似的經驗，但泰麒是胎果，在十歲之前都在蓬萊長大，然後才回來這裡，那時候已經是可以維持人形的年紀了。」

「他不曾有過獸的時代？」

「對，所以泰麒沒有關於獸形的記憶，也因此喪失了很多麒麟應有的能力。臣在蓬山遇見他時，他不會轉變，也無法降伏妖魔做為使令，臣不認為他知道引發嗚蝕的方法，必定是遇到了什麼狀況，讓他本能地引發了嗚蝕。泰麒遇到了很可怕、很不好的事，然後被吞噬了，所以無法回來這裡……」

「是喔……」

陽子嘀咕著，沉默良久。

「……即使這樣，你也覺得不應該救戴國嗎？」

景麒看著陽子，然後移開視線。

「請主上不要問臣無法回答的問題。」

＊

穢濁不斷累積，但他不知不覺。因為這些穢濁只會對體內身為獸的他造成損傷，對他的人形軀殼不會造成任何影響。

他周圍的人當然更不可能察覺這件事，只是那些人發現了其他事，發現他周圍經常發生意外事故。

「這已經是我兒子和妳兒子玩時第二次受傷了。」

那個女人向他的母親告狀。

「都骨折了，以後不要再靠近我兒子。」

女人氣鼓鼓地說完後轉身離去，母親深深嘆著氣。

「是他自己跌倒的。」

他弟弟向母親解釋。

「他拿棍子追著我和哥哥，想要打我們，結果就自己掉進水溝了。」

「是嗎？」母親嘟噥著。

「他經常把我們的東西藏起來，或是推我們，也會在回家時躲在路上拿東西丟我們，所以才會遭到報應。」

「不可以說這種話。」

「為什麼？是他欺負人，受傷也是活該。」

「閉嘴。」

母親厲聲責罵道。挨了罵的弟弟露出怨恨的眼神看著母親和哥哥。

「全都怪哥哥，誰叫他遇到什麼神隱，大家都覺得他很奇怪，很噁心，結果連我也一起被欺負。」

他垂著頭。因為弟弟說的是實話。

他周圍的人起初對他表示驚嘆和同情，用喜悅和慈愛迎接他的歸來，但之後就只剩下奇妙的眼神。他漸漸習慣，對此感到麻木，接踵而來的是客套的隔絕。他被視為一個異常的孩子，他周圍的孩子因此霸凌他，而且每次都把他弟弟也捲入其中。

「又不是我的錯，卻被大家指指點點，一直推我，用東西丟我。」

弟弟哭訴著，拿起旁邊的玩具丟他。

「不可以！」

「媽媽總是包庇哥哥！」

弟弟繼續拿身邊的東西丟他，丟完了所有的東西後，伸手抓住他——不，弟弟只是伸手想要抓他，但還沒有抓到他，弟弟頭上的架子就掉了下來。裝在門框上的架子突然掉落了，放在上面的東西並不重，而且木板並沒有直接打到弟弟。弟弟愣了一下，立刻察覺到發生在自己身上的災難，放聲大哭起來。母親尖叫著衝了過去，緊緊抱著弟弟，確認傷勢並不嚴重後，回頭瞪著他。那是帶著懷疑和不安的複雜眼神。

呵呵。汕子笑了起來。

——汕子。

不知道哪裡傳來傲濫責備的聲音，但汕子並不在意。

——是那個小孩不乖。

「我不允許他危害泰麒……」

汕子始終守護著泰麒。雖然穢濁漸漸累積，她也容忍這是不得已的事。汕子不瞭解這個世界的情況，她在半夢半醒的意識中隱約理解，泰麒需要看守的庇護，看守至少可以為泰麒提供最低限度的保障和生活基礎，而且，根據汕子的觀察，那兩個看守並不知道自己在毒害泰麒。

「敵人……躲藏在某處。」

敵人巧妙地操控著看守，但敵人是誰？

看守似乎並沒有積極加害泰麒的意志，對泰麒也沒有憎恨或是敵視，應該是基於對驍宗的敵意，才會抓住泰麒，參與弒君行動。

嚴格來說，他們並不是泰麒的敵人，所以汕子容忍看守的迫害和無理行為，但其他人就另當別論。

「我只是警告他而已……必須讓他知道，即使身陷囹圄，泰麒仍然是麒麟。」

汕子只是稍微伸出隱形的手而已，如果動作太激烈，會損傷泰麒的精氣，所以只能警告一下就收手。

「我已經盡可能讓步了。」

汕子很想馬上帶著泰麒逃離這裡，她無法容忍除了王以外，無人能夠超越的尊貴之身落入賤民的手中，被迫過著簡陋的生活，還不時遭到打罵。

泰麒承受的這些屈辱讓汕子的身心猶如刀割，即使看守對泰麒動手，她也只能視而不見；即使他們出言不遜，對泰麒口出惡言，她也痛苦地咬牙忍耐著，甚至容忍穢濁不斷累積。

「真不甘心。」

為什麼泰麒必須承受這樣的打擊？

「為什麼泰王不來拯救泰麒？」

汕子嘀咕道，在似乎稍微變暗的亮黃色黯闇中，傳來傲濫的嘀咕聲。

「不知道是不是還活著……」

「不會吧？」

「但是，王被誘到了文州。」

汕子摸著胸口——那只是她打算這麼做。

果真如此的話，如果驍宗真的被逆賊所殺，已經崩殂的話，到底誰能夠營救陷入目前這種狀態的泰麒？

——如果這種狀況持續，到底該怎麼辦？

汕子終於想到這個問題，第一次感到害怕。

雖然只是微量，但穢濁不斷累積。亮黃色漸漸變暗，就是最好的證明。如果這種情況持續多年，泰麒會變成什麼樣子？

第四章

十二國記

1

李齋半夜醒來，發現床邊有一個人影。月光從隔壁房間灑進臥室，蟲鳴的聲音傳入耳中。

「……景王？」

李齋叫了一聲，低著頭的人影抬起了頭。

「啊……對不起，我吵醒妳了嗎？」

「不，」李齋小聲地說：「大家都在找您。」

「嗯，今天我躲起來了。」

「躲起來……？」

李齋問道，但景王沒有多說。臥室內再度陷入沉默，只聽到清脆的蟲鳴聲。不一會兒，人影開了口。

「泰麒是怎樣的人？」

李齋有點緊張。她果然對來自同一個故鄉的泰麒產生了特別的關心。

「他是個小孩子。」

李齋回答，黑暗中傳來噗哧的笑聲。

「妳和景麒說一樣的話，我對景麒說，這樣等於沒有說明。」

聽到竊笑聲，李齋也跟著笑了起來。

「真的……就是這樣，他年幼稚氣，很天真無邪，但很善解人意。」

「因為他是麒麟。」

「在下覺得有些地方很像景王。」

「像我？」

李齋點了點頭。

「和台輔相處的感覺很自在。雖然對在下而言，台輔高高在上，但他完全沒有這種感覺，主上——驍宗主上說，台輔搞不太清楚身分這件事。的確，與其說台輔不會仗勢壓人，而是根本不在意身分這種事。在下覺得景王也一樣，聽到女御和女史都直接叫您的名字，在下真的嚇到了，然後想到，台輔也一樣。」

「原來如此。」黑影似乎在苦笑。

「對……蓬萊沒有所謂的身分。不，也不是沒有，只是並不至於對心境有什麼影響。我覺得女御和女史——鈴和祥瓊不是家臣，而是朋友，雖然這裡的人好像不會超越身分結交朋友。」

「大僕也是嗎？大僕也直接叫您的名字。」

「對，說朋友……似乎有點不恰當，我們是戰友。」

「戰友嗎？」

「一起建設這個國家的戰友——對了……以前也曾經是謀反的戰友。」

「謀反……」

李齋納悶地偏著頭，人影點了點頭。李齋可以感受到人影內心的真摯。

「不久之前，慶國有一個魚肉鄉民的鄉長，實施可怕的政策，搜刮民脂民膏。那時候我才剛登基不久，沒有足夠的權威可以撤換鄉長，所以就協助虎嘯。虎嘯在被鄉長的暴政壓迫得膽顫心驚、甚至不敢指責鄉長的民間集結有志之士，花了很長時間進行準備。」

說完，陽子微微探出身體。月光照在她的臉上，可以看到她忍著悲痛的嚴肅表情。

「……戴國沒有這種可能嗎？」

原來她是為了說這句話而來。李齋按著胸口。

「……應該不可能……」

陽子正想要開口，李齋制止了她。

「在下知道您想要說的話，您一定認為，只要百姓想反抗，不可能做不到。在下也深刻瞭解說不可能這種話聽起來多麼愚蠢，但是，即使如此，在下仍然要說，真的不可能……」

李齋仰望著臥室的天花板。夏日夜晚的空氣聚集在臥室內，但李齋仍然覺得身體深處冰冷。雖然現在已經不再耳鳴，但仍然可以聽到呼嘯的風聲。

「在下帶了幾名手下，逃離了阿選的魔爪，聽說那些手下都被帶去鴻基，不光是在下的手下，其他將軍的部屬也一樣，除此以外，也有很多官吏從阿選手下逃走，這些人都被冠上共謀殺害驍宗主上和泰麒，企圖篡奪王朝的罪名，遭到追捕。」

李齋原本以為事態並不會太困難。

「雖然阿選聲稱王和宰輔登遐，暫時由他代理朝政，但並不是每個人都接受他的說法，事實上，有很多人漸漸對阿選起疑，進而產生不滿。在下在尋找驍宗主上的下落時，召集了這些人，積極為組織反阿選勢力奔走，但全都功敗垂成，簡直就像用沙子在建樓閣。即使好不容易召集了人手，建立了組織，都會有人脫隊，才剛建立組織，就遭到了破壞……」

「是喔……」

「那些脫隊者不是向阿選倒戈，就是突然消失，不久之後，整個國家都陷入了沉默，即使想要召集有志之士，也不知道他們在哪裡。逃過一劫的反對勢力深深潛入地下，逃避阿選的魔爪。因為對阿選有反意的人都知道，只要稍不留神引起注意，就會牽連到周圍的人。只要某個里有反叛者，阿選不會費力找出那個人，而是把整個里都燒光。現在仍然有很多人在等待推翻阿選的機會，但是，這些人找到彼此、相互聯絡、攜手合作幾乎是不可能的事……」

李齋又接著說：

「而且，景王知道戴國的冬天有多麼寒冷嗎？天地之理失去了協調，災變頻傳，妖魔出沒，百姓只能苟延殘喘，如何熬過每一年的冬天——是對百姓最大的考驗。」

在如此惡劣的環境中，幸虧有鴻慈的恩惠，百姓才能苟延殘喘。驍宗坐上王位，改革朝廷時，在頒布初敕之前，就先做了一件事。王宮中有成為國家基礎的里樹，稱為路樹。驍宗向路樹祈願，上天賜予了名為荊柏的植物。

「荊柏……？」

「對，荊柏是像荊棘般的植物，即使丟在荒野，也會自由生長。從春天到秋天期間，都會開白色的花，花落之後，就會結出像鵪鶉蛋大小的果實，只要將荊柏的果實乾燥後，可以當作炭使用。」

對冬天寒冷的戴國來說，火炭是不可或缺的物資，但火炭並非無限供應，百姓必須自行購買，但荊柏可以種植在農田角落，而且果實很豐碩，只要晒乾儲備，就可以熬過冬天。可以自己製作一家人使用的火炭——對戴國的百姓來說，這無疑是極大的恩惠。

「荊柏原本只有在黃海生長，主上向路樹祈願，得到了在戴國也能夠培育的荊柏。主上失蹤的那一年春天，全國的里樹都結出了荊柏的果實，不到三年的時間，全國各地的堤防上到處都可以看到荊柏的白花，所以百姓才能夠在如此嚴峻的環境中熬過冬天。百姓認為這是身在鴻基的尊貴泰王賜給百姓的慈愛——所以就將荊柏稱為鴻慈。」

「是喔。」陽子發出沉痛的聲音。

「……如果阿選是王，天命終將走到盡頭，但阿選並不是王。如果只是普通的逆賊，壽命也有終日，但阿選是仙，如果沒有人消滅他，他就不會死。只有王，或是王崩殂後留下的白雉腳可以取消阿選的仙籍，但如今主上和台輔都沒有登遐，卻不知去向——所以沒有任何方法可以阻止他的大逆之行……」

「所以戴國的百姓根本沒有自救之道。」

「沒錯。」李齋點著頭，看到陽子真摯地傾聽自己露出求助眼神訴說的樣子，不由得感到心痛。李齋很想說，救救戴國，希望可以找到驍宗，找到泰麒，甚至可以討伐阿選——

李齋正想要開口，陽子靜靜地說道：

「如果泰王平安無事，真希望他可以把鴻慈分給我……因為慶國太貧窮了。」

說著，她抬頭看著月亮。

「慶國的北部在冬天也很冷，而且沒什麼特產，很多家庭都很貧窮，冬天沒錢買火炭。因為這裡不像戴國那麼寒冷，所以不會為過冬做特別的準備。房子的牆壁很薄，窗戶也沒有玻璃，羽毛和毛皮也不充分，但這些並不是需要優先考量的重要事項，所以北部的百姓冬天時只能把所有的棉衣都穿在身上，全家人抱在一起取暖……」

「是……這樣啊。」

「有沒有木炭當然不至於攸關性命，因為即使是隆冬季節，也可以去山野挖草根，慶國的冬天不至於嚴峻到會奪走百姓的生命，所以無法和戴國的冬天相比，但我還是覺得北部的百姓很可憐。」
「是啊……」
「戴國的先王雖然耗盡了國庫，但聽說並未荒廢政務，景麒說，代朝的營運也很出色。慶國的情況相反，連續好幾代王都疏於治理國家，土地也都荒蕪了。先王在位期間，官吏橫行霸道，踐踏百姓——就好像那個魚肉鄉民的鄉長一樣，貪官肆虐，而且至今仍然沒有徹底鏟除。而且在先王崩殂後，偽王大肆破壞，慶國好不容易才走上復興之路。目前在市街休養的百姓，從來沒有經歷過美好的時代，慶國動蕩多年，深陷貧窮之苦。」
「是……」
「我覺得所有的百姓都很可憐……」
不知道是否因為內心痛苦，陽子的聲音微微顫抖。
「同時，我也很同情戴國的百姓。戴國目前的現狀比慶國更慘，不僅氣候嚴峻，再加上偽王的殘暴和災變，百姓必定都生活在水深火熱之中。必須消滅偽王，讓正當的王和宰輔回到王都。我——」
李齋伸出剩下的那隻手，摸向景王的手。
「請不要再說了，您千萬不可動兵。一旦景王親自率兵干涉他國，就犯下了會使慶國沉淪的大罪。」
「李齋……」

「請景王恕罪，在下為戴國感到憂心，產生了罪孽深重的想法……但是，萬萬不可，景王是慶國的國主，對戴國的同情不能超越對慶國百姓的同情。」

——花影，妳是對的。

李齋感受到景王用力回握自己的手。

「我不會對戴國的事袖手旁觀，我會做力所能及的事，我也打算請求延王共同協助……但如果超過我能力的範圍，就只能請妳見諒了，我難以啟齒要求從來不曾經歷美好時代的慶國百姓，再度做好即將面對混沌世道的心理準備……」

「有您這句話就足夠了。」

李齋露出微笑，雖然她內心很希望懇求景王，不要棄戴國不顧，但是她做不到。慶國需要這個王，不能從慶國百姓手中奪走這個王——

2

陽子走出客廳，在面向庭院的回廊坐了下來，大中小三個人影等在那裡。

「……你們在幹什麼？」

陽子問道，其中一個人彈立起來。

「陽子，你們剛才在裡面談什麼？該不會……」

「祥瓊，這麼晚了，妳怎麼會在這裡？」
「因為鈴找我來啊，大家一直在找妳。她說好不容易找到妳，妳又支開所有人，獨自走進臥室。你們剛才在聊什麼？該不會向她承諾了非同小可的約定。」
「我承諾了啊。」
陽子說，祥瓊微微倒吸了一口氣，坐在地上的鈴則微微偏著頭問：
「妳知道嗎？這意味著——」
「嗯，我承諾她，會盡力而為。」
「……別嚇我們……真是的！」
鈴很受不了地看著祥瓊。
「所以我就說了，陽子沒有蠢到會棄慶國不顧。」
「難道在妳們眼中，我這麼笨嗎？太過分了。」
陽子苦笑著，拍了拍祥瓊的肩膀。雖然她們很擔心，但並沒有去通知景麒或其他人，或是闖進臥室。
「虎嘯，你又來這裡幹麼？」
陽子問道，虎嘯縮著高大的身體說：
「呃……因為我的工作是要保護妳。」
陽子笑了起來。
「那就回去吧，今天躲了一整天，該把累積的公務處理一下……鈴，不好意思，李齋就麻煩妳了。」

「包在我身上。」

陽子對揮手道別的鈴笑了笑，帶著祥瓊和虎嘯沿著回廊往回走，在中途的涼亭又看到兩個人影。

「……我該問你們在這裡幹什麼嗎？」

陽子停下腳步，很受不了地問道。一高一矮的兩個人影互看著。

「不……我只是在賞月。」

遠甫說著，看向浩瀚，浩瀚說：

「臣正在找主上，因為累了，所以就陪太師坐一會兒。」

「原來如此。」陽子巡視著另外四個人的臉，「不必擔心，李齋對我說，不可以出兵。雖然她心裡很清楚，只是別無他法，我答應她會盡力而為，如果超越我的能力範圍，只能請她見諒，李齋也接受了。」

遠甫和浩瀚都點著頭，似乎鬆了一口氣。

「所以，必須有勞太師和冢宰，請你們立刻著手調查在上天允許的範圍內，能夠為戴國做什麼，然後上奏給我。」

第二天，陽子召集了和此事相關的官吏舉行了有司議，會議徹夜進行，持續到翌日，但並沒有討論出有效的解決方法。

「有鑑於主上當時的情況，必須把泰王帶來慶國，這是重要的前提條件。」
浩瀚說。雖然他仍然一副雲淡風輕的樣子，但臉上帶著一抹憔悴。
「但是並沒有發現泰王逃離戴國的跡象，如果離開了戴國，必定會向某個國家尋求保護，就會有風聲傳出來，至今仍然沒有聽到這種風聲，可見還留在戴國。」
「沒有方法可以確認嗎？」
陽子問道，巡視著聚集在積翠台的所有人，回答的是延王尚隆。
「派凰直接詢問各國可以很快知道結果，但泰王未必向他國的王尋求保護，如果投靠逃出戴國的臣子、以前的同袍或是知舊，為了害怕阿選的追捕而躲了起來，即使去詢問，恐怕也不會有結果。」
浩瀚點著頭。
「泰王如果想要向他國尋求保護，當然不能排除雁國。因為雁國是近鄰國家中屈指可數的大國，而且就在虛海的對岸，泰王和延王又有交情，兩國也有邦交。如果想要向他國尋求保護，雁國必是首選。」
「是喔……」
「官吏一致認為，泰王不太可能投靠他國的知己。泰王武勇雙全，而且政變至今已經六年，他曾經是赫赫有名的將軍，不可能因為害怕阿選而藏身六年，如果不是單純藏身而已，就不可能一直在舊識那裡躲藏而沒有任何行動。」
「有道理……即使暫時投靠舊識藏身，為了拯救戴國，必定會表明自己的下落，號召戴國百姓團結，採取行動……」

「沒錯，泰王應該還在戴國，只是既然李齋將軍也不知道泰王的下落，很可能已經被俘，或是正潛伏在某處伺機而動。前者的可能性比較高，總之，要保護泰王，首先必須進入戴國，尋找出泰王的下落，但這很可能會牴觸天條。」

陽子陷入了沉思。

「如果只是尋找，並不需要動用軍隊，你們看這個方法如何，由我或是派某人以敕使的身分，帶最低限度的手下進入戴國。景麒曾經以私人身分造訪戴國，所以我去訪問戴國也不會很奇怪吧？既然要訪問，當然會帶手下，結果去了戴國，發現泰王不在，所以就開始找他——怎麼樣？」

浩瀚瞥了陽子一眼說：

「雖然也有人認為如果採取這種方法，上天或許會睜一隻眼，閉一隻眼，但並沒有把握，而且主上如果有什麼三長兩短，將對慶國造成莫大影響，所以官吏一致認為，必須認為這種方法不具有可行性，所以必須回答主上，這種方法不可行。」

在場的兩個麒麟，一個嘆著氣，另一個放聲大笑起來。陽子也苦笑起來：

「既然這種方法不可行，那到底該怎麼辦？」

「如果有什麼方法的話，也許可以從泰台輔著手。根據李齋將軍的證詞，台輔消失時發生了鳴蝕，所以泰台輔很可能漂流到蓬萊——或是崑崙，尋找台輔的下落應該沒有問題，問題在於實際該怎麼找。」

「這是問題嗎？」

「首先，能夠前往蓬萊的人數有限，只有具有神籍，或是仙籍在伯位以上的人才能前往，而且在向主上瞭解情況後發現，無論是蓬萊還是崑崙，都不是可以派大量人手四處尋找的地方。」

「這……我就不太清楚了。」

陽子偏著頭，六太插嘴說：

「最好認為無法進行大規模搜索。」

「嗯……的確有困難。」

「不光是有困難而已，召集伯位以上的仙，確保有足夠的人員並不是太大的問題，問題在於不是胎果的人，在那裡無法維持明確的形體。」

陽子眨著眼睛。

「因為，」六太苦笑著，「蓬萊和這裡是完全不同的地方，原本是兩個不可交集的世界，只有蝕會使兩個世界產生交集，在蝕發生時，卵果會漂流到那裡，人會漂流來這裡。來到這裡的人稱為海客或山客，來自蓬萊的人稱為海客，通常都會漂流到大陸的東方。海客和這個世界的百姓都一樣是人，除了語言不通以外，完全無法分辨和這裡的百姓有什麼差別，外人也看不出有什麼奇怪——不是嗎？只是那裡的人來到這裡而已。」

「嗯……沒錯，的確是這樣。」

「既然這樣，這裡的人漂流去那裡應該也沒問題，但事實上除了一小部分特殊的人以外，這裡的人無法去那裡，只有卵果會漂流到那裡，所以就是還沒有具體形體的人才能去那裡。」

「沒有形體？」

「沒錯，雖然有生命，但還沒有形體——否則就無法去那個世界。雖然偶有特例，但這裡和那裡就是這樣的關係，只能從那裡過來，這裡不能過去。」

「但景麒曾經去過蓬萊啊。」

「是啊，麒麟可以去那裡，據說伯位以上的仙和加入神籍的人也能夠去那裡，但實際上只有具有神籍的胎果，才能以這個身體去那裡之後，仍然維持目前的身體。景麒去那裡的時候，情況怎麼樣？」

景麒聽到六太的問話，點了點頭。

「如延台輔所言，我當時扭曲了。」

「扭曲？」陽子問道。

「臣前往蓬萊去找主上，在那之前，曾經找延台輔商量，當時他曾經對臣說，可能會被扭曲。臣聽不懂此話的意思，但實際去了那裡之後才知道，的確——臣無法維持明確的形體。」

「我……完全聽不懂。」

「很難用言語解釋清楚，蓬萊的人幾乎都看不到臣，即使看到了，也覺得像幻影，或是看起來像其他東西。雖然也有人能夠明確看到形體，但可能會聽不到聲音，或是語言不通，也可能是相反的情況，只能聽到臣的聲音。要維持人形很難，極度不穩定，會唐突地變成獸形，或是像遁甲時一樣，突然快溶化了。臣只有在主上附近時，才能夠維持明確的形體。」

「原來是這樣……」

陽子驚訝地問，景麒點了點頭。

「那是我們不得進入的世界──沒錯，那個世界隨時都在拒絕我們。」

六太點了點頭。

「如果不是胎果，很難在那裡維持明確的形體，只能像幽鬼一樣。無法長時間維持明確的形體，即使勉強維持了形體，也會像影子一樣模糊而不穩定。就連王和麒麟也這樣，如果只是伯位的仙，恐怕會更慘，而且那個世界並不知道有這個世界，如果有一群不明身分，像幽鬼一樣的傢伙大舉入侵，一定會天下大亂。」

「原來是這樣……」

「即使我們堅持這麼做，問題在於我們並不知道泰麒長什麼樣子，即使請李齋畫出他的肖像，目前已經過了六年，泰麒是胎果，去那裡之後，外形會改變。」

陽子偏著頭。

「我來這裡之後，外形的確改變了……如果我再回去，不知道會怎麼樣？」

「別回去。」六太冷冷地說道：「胎果是從異界女人的胎中出生的，出生的時候，會披上長得很像父母的肉體軀殼，好像叫胎殼。回到這裡之後，就會顯露出原本的——上天決定的外形，如果是麒麟，就會有這種閃亮亮的頭髮。」

「對……喔。那裡的人不可能天生就是金髮。」

「雖然我也不太懂其中的原因，但好像是皮膚內外層的感覺。回到蓬萊後，就會恢復蓬萊時的樣子。如果按照這裡的歲數直接恢復，我已經不光是老態龍鍾的老頭，而是早就化為白骨了，幸好實際並非如此。在這裡停止成長期間，胎殼的年紀也不會增加，雖然會有一點落差，但大致的範疇相同。」

「……所以，即使帶李齋同行，也會認不出泰麒。」

「就是這樣，但麒麟可以感受到麒麟的氣息。泰麒在卵果的時候不是漂去蓬萊了嗎？當時是我在蓬萊發現了他。」

「是你嗎？」

「嗯，我去玩的時候——啊，不是啦，我是去那裡找他，結果感受到麒麟的氣息，於是就向蓬山報告這件事，蓬山才派人去迎接。」

「所以說，麒麟可以找到泰麒。」

「可以是可以，只是雖說可以感受到氣息，但也只是如果出現在附近，可以感受到的程度。而且當時知道蝕是往蓬萊的方向而去，這樣也花了十年的時間，這次根本不知道是往蓬萊還是崑崙的方向，也不一定真的去了那個世界。由我——即使景麒也一起協助，光我們兩個人，不知道要花上幾年的時間。」

「如果有十二個人呢？」

陽子脫口說道，但等待她的是一陣沉默，在場的所有人似乎都啞然無語。

「啊……不對，有些國家正值空位時代，所以並沒有十二個麒麟……我說了什麼奇怪的話嗎？」

尚隆嘆著氣。

「陽子，這裡的世界，不會干涉他國的事，這是這裡的處世方法。自己國家的事情自行決斷，不會尋求他國的協助，也不會去協助他國。」

「你不是曾經對我拔刀相助嗎？」

「那是因為我是胎果，我是怪胎。」

「他不是普通的多管閒事。」六太調侃後接著說：「但也的確如此。在這裡，國家和國家之間不會共同合作進行某一件事，即使暫時會向他國尋求援助，也只是在國與國之間的關係中進行。況且，即使是鄰國，如果沒有必要，彼此甚至不會有邦交。」

「所以，雖然有十二個國家，卻從來沒有團結一致，做過什麼事嗎？」

「縱觀歷史，應該不曾有過。」

「那是因為不可以這麼做嗎？就好像不能派兵去他國一樣，是犯罪嗎？」

「不清楚。」六太和尚隆互看了一眼。

「甚至沒有確認過嗎……真是太離譜了。」

「……也許、妳說得對。」

「但是，除此以外，不是沒有其他方法嗎？泰王不是無法靠自己逃離戴國嗎？正因為這樣，所以至今為止，完全沒有任何消息。泰麒也不知道是不是漂流到那個世界，無法靠自己的力量回來。正因為無法回來，所以直到今天，還沒有回來這裡。戴國沒有泰王，也沒有泰麒，戴國的百姓能夠做什麼？即使有像李齋那樣的人，也無法組織百姓舉兵反抗，戴國無法靠自己的力量救自己的國家。既然這樣，就只能尋求他國的協助，如果麒麟的人數不足，就委託他國協助，不是嗎？」

陽子又繼續說道：

「況且，戴國發生政變時，難道你們不曾覺得奇怪嗎？鳳未鳴，卻換了王，無論怎麼想，都覺得不自然，不是嗎？但你們沒有想要去瞭解戴國的情況，確認到底發生了什麼事嗎？」

「當然有啊。」

雖然尚隆這麼回答，但六太很乾脆地反駁說：

「只有政變剛發生時這麼做，當時派了正式的使節和非正式的部屬前往戴國，當得知無法進入鴻基，也無法一窺其中的究竟後，就立刻決定靜觀其變，之後也就沒再理會。我要聲明，我曾經多次進言，希望去調查戴國目前的情況，尋找援救的方法。」

「原來如此，」陽子淡淡地笑了笑，「反正是他國的事，莫管他人瓦上霜，對不對？」

在場所有人都愣住了。「主上。」景麒小聲勸諫，浩瀚和遠甫也大驚失色，渾身緊張。尚隆不悅地皺著眉頭。

「景王，妳說話是不是太過火了？」

「但這不是事實嗎？只要靜觀其變，不久之後，就會結出泰果，只要一切重來，雁國就可以繼續國泰民安，不是嗎？」

「嗯，就是這麼一回事。」

尚隆還沒開口，六太搶先回答。

「六太！」

「說什麼不干涉他國是慣例，這根本是藉口，在陽子的事上，不是大管特管閒事嗎？尚隆找不到出手幫忙的契機，因為泰王和泰麒都不在，沒有人來求救，但他也沒熱心到主動去尋找幫忙的契機——因為戴國和雁國之間隔著虛海。」

尚隆想要說什麼，六太用力搖著手說。

「不要用一些無聊的藉口辯解了，你只在乎難民的問題。當其他國家的難民逃來雁國，就會對雁國的國情造成影響，所以你隨時注意慶國、柳國的動態，也願意伸出援手。但是，和戴國之間隔著虛海，渡過虛海流入雁國的難民人數並不多，和陸地連在一起的慶國相比，人數根本微乎其微，即使靜觀其變，也不會動搖雁國的國本。」

「所以只重視雁國。」

「就是這麼一回事。」

「——我可是雁國的王啊。」尚隆吼道：「當然重視雁國，我就是為此而存在。」

「我就說吧？」六太看著陽子，徵求她的同意，「他就是這副德行，陽子，即使單槍匹馬，妳能不能為這件事努力？我會盡力相助，無論如何，都要把那個小不點帶回來。」

「小不點？」

「他那麼年幼，那麼怯懦。我和他並不是完全沒有交情，雖然才見面數次，但如果他還活著，而且正飽受痛苦，我希望助他一臂之力。」

「我會盡力而為。」

尚隆猛然拍著桌子。

「慶國還遠遠談不上安寧，慶王要丟下自己的國家不管，為他國操勞嗎？這才是搞不清楚狀況。」

「大家同是胎果，我不能袖手旁觀。」

「那我基於同是胎果的情誼忠告妳，妳現在沒工夫管這些閒事。」

「那雁國願意出手相助嗎？」

尚隆沉默片刻。

「唉，什麼都要找我——把我當成什麼了！我的確是雁國的公僕，但其他國家的事沒有理由也都要我來處理！雁國本身就有一大堆問題，難道要我這個雁國的王丟下那些事不管，跑去幫助戴國嗎！」

陽子看著六太說：
「延麒，我會努力的。雖然可能因此導致慶國的復興稍微放慢腳步，但我會告訴百姓，只要逃去雁國，心地善良的延王就會照顧他們。」
「陽子！」
「啊，對了！乾脆組織王師，組成旅團，把百姓安全地送到和雁國的國境交界處。」
「真是好主意！」
「我曾經有恩於妳，妳竟然威脅我嗎？」
「反正都一樣啊。」
陽子忍不住失笑。
「雁國是北方唯一富裕而穩定的國家，北方各國一旦發生狀況，百姓就會去投靠雁國，根本無法阻擋。如果戴國繼續荒廢，戴國的所有百姓都會組筏投靠雁國，即使有妖魔阻撓，有虛海阻隔，然而百姓已經走投無路了。」
陽子低頭看著自己的雙手，她每次都覺得自己的手太小。
「慶國的確自顧不暇，目前正在逐漸復興，國庫空空，根本沒有餘力幫助他國，但我不能對戴國袖手旁觀，因為戴國百姓的未來，也關係到慶國百姓的未來。」
「慶國的百姓？」
「王位並不是永遠的，雖然我努力重建慶國，但不知道能不能做到，也沒有人能夠保證我中途不會偏離正道。在我死了之後，百姓怎麼辦——和戴國的處境有很大的關係。」

陽子說完，看著自己的臣子——景麒、浩瀚和遠甫。

「我知道你們很想說，慶國的復興還沒有步上軌道，現在哪有閒工夫拯救戴國。我也很清楚，但我想要救戴國，會盡力相助，因為我覺得這不光是為了戴國的百姓，也是為了慶國的百姓，因為沒有人能夠保證慶國不會發生相同的事。」

「主上！」

景麒叫了一聲，似乎想要勸諫，陽子搖了搖頭。

「我當然不想失道，也想要成為一個賢君——我是說真的，但是，任何事並不是只要真心誠意努力，就必定會有良好的結果，我相信並沒有任何一個王是自己想要毀滅而走向毀滅，更何況也可能像戴國一樣，有叛賊顛覆國家，所以，為了以防有一天我死了，或是我失道，我希望建立救濟百姓的前例，希望為日後鋪路，即使沒有王，百姓也可以得到救濟。」

陽子說完，看著啞然無語的尚隆和六太。

「我費神處理戴國的事，必定會影響慶國的復興，百姓可能會心急如焚，或許會拋棄慶國，我也無法阻止百姓可能覺得雁國比慶國好而投奔雁國。不久之前，巧國也沉淪了，巧國北方的百姓恐怕也不得不投靠雁國。如果巧國、慶國和戴國都要投靠雁國，對雁國來說，必定是很沉重的負擔。如果只有雁國一個國家救濟，當然會發生這種狀況。」
陽子接著小聲說道：
「我一直在思考這件事，但原本並不是針對目前，而是等到慶國安定，國家更富足，成為一個像樣的國家後，我希望能夠想出救濟他國難民的方法。因為國家沉淪，所以百姓要逃難，被投靠的那個國家不得不接收這些難民——我希望以後不再是目前這樣的情況，而是更積極地支援沉淪的國家，百姓即使不需要逃難，也可以撐過在下一任王登基之前的這段時間。我一直在思考，是否有這樣的方法。」
「陽子……」
「我覺得至少希望有義倉。目前各地不是都有義倉嗎？當饑荒和戰亂發生，民眾缺乏物資時，不是會打開義倉救濟百姓嗎？我在想，如果國家和國家之間也有這種義倉就好了，不需要完全由某一個國家承擔，如果各個國家都能夠儲存剩餘的糧食，當任何一個國家出現難民時，就打開義倉救濟。我之前暗自思考這件事，但看到李齋來求助後，就覺得的確需要有這種地方，需要有一個窗口，只要去那裡，提出需要幫助的要求，經由他國仲裁後，就可以打開義倉……因為那時候我還不知道有即刻遭報應之罪，也不知道這裡有不介入他國的慣例，因為我太無知，所以想得很簡單。」
「陽子的想法很有意思……」
六太有點無奈地說。
「這並不是我的想法，而是那個世界就有這樣的機制。延麒，你在那裡的時候可能還沒有。」

「是喔……」

「既然沒有人試過，我想試試是否可行，能不能請各國出力協助呢？」

陽子回頭看著尚隆。

「妳要我去做這件事？」

「也可以由我出面，只不過像我這種新手說的話，任何一個國家的王都不會理我。」

尚隆不悅地陷入了沉默，最後終於咬牙切齒地說：

「整天吹捧我們是大國、大國，之前是戴國，接著又是慶國。慶國好不容易稍微穩定了，巧國又倒了，而且連柳國也不太對勁，雁國周圍的這些國家都接二連三地出事，我又不是萬能的，雁國雖然富裕，但並不是取之不盡，周圍的這些國家接連發生動亂，都想要依賴雁國，為什麼我一個人要背負那麼多？」

六太很受不了地看著他說：

「咦？你還沒有發現其中的原因嗎？」

「什麼原因？」

六太露齒一笑。

「因為你是瘟神啊。」

尚隆用力皺起眉頭。

「我為國家鞠躬盡瘁，結果得到這種報答……那就去找泰麒，由我來張羅就好了吧！」

「謝謝。」陽子笑著向他鞠了一躬說：「所欠人情，容當後報。」

「什麼時候回報？」

「那當然是，」陽子笑了笑，「當延王駕崩的時候啊。我向你保證，在雁國陷入動亂之前，慶國會重新站起來，到時候儘管放心依靠我。」

3

晚餐的時候，陽子來找李齋，說已經決定要尋找泰麒。

「雖然在沒試之前，還不知道各國能夠提供多少協助，也不知道多久才能夠找到泰麒，但至少已經跨出了第一步。」

李齋感激得說不出話，陽子對她笑了笑，匆匆走出了客廳。因為在戴國的事上耗費了不少時間，陽子必須處理自己國家的公務到深夜。

「……太、感謝了。」

李齋嘟噥道。

「太好了。」來客廳侍候的桂桂對她說。

「如果有很多王願意協助，一定可以找到。」

「絕對可以找到。」

鈴斬釘截鐵地說，李齋只能茫然地點著頭。和沒有任何進展、只能面對絕望的六年歲月相比，目前的進展實在太大了。

……終於開始營救戴國了。

一想到這件事，她就興奮得難以成眠。她在床上一次又一次回味著陽子的話，半夜的時候，這份歡喜突然變成了不安……如果動用這麼多人力，還是找不到泰麒該怎麼辦？

想到也許可以找到泰麒，就不由得感到興奮，但是想到這種興奮可能變成失望，就忍不住感到害怕。她並不是懷疑陽子，只是熬過了漫長的艱難歲月，每次的期待都落空，希望都破滅——每一次都是如此。

泰麒會平安回來。真的會發生如此令人欣喜的事嗎？會不會找不到他？會不會在尋找期間，泰麒就發生了意外——一旦開始想這些事，就不安得無法成眠。

李齋無法忍受內心的痛苦，費力地下了床。李齋的體力稍有好轉，鈴終於不必在晚上守在一旁，可以回自己房間睡覺了。雖然這麼一來，就無法得到鈴的協助，但也不會因為自己下床遭到責備。

她無力的身體撐著家具和牆壁慢慢走，花了很長時間，才終於打開堂室的門。原本她只是想讓夜晚的風吹進來，但一打開門，就已經全身癱軟在地上。想到自己的體力變得這麼差，就忍不住感到焦慮。

……即使泰麒真的回來了，接下來該怎麼辦？

只要有泰麒，或許可以憑著王氣尋找驍宗，但為此必須將泰麒帶回戴國，自己有能力做到嗎？自己的身體如此虛弱，而且失去了慣用手，根本無法保護泰麒，更何況戴國的妖魔和惡賊肆虐——也許體力衰退導致意志力也衰退了，也可能逃離了戴國，在安全的王宮內受到保護，身心都鬆懈了。回想起來，才發現戴國是一個可怕的地方，無法想像自己將帶著泰麒回去那裡——

李齋坐在回廊上，心情鬱悶地靠在牆上。月光灑落在屋簷下的庭院，蟲子寂寞地鳴叫。

即使泰麒回來，也不知道接下來該怎麼辦。難以想像泰麒真的會回來，總覺得戴國已經無可救藥了……雖然毫無理由，但她忍不住這麼想。她已經習慣了對失望做好心理準備。

……因為一直以來都是如此。

在驍宗失蹤的第幾年後，戴國開始災變頻傳？據說王舉行郊祀有助於整頓世界，阿選有沒有舉行郊祀？還是非要正當的王舉行郊祀，才能整頓世界？

總而言之，戴國開始荒廢，比王位無王的空位時代更嚴重。

在驍宗失蹤後的不知道第幾個夏天，李齋為了尋找驍宗進入文州。為了避免讓阿選查到自己的下落，她投靠朋友，在舊知的庇護下進入文州，然後前往轍圍。驍宗是在轍圍之前的琳宇陣營失去蹤影。

琳宇原本是文州玉泉最豐富的城市，除了最古老的玉泉函養山以外，周圍還有大小不一的玉泉，礦山的山麓都建造了門前町，然而，這些玉泉幾乎都被挖盡，聽說如今只能在偏僻地區的玉泉中取玉，那些玉泉最近也急速乾涸。李齋不知道這是不是也是災變之一。

只知道驍宗在琳宇近郊失蹤的線索太模糊了。李齋想到轍圍的百姓也許知道驍宗的下落，轍圍的民眾完全有可能藏匿驍宗，但實際前往轍圍一看，發現整個城市都被燒光，只剩下焦黑的瓦礫，轍圍變成一座空城，瓦礫堆中已經不見活人的影子，只有躲過一劫的祠廟祭壇上，供奉著荊柏的白花。可能是倖存的轍圍百姓為了避人耳目，趁著夜色來這裡祈願驍宗平安無事。

祠廟旁有一棵被火燒得好像枯萎般的里樹悄然而立，淒涼的景象讓李齋意識到失去了國柱的戴國多麼無助。

李齋也必須趁著夜色混入人群中躲躲藏藏，在市井打聽是否有人知道驍宗的下落，或是知道英章、臥信和他們的軍隊目前的下落，幾乎一無所獲。好不容易打聽到在琳宇郊區發生了戰鬥，土匪和禁軍正面對決，但那次戰鬥後，禁軍的軍心動搖，即使土匪展開攻勢也不應戰。李齋猜想驍宗應該就是在那時候失蹤的。

趁著戰鬥的混亂弒君——通常會有這種可能，只是這種情況不可能發生在驍宗身上。驍宗是劍客，普通人根本無法取他的性命，問題是驍宗率領的是阿選的部隊。

如果驍宗輕易相信阿選，也相信阿選的部屬，在戰鬥時，驍宗身邊可能都是阿選的部屬，結果就可能因為寡不敵眾而慘遭毒手，或是落入阿選之手。驍宗會這麼相信阿選嗎？從他借調阿選的兵力，帶領半數來到文州一事來看，似乎他原本就已經懷疑阿選了。

李齋整個夏天都在走訪各個戰場、各個廢墟，那一年的夏天一結束就下了雪。不知道雪中是否含了炭灰，灰色發黏的雪花讓人覺得是某種不祥的前兆。事實上，那一年的冬天特別冷，下了大量的雪，積雪甚至壓垮了北方那些有防雪措施的房子。

多雪的嚴寒結束後，就是完全沒雨的夏天。那一年的夏天是戴國難得一見的酷暑，農地都乾裂，但不久之後，冬天再度來臨。

翌年之後，妖魔頻繁出現。由於王位上持續無王，之前也並非完全沒有妖魔，但那時候開始明顯感受到妖魔的數量增加。精通古事的老人說，如果王平安無事，妖魔不可能出現，差不多從那個時候開始有人充滿確信地說，驍宗已死。

不知道百姓現在過著怎樣的生活。李齋仰望著庭院的夜空想道。當她此刻坐在這裡時，戴國的百姓仍然深受折磨。夏天快結束了，戴國即將迎接可怕的冬天。

……救救戴國。

李齋此刻也想衝動地大叫求助，但是，越瞭解景王，越瞭解周圍的人，越深刻體會到那是多麼可怕、多麼罪孽深重的事。即使明知如此，仍然——

「但是，除此以外，已經別無他法了……」

必須有人阻止阿選的惡行，討伐妖魔，向百姓提供可以過冬的物資，否則，戴國會在數年內走向滅亡。今年？明年？或是後年？在某年的冬天結束，冰雪融化後，將看到戴國最後的百姓凍死的屍體。

「妳在這裡幹什麼？」

「不……沒幹什麼。」

聽到聲音回頭一看，一個老人站在庭院入口。

是太師遠甫。這裡是遠甫的宅第，所以他出現在這裡理所當然。自從李齋搬來這裡後，遠甫也經常去探視她。慶國——至少景王周圍的人都很親切，每次想到這件事，就對自己差一點想要懇求陽子出兵感到害怕。

「妳下床沒關係嗎？」

「是啊……已經沒問題了。」

遠甫快步走來，在李齋所坐的回廊臺階上坐了下來。

「聽說延王願意協助尋找泰台輔。」

「……是啊。」

「但妳好像悶悶不樂？」

「沒有。」李齋小聲嘀咕道，但遠甫應該沒聽到。

「我能夠理解，即使開始尋找，也不一定能夠找到。即使找到了，之後要面對的課題堆積如山。台輔回來後，或許比較容易尋找泰王，但必須把台輔帶回戴國，搞不好會因此真的失去台輔。」
「是啊。」李齋表示同意。
「即使想要尋找泰王，也需要兵力，但聽說目前戴國恐怕很難找到這麼多人手。即使勉強找到了人手，在尋找泰王期間，百姓仍然深受苦難。」
「……冬天快來了，距離初雪已經只剩下幾個月了。」
「仔細想一想，就發現戴國的環境很惡劣，根本無法在露天過冬。」
「正是如此……慶國的冬天很溫暖吧？」
「比戴國溫暖。」
李齋落寞地垂著頭。
「有些國家很溫暖，有些國家很寒冷……如果戴國也可以像慶國一樣，不知道該有多好，只要大家靠在一起，用彼此的體溫就可以熬過冬天。為什麼世界上有溫暖的國家和寒冷的國家之分？」
「是啊。」
李齋仰望著月亮。
「天帝為什麼要創造像戴國那樣的國家……至少希望冬天可以靠人的體溫來取暖——未免太不公平了。」
「說這些也沒用。」
「但是，」李齋咬著嘴唇，「世界不是天帝創造的嗎？既然這樣，為什麼創造像戴國那樣的國家？冬天那麼嚴酷——如果在下是天帝，至少會創造氣候宜人的國家，創造冬天也不會結冰，夏天也沒有乾旱的世界。」

「嗯。」遠甫應了一聲。

「只要百姓飢餓，就給他們糧食；如果深受偽王之苦，就討伐偽王。這才是天，不是嗎？」

「這……就不清楚了。」

「為什麼？上天要求王以仁道治國，但為什麼王為了仁道而出兵會受到懲罰？上天讓驍宗主上坐上了王位，天帝認為驍宗主上是王，所以才把他推上了王位，不是嗎？既然如此，為什麼上天不保護王？」

遠甫陷入了沉默。

「真的有天帝存在嗎？如果有的話，為什麼不拯救戴國？難道沒有聽到戴國百姓痛苦的祈禱嗎？還是祈禱不夠？或者說，上天希望戴國滅亡嗎？」

「李齋大人……」

「如果沒有天帝也罷，無法救濟百姓的神不要也罷，但既然沒有天帝，為什麼不能帶兵越過國境？是誰在懲罰？如果有人負責定罪、懲罰，為什麼不懲罰阿選？」

溫暖的手放在李齋顫抖的手上。

「……我能夠理解妳的心情，但太激動會影響妳的身體。」

李齋吸了一口氣，然後吐了出來。

「……很抱歉，在下失態了……」

「我能夠理解妳的心情，我們活在上天的旨意中……雖然身在其中，卻無法參與……的確很沒道理。」

「……是啊。」

「但是，這就是人的世界，不必在意上天的事，無論上天有什麼旨意，我們都可以在其中找到生存之道，至少慶國的主上正為此努力不懈。」

「是……恕在下失禮了。」

「妳不必這麼煩惱……大家都沒有棄戴國不顧。」

李齋點了點頭。月亮無情地俯視著下界。

4

「嗨！」

六太和尚隆回去雁國的十天後，六太歡快地打著招呼，走向正在正寢的陽子。

「……這次來得很突然，而且直接來這裡找我。」

陽子的言外之意，是想問六太怎麼進來的，六太笑著說：

「我之前來過，而且只要看到我的頭髮，不會有人問我是誰……不過，妳這裡的守門人很機靈，好像叫凱之吧？要記住他。」
陽子輕輕嘆了一口氣說：
「你真是神出鬼沒。」
「這是我的能耐啊……廢話不說，妳趕快做出門的準備，十萬火急。」
「出門？」
「對，已經和各國談妥了，恭國、範國、才國、漣國和奏國五個國家願意提供協助，再加上我們和慶國，總共有七個國家。芳國和巧國目前王位無王，所以本來就不計算在內，柳國和舜國的答覆不如人意。」
陽子微微站了起來。
「五國……」
「總之，會盡最大的努力派搜索隊前往崑崙和蓬萊。奏國和關係密切的恭國、才國負責崑崙，我們和範國、漣國合作負責蓬萊。已經安排範國和漣國的台輔前往雁國集合，之所以沒有安排他們來慶國集合，是不希望給慶國的國庫造成負擔，妳會為此事不高興嗎？」
「當然不會，去雁國集合很好。」
「嗯，」六太笑了笑說：「雖然要求他們趕快集合，但因為有人來自漣國，目前正在調整日期。然而考慮到他們千里迢迢趕來，可能還有幾天的時間。在這段期間內，我希望妳和我一起去一個地方。」

「我嗎？去哪裡？」

「蓬山。」六太回答。

「蓬山？」

蓬山位於世界中央的黃海，是麒麟誕生的聖地。陽子也曾經去過一次，新登基的王要在那裡接受天敕。

「去蓬山幹什麼？」

陽子偏著頭問。

「去見主人啊。」

「主人……該不會是碧霞玄君？」

碧霞玄君是住在蓬山上仙女的主子，陽子沒有見過玄君。

「對，因為我們接下來要做的事史無前例，當作是經驗吧，而且妳是發起人，尚隆說，叫我帶妳一起去。如果有可以飛到蓬山的騎獸，只要帶最低限度的行李就好。動作快，我們要在客人到齊之前趕回來。」

陽子慌忙做了準備，向浩瀚交代後，又向景麒借了使令。陽子以為要從禁門出發，六太聽了，忍不住笑了起來。

「如果走下面，不知道要花多少時間，我們從雲海直奔蓬山。」

陽子眨了眨眼睛。蓬山的頂部是凌雲山，位在雲海之上，但陽子記得蓬山的山頂除了無人的祠廟以外什麼都沒有，至少不像是有人住在那裡。

「反正妳去看了就知道了。」

聽到六太這麼說，陽子騎著向景麒借來的班渠，飛了一晝夜。陽子騎在班渠身上昏昏沉沉睡醒來的清晨，穿越了金剛山山頂像群島般的海域，在即將日落時分，才終於看到五山。

蓬山位在五山東岳，山頂上建了白色壯麗的廟堂。陽子在門前降落之前，發現有一個人影站在那裡。一個身形玲瓏的女人仰頭看著飛來的騎獸。

「……我就說吧。」

六太笑著說。原來如此，難怪他說去看了就知道——陽子心想。陽子並不知道碧霞玄君長什麼樣子，但從那個人的打扮不難猜出她就是玄君。

「您每次都特地出來相迎，備感惶恐。」

六太率先降落後說道，那個女人輕聲笑著說：

「這是我該說的話，延台輔每次都突然出現，真是一點都沒變。」

「這是我的能耐啊——玄君，我想要向妳介紹一個人。」

六太說著，玄君用清澈的雙眼看向陽子。

「這位應該是景王。」

陽子驚訝地仰頭看著玉葉的臉。

「您……怎麼知道？」

「因為我是蓬山的主人啊。」

玉葉輕聲笑了起來。

「既然已經介紹完畢，我有急事要向玄君請教……如果有地方可以讓我們休息一下就更棒了。」

玉葉笑了笑，帶著六太走向祠廟。沒有門板的門內是鋪著白色石板的寬敞院子，但四周並沒有牆壁，也沒有回廊，只有角落有一個紅色小祠堂。前方是正殿，但玉葉並沒有走去那裡，而是站在朱漆的祠堂前，用扇子輕輕敲門，門就打開了。陽子記得以前經過這裡時，是玻璃的階梯，但現在是向下延伸的白色階梯。

陽子驚訝不已，六太回頭對著她苦笑說：

「別在意，說起來玄君算是妖怪。」

玉葉發出爽朗的笑聲，請陽子和六太入內。

這裡可能和禁門相似，走下一段並不長的白色階梯後，就來到一棟白色建築物內。站在地上回頭一看，竟然看不到剛才關起的門，只見白色的牆壁。這棟八角形建築物的其他面都沒有牆壁，只有長滿綠色苔蘚的岩石。

「這裡請。」

玉葉帶他們來到不遠處的宮殿。走進被奇岩包圍的寬敞建築物內，發現已經準備了茶具和點心，但不見住在蓬廬宮的仙女。

「我已經把人支開了，這樣沒問題了吧？」

「玄君料事如神，太令人佩服了——那我單刀直入地問，蓬山瞭解多少戴國的情況？」

「雁國一再來打聽是否有泰果，所以不難想像，泰麒可能發生了什麼意外。」

「除此以外呢？」

「泰王好像不在王位上。」

「那就是全都知道了。戴國出現了偽王，泰王和泰麒都下落不明，泰王似乎並未離開戴國，所以也無能為力，但目前至少希望找到泰麒的下落。泰麒很可能引發鳴蝕，漂去了那個世界。」

玉葉不發一語地把熱水倒進茶杯。

「但是，我一個人勢單力薄，所以想要尋求各國的協助，一起尋找泰麒，把他帶回這裡。帶回來之後，把他送回戴國，事情仍然沒有結束。戴國需要過冬的物資，為了讓泰麒躲過偽王的監視尋找泰王，也需要相應的人員和後盾。」

「……不同國家超越藩籬，共同從事某件事並無前例。」

「和天條相牴觸嗎？」

「這個嘛……尋找泰麒，把他帶回來，到這裡為止並沒有問題，之後就難說了，恐怕會和天條相牴觸。」

玉葉把蓋上蓋子的茶杯放在六太面前。

「而且，泰麒漂流去那裡，至今未歸，代表泰麒可能無法回來這裡。雖然不知道發生了什麼狀況，但如果不是因為發生了狀況，而是因為某種理由而無法回來，要如何消除這個障礙，也是很大的問題。」

「是啊……該怎麼辦呢？」

「嗯……」

玉葉應了一聲後陷入沉默，過了一會兒，點了點頭。

「無論如何，照此下去，泰麒未免太可憐了……我去確認一下。」

「拜託了。」六太話音剛落，玉葉就站了起來。

「今天就好好休息，可以找仙女，隨便使用哪一個宮殿。明天正午再見。」

5

目送玉葉離去，陽子困惑地看著六太。

「這是……怎麼回事？」

「妳問我怎麼回事，就是妳所看到的啊。這次的事史無前例，因為不知道該怎麼辦，所以才找玄君商量啊。」

「這我知道。」陽子吞吞吐吐起來，她不知道該如何表達內心無法釋懷的感覺。

「玄君是誰？」

「正如妳所知道的，她是蓬山的主子，掌管所有的仙女。」
「為什麼要來找玄君商量？」
「因為她可以給我答案，所以才會來這裡啊。」
「為什麼玄君知道答案？」
「喔，對喔。」六太嘆了一口氣，「陽子，妳必須知道一件事。」
六太說著，注視著陽子。
「這個世界上，有上天制定的旨意。」
「這我知道……」
「妳瞭解得並不是很透徹吧？可以這麼說，這個世界有名為上天旨意的框架。」
陽子偏著頭。
「這是上天賜給人類——或者說是要求人類必須遵守的絕對天條，任何人都無法改變。」
陽子想要說，自己聽不太懂，六太輕輕揮了揮手制止她。
「聽我說，用這個例子來說明應該最容易理解。目前，即刻遭報應之罪這個問題擋在我們面前，不可帶兵跨越國境的天條阻礙了我們拯救戴國。事實上，王師以前曾經跨越過國境。遵帝的故事就是其中一例，遵帝派王師前往範國，結果導致遵和齋麟都突然死亡。聽說遵帝那天並沒有特別不舒服，和平時一樣，正當他準備離開外殿時，突然按著胸口，從樓梯上滾落。官吏慌忙衝了過去，石板上已經血流成河，都是從遵帝身體流出的血。官吏驚訝地把遵帝扶起來，發現他的身體好像海綿，輕輕一壓，皮膚就滲出了血。遵帝已經斷了氣。」

「怎麼會……」

「齋麟更慘。官吏跑去齋麟的宮殿，想要通知遵帝發生了意外，發現那裡只剩下齋麟的殘骸，使令已經把她吃掉了。」

六太皺著眉頭，在桌子上交握著手指。

「那顯然並非尋常的死，王不可能有那種死法，使令也不可能突然吃掉麒麟。雖然使令有特權可以吃掉麒麟，但不會不顧場合。每個麒麟終有一死，通常屍體會裝進棺材，安置在殯宮。在殮殯期間，放置棺材的廳堂會封印，當殮殯結束時才出殯，但那時候棺材內已經空了——就是這樣。」

陽子輕輕按著喉嚨。從麒麟口中得知麒麟的末路令人難過。

「可見發生了非比尋常的事，而且遵帝並沒有犯下任何會導致他失去王位的過錯，他是信奉仁道，德高望重的王，所以即使遵帝派王師前往範國，也沒有任何人產生懷疑。遵帝派王師前往並非為了欺壓範國，他的慈悲為懷聲名遠播，他發揮了慈悲心派王師前往範國，拯救範國的百姓，無論官民都大力支持，沒有人加以指責，然而，遵帝和齋麟卻落入如此下場。沒有任何預兆，跳過了所有王和宰輔死時經歷的階段。雖然他們的死非比尋常，但起初誰都沒有想到和王師的行動有關。」

「延麒，你和遵帝……？」

「我不認識他，他是我出生很久以前的王，但宗王說他見過。」
「奏國的……」
「宗王登基後不久，遵帝經常支援奏國，然後突然死了。目前的宗王登基時，才國已是治世三百年，南方知名的大王朝。」
延麒搖晃著茶杯，看著杯內。
「遵帝為什麼會死？沒有人知道其中的理由，之後新王登基時，發現玉璽上的國氏變了，這時才恍然大悟，知道遵帝是因為犯罪而死。因為曾經有過類似的先例。以前戴國的國氏也從代變成了泰，當時的代王因為失道而失去了麒麟，代王大發雷霆，闖入蓬山，想要阻止下一個麒麟的誕生，殘酷地殺害了所有仙女，燒了捨身樹，之後國氏就改變了。還有其他類似的例子，於是就知道，當王犯下重罪時，國氏就會改變。這時才終於瞭解，遵帝是因為派王師跨越國境而被問罪。」
「足以改變國氏的罪……」
「是啊，那時候才知道有即使是出於仁愛，也不能派兵跨越國境的天條，無論基於任何理由，派兵前往他國都是犯罪。」
「等一下，是誰制定了這項天條？天帝嗎？」
「誰知道啊，我們只知道有這樣的天條。事實上，天綱上寫著不得舉兵入侵他國。這句話就是陳述上天的天條，絕對不是教導為王者的心得隨便寫寫而已。世界上有天條，一旦違背就是犯罪，會遭到懲罰。」

「但是，是誰判斷遵帝的行為是犯罪？又是誰做出懲罰？應該有這樣的角色吧？」
「那也未必。比方說，王和宰輔在登基時走上階梯，妳不是也去接受過天敕嗎？然後腦子裡就被灌輸了很多以前不知道的事，可以認為當時在王和宰輔的身體中設定了天條。只要在身體內設定，一旦違背了天條，就會啟動事先規定的報應，就不需要派誰監視遵帝，判斷他的行為是否正確，然後做出懲罰。」
「那玉璽呢？」
「可以同樣認為事先在玉璽內設定好了。」
「還是回到相同的問題啊，全都是事先設定好的——那是誰設定的呢？」
「這個嘛，」六太看向天空，「雖然我們會說是天帝，但我沒遇過任何人曾經見過天帝……」
陽子點著頭說：
「我也是……」
「雖然不知道有沒有天帝，但世界上有天條，這一點千真萬確，而且像天網一樣覆蓋整個世界，一旦違背，就會啟動懲罰，而且完全沒有酌情考量的餘地。遵帝為何出兵，他的行為正確與否完全不是問題，關鍵在於有沒有牴觸天綱上所訂的內容，一旦觸犯，懲罰就會自動啟動。」
陽子微微抖了一下，一股寒意從腳下爬了上來。
「我們當初協助妳的那件事是另一個佐證。就行為而論，雁國的王師在尚隆的指示下跨越了國境，無論怎麼想，都是犯下了即刻遭報應之罪。雖然妳當時在雁國，但妳並沒有向我們請求援助，也並沒有說，想要討伐偽王，請我們幫忙。只是不知如何是好，尋求我們的保護，我們多管閒事，說服妳至少要把景麒從偽王手上救回來。雖然形式上是妳帶領雁國的王師，但我們很清楚，那只是形式而已，實際上與遵帝的行為沒有任何不同——但是，天條認為無妨。只因為景王妳在雁國，有這個形式上的理由，就不會啟動懲罰。」

「但是……你不覺得很奇怪嗎？」

「當然奇怪啊，這就像壞蛋在鑽法律的漏洞一樣。天綱上的確寫著不可率兵入侵他國，但並沒有寫不可借兵給他國。同時，只要景王妳同意，就無法稱之為入侵。只要妳率領王師，就不算是入侵了——雖然令人驚訝，但這樣就行得通了。」

「這……」

「評論這件事的好壞也無助益，只能接受這個世界就是如此，只不過因為這種性質，有時候很難解釋清楚……事實上，我們不是第一次用那種方式出借王師，因為發現天條按照很僵化的方式運作，所以就得出了結論，既然這樣，只要那個國家的王在，可能就不會牴觸天條，但第一次的時候還是很猶豫，我們也很懷疑這種鑽漏洞的做法是否能夠成功。」

「……但你們還是試了嗎？」

「怎麼可能？」六太皺起眉頭，「誰敢賭那麼大？所以，當時也像現在一樣來請教玄君。」

「請教玄君？」

「對，玄君是這裡蓬山的主人，也有人說，王夫人才是主人，但至少我知道，實際上是由玄君在管理這裡的仙女。雖然我並不是在蓬山上出生，但我是在蓬山長大的，既然這樣，是誰任命住在蓬山上的這些仙女為仙的？」

「不是……玄君嗎？至少不是王。」

「妳說的對。蓬山的仙女稱為飛仙，不是任何一個國家的王所任命的，因此不會為任何一個王服務。事實上，蓬山上的仙女並沒有登記在任何一個國家的仙籍簿上，她們在和王不同的世界加入仙籍，為玄君服務。」

「所以，這不算是第十三個國家嗎？至少玄君的地位可以和王匹敵。」

「或許吧，但這裡明顯不是國家，即使有國土，也沒有國民，而且也沒有統治國王的王和麒麟，況且玄君並沒有統治蓬山，蓬山上並沒有政治。」

「……那這裡到底是怎麼回事？」

「是上天的一部分，至少我是這麼認為的。」

「……上天。」

「只能這麼想啊。蓬廬宮只為麒麟而存在，培育麒麟後，送麒麟離開，為王的誕生而存在，而且不屬於任何一個國家，獨立存在，卻不是國家。飛仙是上天任命的仙，至於掌握了任免飛仙權力的人，當然屬於上天。」

「那……玄君呢？」

「我就不知道了。」

六太嘆著氣。

「如果問她，是不是她任命仙女，她並不至於親切到會正面回答我的問題，但如果不是玄君，就代表有地位比玄君更高的誰掌握了任命仙女的權力，也許是王夫人，也可能是其他人。總之，玄君為那個人服務。所以說，上天也是有組織的，有名為上天的機構，仙女是基層，由玄君負責領導這些仙女。」

「有上天……」

「我認為有神的世界。傳說中，天帝在玉京，在那裡掌管諸神，整頓這個世界。即使真的有玉京，我也不會感到驚訝，只是我孤陋寡聞，還不認識曾經遇見神的人。雖然聽過傳說，但神似乎不會和人類接觸，沒有主動和神見面的方法。」

六太又接著說：

「但是，這裡隨時可以和人類接觸，只要問玄君，至少可以詢問上天的意志。雖然我不知道玄君是如何確認上天的意志，但這裡是唯一的交集點，玄君也是唯一能夠成為窗口的人。」

6

「各國一起搜索泰麒一事，並未違反天條。」

經過一晚，一如前一天所說的正午時分，玉葉對他們說。

「原來沒問題啊？」

「但是，除非是有神籍，或是仙籍在伯位以上者，否則無法渡過虛海，這一點並未更改。」

「這早就知道了，但這樣人手就不夠了。天綱雖然規定了官位，但並沒有提到不可增設新的官位，所以能不能新增設伯位的官？」

「不行。上天會給予伯位以上的官位各種特權，因此是有免責特權的官位，一如原先的規定，只有王的近親、冢宰、三公諸侯才能獲得此位，其他人不得給予有免責特權的官位。」

六太輕輕咂了一聲。

「那能不能借用仙女？」

「這次不行。未經我的許可，蓬山的仙女不得離開蓬山，我這次不同意仙女離開。因為你們要去崑崙、蓬萊尋找泰麒，必定頻繁開啟吳剛的門引發蝕。目前塙果在蓬山，絕對不能讓蝕波及蓬山，導致塙果漂流到異界，仙女無論如何都必須保護塙果。」

「喔……對喔，會有蝕。」

「另外，這不是天條，而是我個人的拜託，盡可能減少引發蝕的次數。即使在虛海彼岸打開吳剛門時，也難以預料所造成的影響——蝕就是這樣。如果你們記住這一點，我將感恩不盡。」

「記住了。」六太說，陽子也點了點頭。玉葉微笑著說：

「另外，九侯和王不得同時離開國家。天綱中提到，如果王不在，九侯必須全在；即使王在，九侯中，余州八侯的半數以上需在。這是天條。這裡所說的『在』，是指在國內之意，余州八侯至少有一半必須在國內，不能同時有超過此人數的州侯離開。」

六太瞪著玉葉說：

「我第一次聽到這代表要留在國內的意思，既然這樣，就寫得明確一點啊。」

玉葉輕輕笑了笑：

「你有意見，就去對天帝說。」

「就知道是這樣，所以天條讓人絲毫不敢大意——唉，算了，還有其他的嗎？」

「即使各國都同意，也不得率兵入侵他國，這一點絕對無法更改。既然泰王不在，就不得派兵前往戴國。」

「早就知道了——那可不可以派兵去瞭解戴國的情況？」

「天條上只寫了不得入侵，但並未禁止士兵進入他國。比方說，王訪問其他國家時，必定會帶士兵同行保護人身安全，天綱中並無相關內容加以禁止，也沒有禁止士兵身為使節前往他國，也因此經常有這種情況發生。問題並不在於士兵進入他國，而是進入他國的士兵行為是否構成『入侵』。」

「……真微妙啊。」

「戴國的情況更微妙，怎樣的情況才算是『入侵』？舉例來說，違背該國的王所推動的政策，就算是侵犯。遵帝就是這種情況。氾王欺壓百姓，雖然偏離了正道，但那是正當的氾王所採取的政策。遵帝妨礙了氾王的政策，因此就算是『入侵』。如果王位無王，代朝的方針就相當於國策。也就是說，當時的朝廷所決定的方針就等於是國策——但是……」

「泰王並沒有死，戴國並非王位無王。」

「沒錯，即使是偽王率領的偽朝，只要是朝廷所決定的事，一旦干涉、妨礙，就算是入侵，只不過戴國還有正當的王，偽王通常是王位無王時，模仿王朝所立的王。嚴格來說，戴國目前的情況並不算是偽王，只是因為沒有前例，不知該如何稱呼。」

「問題在於阿選的朝廷不知道是否符合上天所說的朝廷……」

「就是如此，這件事毫無前例，也沒有明確的天條，我也無法判斷究竟，但最好牢記一件事，國策並非王的方針，而是朝廷的方針。」

「真傷腦筋啊……」

「不得布陣，不得減少上天認同的他國國土一步。他國士兵攻下戴國的王、戴國的百姓無法進入的土地，就是占領國土，無論基於怎樣的理由，只要安營紮寨，就立刻犯下了即刻遭報應之罪。」

「知道了。」

延麒又問了兩、三個問題，但陽子覺得他的行為都是試圖在模糊不清的天條中劃出明確的界線，因而感到很不自在，有一種異樣的感覺。玉葉顯然是在陳述對天綱的解釋，然後運用前例回答延麒的問題，簡直就像是一切以天條為優先——而且是以明文的天條為優先。

陽子總覺得玉葉昨晚花了一整晚的時間調查了對天條的解釋和前例，那些天條到底是什麼？

陽子被帶到這個世界之後，就全盤接受了所看到的一切。妖魔肆虐，神仙顯神蹟，這個世界充滿了各種奇妙的事，她已經完全接受了這些，認為在這裡是理所當然的事，就好像童話世界的設定，但又覺得現實和牧歌式的幻想世界並不相同。

為什麼會有妖魔？為什麼王沒有壽命？為什麼生命從樹木上誕生？麒麟根據什麼選王？也許該覺得這些之前認為理所當然的事匪夷所思。這是一種——如果非要形容的話——有點可怕的異樣感覺。

陽子帶著這種無法清楚表達的異樣感覺，離開了蓬廬宮。

再度經過白色的階梯，走向山頂時，陽子急著想要表達，但還是找不到適當的話語。

「妳瞭解玄君說的話嗎？」

六太問，陽子點了點頭。

「我要直奔奏國，去傳達這些話，而且也要打聲招呼。妳先回去，等待尚隆的指示。」

「……好。」

「再見。」六太輕鬆地道別，騎著騶虞，消失在南方。

＊

穢濁持續累積。兩年、三年後，穢濁的的確確侵蝕著他。原本亮黃色的影子陰影越來越深。

而且——汕子想道，諷刺的是，他的影子越受到穢濁的影響，汕子和傲濫的呼吸就越輕鬆，之前想要脫離泰麒的影子如此困難，如今已經可以輕易做到。也許是因為汕子他們從穢濁中吸收了力量，或者代表籠罩著汕子他們的外殼變薄變脆弱了。

汕子時而不寒而慄地自我反省，也許不光是因為穢濁的關係，而是汕子他們導致泰麒的影子越來越汙穢。

汕子始終排除試圖加害泰麒的所有人，她覺得每次排除，亮黃色就稍微變暗、變混濁。

但是，對汕子來說，那是毫無選擇餘地的理所當然。汕子是泰麒的乳母，在泰麒成為金色的果實誕生的同時出生，一輩子守在泰麒身邊。當泰麒的生命結束，汕子的生命也同時結束，汕子完全為了泰麒而存在。泰麒已經完成選王，已前往下界的生國，擔任了宰輔，不再是需要汕子養育的孩子了，但汕子仍然是泰麒的僕人，仍然為泰麒而存在。傲濫也是如此。傲濫並非為泰麒而生，但因誓約而締結的緣分並不亞於汕子。麒麟和使令締結的誓約，可以與麒麟和王締結的誓約相匹敵，不光是汕子，傲濫目前也只為了保護泰麒而存在。

如果有人在汕子他們的面前危害泰麒，他們怎麼可能袖手旁觀？除非有泰麒的命令，或是為了泰麒整個身心奉獻的王，否則，對汕子和傲濫來說，沒有任何理由容忍試圖加諸在泰麒身上的暴力。

最初只是警告，只是想要向泰麒周圍的人證明，只要有人對泰麒不利，必然會遭到報應。然而，那些無理的行為並沒有停止。汕子必須讓他們知道，輕視泰麒是大錯特錯。被牢獄囚禁、容許看守的蠻橫是事出有因的選擇，並不是因為泰麒失去了神性，或是失去了身分。尤其當對方帶著惡意想要危害泰麒，就罪該萬死。即使以法而論，加害宰輔者也是死罪，不得減輕罪行。

即使不斷排除，逆賊仍然絡繹不絕。無論再怎麼排除，仍然前仆後繼。每一次的排除，汕子和傲濫的制裁就越來越嚴苛，也越來越無情，逆賊的惡意也持續增加，導致泰麒影子的亮黃色越來越混濁，吸收的氣脈也越來越細。

即使穢濁的原因來自汕子他們，汕子除此以外，還能怎麼辦呢？

……這種情況要持續多久？

當汕子有時觸摸泰麒安慰他，泰麒感到喜悅，為她絕望的心情帶來一絲救贖。令人難過的是，泰麒並不記得汕子，也不記得蓬山和戴國的事，即使如此，他仍然記得汕子手指的感覺。

……我陪在你身旁，我永遠追隨你。

每次安慰泰麒，就覺得有一道淡淡的明亮金光照進黑暗中，汕子從中得到了一絲回報。

「我一定會保護你……」

汕子嘀咕道，但她的身影在黯闇中漸漸失去了輪廓。

汕子並沒有發現自己漸漸失去了自律，思考變得狹隘、頑固。汕子絲毫沒有發現，穢濁也以這種方式附著在自己身上。

同時，泰麒也完全沒有意識到，自己身上正慢慢發生這種變化。

——不，他當然發現自己周遭有很多意外，但他認為這是「隔閡」的一部分。

從他懂事的時候開始，他就開始懷疑自己是異類。因為自己這個異類的存在，導致周圍都不順利，他始終抱有這種近似罪惡感的意識。他知道自己的存在總是成為周圍人失望的因子，困惑和困苦的因子。隨著一年一年擴大，已經變成了確信。

如今，他的的確確是異類。對周圍人來說，是不愉快的元凶，災難的因子。久而久之，他和世界之間的隔閡越來越深，已經無法迴避了。母親曾經瘋狂努力，試圖讓他跨越隔閡，但最後終於放棄了。

他很孤立，同時知道自己不得不孤立。因為和自己有關的人都會遇到災難，於是出現了「禍祟」的傳聞，這成為他的屬性之一。他知道自己對周圍而言，是不愉快而又危險的存在——他不得不面對這個現實。

他淡淡地接受了這件事，連他自己都感到不可思議。

為什麼？他有時候這麼想。小時候覺得自己是異類曾經令自己感到極度痛苦和悲傷，但現在並不會為此感到痛苦和悲傷。

也許是因為有什麼東西在安慰自己的關係。他漸漸發現，好像有精靈在自己周圍，帶給自己溫暖的撫慰，所以，他才不會覺得眼前的孤立是真正的孤立。也可能是想到只要和任何人有所牽扯，就會立刻給對方帶來危險。與實際發生這種情況時的痛苦相比，和任何人毫無瓜葛反而好上數倍。但是——他身體更深處的某些東西已經開始變質。

……我不可以留在這裡。

雖然他有這種感覺，但並沒有因此產生太大的痛苦，總覺得似乎很久以前就已經做好了心理準備，也接受了這件事。當他年幼的時候，看到母親因為他而哭泣，對他來說就是勝過一切的大事。雖然他至今仍然感到痛苦，但每次同情母親時，就覺得好像有某個人更值得同情，比起母親和家人，似乎更應該為某個人擔心。

隨著歲月一年又一年過去，焦躁比悲嘆和孤愁更加速膨脹。自己忘記了什麼重要的事，那是絕對不可忘記的、極其重大的事。他始終覺得，當他在這裡碌碌無為期間，有什麼東西遭到了破壞，造成了無可挽救的結果，自己正漸漸失去它。

為什麼想不起來？

不知道在哪裡失去了一年的時光。每次努力回想，就覺得充滿懷念，充滿愛憐。他一天一天遠離那裡，始終無法回想起來，和重要的東西之間的距離已經大到令人絕望。

……我必須回去。

但是——

要回去哪裡？

第五章

1

陽子從蓬山回來，發現女史正在正寢等她。

「陽子，有奇妙的客人造訪。」

「客人？」

陽子納悶地問，祥瓊點著頭告訴她，在她啟程去蓬山不久，就有人來國府拜訪陽子。

「使者拿了有氾王背書的旌券，說想要見妳。因為妳不在，所以就請他們在堯天的旅店等候。這是使者留下的氾王親筆信。」

陽子納悶地接過了信。慶國以前和範國並無邦交，難道是為了延王、延麒負責聯絡的那件事？

打開親筆信，立刻聞到一股淡淡的芳香，信上的文字流暢華美。無論筆跡、清爽的筆墨顏色，還是和淡藍色信紙的搭配，都令人感受到品格和優美，但陽子忍不住深呼吸，繃緊了全身。祥瓊在一旁悄悄看著陽子的臉問：

「……要不要讀給妳聽？」

「不用……我努力試試。」

陽子費盡了千辛萬苦開始看信。先是制式的季節問候，接著為不知禮節地派遣使者的無禮道歉。同時還提到已經接獲延王的通知，將不遺餘力提供協助，但有一事拜託。聽說來自戴國的將軍目前仍在慶國逗留，無論如何都希望能和將軍面會。

「好像是想見李齋，是要請李齋去旅舍的意思嗎？還是說希望能讓正在旅舍的使者和李齋見面……」

陽子把信遞給祥瓊，祥瓊看完信後眨了眨眼睛。

「不是，信中說，希望將軍去旅舍。因為只是希望私下見面，所以不必鄭重其事地張羅──啊喲，所以……」

祥瓊睜大了眼睛。

「……所以是氾王親自大駕光臨堯天的旅舍了。」

「怎麼會？」陽子嘀咕道：「那不是很失禮嗎？」

「照理說是這樣，但既然本人說不必鄭重其事地張羅，所以只是希望以私人身分和將軍見面。」

「為什麼？」

「上面並沒有寫理由……只說這是私事，希望能夠假裝不知氾王親自前來一事，同時也不要告訴將軍他的身分，就這樣。」

「但是，李齋目前的狀態根本不可能去旅舍啊。」

「只能這樣回覆了，也許該派使者去旅舍向氾王說明情況。我認為還是找台輔和冢宰商量一下。」

陽子點了點頭，慌忙找來景麒和浩瀚商量此事，最後認為只能派祥瓊前往旅舍，向氾王說明情況，請氾王親自來金波宮一趟。李齋目前尚無法自由行動，但也不能請氾王等待李齋體力恢復，只能冒昧請氾王親自移駕到金波宮，但為了寫這封親筆信，又是一陣忙亂。

「怎麼可以用這種隨便的紙？不行不行。」

祥瓊態度堅決地說，然後拿出氾王的親筆信說：

「看這封信就知道，氾王必定是品味高尚的人，不能用隨便的東西敷衍。」

「但問題是我字本來就很醜啊。」

陽子還不習慣用毛筆寫字，所以知道自己的字寫得不好看。

「正因為這樣，所以必須更加費心啊。如果隨便拿一張紙寫很醜的字，根本就是垃圾啊。」

「……有必要說得這麼白嗎？」

「當然啊，但也不能用太講究的紙，反而太矯情了，要找素雅而有品味的紙，我去找紙，陽子，妳先練字。」

陽子嘆著氣，抄著祥瓊為她準備的範本，然後在祥瓊找來的紙上謄寫了好幾次。祥瓊在天黑之後帶著陽子的親筆信出發，回來時已經是夜晚，一臉奇妙的表情。

「情況怎麼樣？」

「呃……嗯，氾王說，明天會來造訪國府，但如果做為正式賓客，會耗費很多時間和人力，恐怕會造成我們的困擾，所以希望還是把他當作私下訪問的客人。」

「是嗎……氾王看起來是怎樣的人？」

氾王在位三百年，是僅次於南方的奏國和東北方雁國的大王朝。

祥瓊一臉說不清楚的表情，抬眼看著天花板。

「……是很有品味的人……至少可以這麼說。」

「啊？」陽子反問道，祥瓊露出僵硬的笑容說：

「反正……見了面就知道了。」

翌日，陽子正在處理去蓬山期間堆積的雜事，此時接獲通報，範國的賓客如約登門造訪了。陽子立刻前往外殿。外殿旁有一個殿堂，可以讓來賓暫時在那裡休息。一走進殿堂，看到有兩個人等在那裡。其中一位是不到三十歲、個子高大的貴婦，另一個是十五、六歲的少女。陽子一看到那個沒有明顯特徵的少女，頓時停下了腳步。因為她覺得以前好像在哪裡見過那張臉。

眼前的少女神似陽子以前在慶國遇見的少女，當然不可能是同一個人。因為那名少女已經不在人世了。陽子的內心隱隱作痛，想到和眼前的少女很像，不由得感到難過。

少女跪在那裡，一臉不解地看著陽子後，行了拱手禮。

「恕我突然冒昧求見，蒙景王賜見，深表感謝。我把範國主上派來的使者帶來了。」

少女說完，看著身後同樣跪在地上的人。所以，那個人就是氾王嗎——陽子緊張地看向那個行禮的人，不由得感到驚訝。雖然那個麗人衣著並不華麗，甚至感覺有點樸素，但仔細一看，發現無論襦裙和花鈿都很低調奢華。身上的穿戴雖然得體，只不過無論怎麼看，這個高大的人看起來都像是男人，難怪祥瓊說，至少可以說是很有品味的人——只是陽子不知道眼睛該往哪裡放，少女露出微笑。

「我想向景王傳達主上的旨意。」

陽子知道這句話的言外之意，就是希望閒雜人等離開，於是點了點頭，回頭對閽人說：

「吩咐大行人迎接賓客，另外——」

陽子的話還沒說完，少女對她搖著頭說：

「不勞費心……恕我冒昧呈報，主上再三叮嚀，千萬不可勞師動眾，請不要驚動貴國的官吏。」

「但是……」

「拜託了，否則主上會怪罪於我。」

「……那就恕我以私人賓客身分接待兩位，兩位請跟我來。」

雖然閽人語帶責備地叫了起來，但陽子瞥了他一眼，示意他住嘴。當她帶著少女從外殿走向深處時，聽到閽人故意大聲嘀咕，範國真是不懂禮儀。

陽子慌忙道歉，少女笑著說：

「因為景王即位時日尚淺。」

太奇妙了——陽子心想。雖然眼前的少女貌不出眾，但有一種奇妙的亮麗，吸引他人目光，那是死在瑛州僻地的慶國少女身上所沒有的。

「……怎麼了？」

「不……只是覺得妳很像我認識的人。」

「原來是這樣。」少女露出微笑，另一名「使者」不發一語地跟在少女背後，臉上沒有表情，從剛才開始就始終不發一語，雖然很奇妙，但並不強勢，而且舉手投足很優雅流暢。這個人應該是氾王——陽子帶著困惑帶著他們前往內殿，中途遇到了景麒。他正準備趕往外殿。

「啊，景麒，這兩位是——」

陽子說到一半就住了嘴，因為景麒難得露出目瞪口呆的表情。

「主上，這位是……」

「喔，我們是氾王的使者。」

少女笑著行了一禮，看到滿臉驚訝的景麒慌忙行跪禮，陽子大吃一驚。

「請問是氾台輔嗎？」

陽子差一點驚叫起來，少女制止了她，把手指放在嘴上，示意她不要張揚。陽子再度打量著少女，少女的一頭黑髮很有光澤，但完全不像麒麟的頭髮。這時，站在少女身後那個高大的人第一次露出竊笑。

「不是要帶我們去哪裡嗎？」

少女一派輕鬆地問道，陽子慌忙指向內殿的園林。

廣大的園林內有內殿附屬的書房，另一側是客殿，園林內有許多涼亭和樓閣，好像隱寓般隱身在高低起伏的園林內。陽子把少女帶去其中一個宮殿，然後命令小臣退下。少女見狀，伸手抓著衣襟，做出好像在脫下隱形頭罩、隱形衣的動作，立刻出現一頭明亮晶瑩的金色頭髮。

陽子啞然失色，她行了一禮說：

「很抱歉，嚇到妳了。容我再度自我介紹，我是氾麟。」

她的面容已經不像陽子熟悉的那張臉了，而且陽子從來沒有見過比更她美、更惹人愛的女人，她的手上抱著剛才脫下的薄紗衣服。

「喔！」她叫了一聲，「這是蟲蛻衫，我原本的樣子會驚動官吏，所以向主上借了這件衣服，但剛才似乎嚇到妳了，是不是像某個妳認識的人？」

「喔……是啊。」

「那必定是對妳很重要的人。」

氾麟笑起來像一朵花。

「這件衣服有這樣的功能，會讓看到的人看見自己喜歡的人物。即使我照鏡子，也完全看不到改變後的樣子……但還是瞞不過台輔。」

「因為我看到了麒麟的氣息。」

景麒說完，嘆了一口氣，行了一禮。

「容我向妳致意，很榮幸認識妳。」

「彼此彼此。」

氾麟欠了欠身，一屁股坐在旁邊的椅子上。

「景王叫什麼名字？」

「我叫陽子……」

「那我就叫妳陽子，我已經很老了，認識很多代景王，都搞不太清楚了。景麒沒有字號嗎？」

「沒有。」

「啊喲，真可憐。我目前叫梨雪，但主上經常心血來潮幫我改名字，所以這個名字也不知道能用多久……對不對？」

少女說完，抬頭看著站在她身旁的人。陽子點了點頭，心想果然沒有猜錯。景麒目瞪口呆。

噗哧。那個人笑了起來。

「我是範國國主吳藍滌。」

「喔。」陽子點了點頭，突然回過神，慌忙請他入座。

「很抱歉，請入座……我是不是太失禮了？」

「沒事。」他笑著說道，氾麟發出銀鈴般的笑容。
「我們以這種方式造訪，當然不必講究禮節，是我們無禮，妳不必放在心上。」
說完，她微微偏著頭說：
「陽子，如果妳不介意，我會很高興。因為主上說務必想和來自戴國的將軍見一面，如果正式訪問很費時間，而且也會驚動朝廷，所以採取了這種方式。」
「我完全不會介意——請問你想見李齋嗎？」
陽子看向氾王問道，他點了點頭。
「從雁國那裡得知，她好像是瑞州師的將軍？聽說她目前身體還很虛弱，可以見面嗎？」
「是……目前還不能出遠門，但已經可以下床了，目前正在復健，活動萎縮的手腳。」
「可以不必告訴她我是哪裡的什麼人，因為我不想驚動病人，只要告訴她是來自範國的客人就好。」
陽子點了點頭說：
「好，那我來帶路。」
「好，既然是私人拜訪，當然該由我主動前往，可以請妳帶路嗎？」
「這邊請。」陽子對氾王說，氾麟坐在椅子上，握住景麒的衣服，向陽子他們揮手。

2

陽子來到太師官邸，走進庭院時，李齋正牽著桂桂的手練習走路。雖然李齋的雙腿無力，但如今只要有人攙扶，就可以向前走。昨天還順利騎上了飛燕，令李齋稍稍鬆了一口氣。

「——陽子。」

桂桂看到陽子走進來，笑了起來。

「妳看，已經可以走得很好了。」

「是啊，會不會太勉強？」

「不會啦。」

陽子點了點頭，對李齋說，有客人要找她。李齋看向陽子身後，陽子身後那個人的衣著很奇妙，但李齋覺得以前好像在哪裡見過他。

「桂桂，你先出去一下。」

陽子說，桂桂滿不在乎地點點頭說：

「那我去照顧飛燕，昨天李齋教我擦拭牠的身體。」

「是嗎？」陽子笑著目送桂桂離去，然後回頭看著李齋說：

「這位是來自範國的客人，說想要見妳。」

陽子說著，把李齋的手放在自己的肩上。李齋感激地在她的攙扶下走回堂室，一路努力回想著以前曾經在哪裡見過來自範國的客人。
「妳的身體似乎已經恢復不少。」
那個人在李齋請他入座的椅子上坐下來後問道，李齋行了一禮。
「是的。請問？」
「我來自範國，有東西想請妳看一下。」
說著，他從繡著瀟灑刺繡的鐵色麻衣裡拿出一個小布包。在桌上打開後，發現布包裡是一截腰帶。皮革的腰帶上燙了一排銀製的墜飾，其中一端的金屬配件上雕刻著好像在奔馳的馬，但腰帶只有兩手手指張開的長度。腰帶顯然被砍斷了，而且斷面的皮被染上了紅黑色的東西。
李齋看到腰帶，忍不住站了起來，因為重心不穩，差一點跌倒。
「這是——」
「李齋？」
「我聽說你是瑞州師的將軍，妳認得這條腰帶嗎？」
「認得，」李齋大聲回答：「請問……是在哪裡發現的？」
「在範國，好像是混在從戴國運來的玉中。」
「從戴國……」
「這是？」扶著李齋的陽子問道。

「這是主上的腰帶，絕對錯不了，這是——」

李齋說到一半，突然恍然大悟。她認識這個沒有報上姓名的客人。對，沒錯，當時就是在驍宗的登基大典上見過他。

李齋推開陽子的手，當場跪了下來。

「曾經聽主上說，這是您送給他的登基賀禮。」

「沒錯，」氾王點了點頭，「原本不想驚動妳，沒想到妳還是發現了……好，妳坐下，別累壞了身體。」

氾王說完，看著滿臉訝異的陽子說：

「範國自古以來就和戴國有邦交，雖然我討厭之前的泰王。」

「……啊？」

「他的品味實在太差了，我無論如何都無法和那種喜歡穿貼了金銀亮片盔甲的人交朋友。」

氾王皺著眉頭，似乎真的很不喜歡前任泰王。

「但是驍宗很不錯，我去參加了他的登基大典，雖然這個人缺乏風雅，但看起來品味還不差，而且泰麒惹人憐愛，我很喜歡他一頭銀黑色的鬣毛。」

「喔……」

陽子用力眨著眼睛，氾王笑了起來。

「這代表我們是偶爾會見面的交情，因為範國既沒有玉泉，也沒有產玉的礦山，但在玉和金銀手工藝方面位居十二國之首，所以成為手工藝材料的玉都來自戴國。當時就是從那些玉中發現了這個。」

說完，他拿起了腰帶上的金屬配件。

「妳們看，奔馳的馬每一根鬣髮都雕刻得很清楚，這是我下令冬官中手藝最好的雕刻師雕刻，做為泰王登基的賀禮，這是當時所贈送的禮品之一。不光是這麼精細的雕工，能夠把銀這麼漂亮地燙在腰帶上的技術，只有範國的冬官才具備。有人從來自戴國的玉中發現這個後，察覺到這件事，交給了冬官，冬官又送到了我的手上。」

李齋跪在地上，仰望著氾王。

「這是……這是來自哪裡的玉？」

「文州。混在從琳宇運來的碎石中，聽說琳宇當時只有一個出產碎石的礦山。」

「對──沒錯，的確是這樣。」

李齋回答，氾王看著李齋點了點頭，看向陽子。

「戴國的玉泉盛產上等玉石，山中有水脈，只要把玉種浸在水中，就會長出玉石。在水脈經過的地方，夾帶碎石的玉石層呈帶狀分布，開採之後可以加工成裝飾石，但不會特別把玉石篩選出來，把從山上開採出來的山石直接運出來，就是所謂玉石混淆的狀態，然後工匠從中挑選石頭，把好的玉石切割下來。工匠會以一鈞多少錢的價格把這些山石一起買下來，這條腰帶就混在那些山石中。」

「竟然……會混在其中。」

「是啊，文州是玉的產地，但沒有其他產物，所以聽說都已經被挖光了。之前開採出為數不多的良玉都送到了驕王手上，送到範國的全都是碎石，而且也逐年減少。尤其這幾年，就連碎石也無法送進來了，因為沒辦法運送。兩年之後，戴國派來可疑的敕使，說是泰王死了，從那時候開始，就完全沒有碎石再送進來，所以那可能是最後一批了，真是剛好趕上。」

「……腰帶斷了。」

陽子說，氾王點了點頭。

「冬官一致認為，應該是被刀砍斷的。除了表面，腰帶的背面也沾到了血跡……可能就是這麼一回事。」

「有人砍殺泰王……」

「而且是從背後出手，原本擔心可能出了大事，但即使和戴國聯絡，凰也完全沒有回應，國府也沒有任何回覆，這次接到雁國的通知，才終於瞭解狀況。」

氾王把腰帶用布包了起來。

「這條腰帶交給妳，雖然腰帶斷了，但聽到泰王並未崩殂，終於安心了。這條腰帶送回我手上也是奇緣，簡直就像是泰王在通知外界自己的下落。」

「是啊。」李齋點著頭，恭敬地接過了布包。

「戴國的百姓和泰王之間靠這種奇蹟似的緣分仍然保持連結……千萬不能放棄。」

「謝謝。」李齋已經泣不成聲。

3

李齋經常在臥室內注視著那條腰帶。

——仍然保持連結。

的確如此。李齋告訴自己。如果是琳宇附近的礦山，那時候只有函養山還能夠採玉。那是文州最古老的礦山，玉泉已經完全乾涸，當時只能勉強採到少量三等以下的玉。

驍宗在琳宇郊外的戰鬥中失去了蹤影，這條腰帶又來自函養山，顯示驍宗是在函養山遇到了敵人，雖然無從得知他之後的蹤跡，但只要李齋回去戴國，就可以尋找驍宗的下落。

李齋屏住呼吸，握拳了拳頭。各國已經同意一起尋找泰麒，但是，萬一無法順利找到泰麒，自己並非束手無策。

李齋這麼告訴自己，同時聽到了有人大聲問：

「李齋，桂桂呢？」

回頭一看，原來是虎嘯。

「剛才景王來這裡清場時，他說他要去廏房。」

「奇怪，我來的時候去廏房看過了，沒有見到他，他真會亂跑。」

李齋笑了起來。

「他很活潑。」

「他的確很活潑。」

「他是個乖孩子。」

「是啊。」虎嘯害羞地笑了起來，好像自己受到了稱讚。「其實他吃了不少苦，但幸好沒有變壞。」

「之前聽你說，他沒有親人。」

「是啊，他原本就失去了父母，和姊姊一起住在里家，但他姊姊也死了。」

「真可憐……」

「他應該感到很孤獨，但他把這些事埋在心裡，所以雖然年紀很小，但也算是能夠獨當一面了。」

「太了不起了，但是，虎嘯，請桂桂大人在廏房幫忙真的沒關係嗎？桂桂大人不是要讀書，或是有其他事？而且飛燕雖然個性溫和，但畢竟是騎獸，萬一發生意外……」

「沒關係，他自己說想要幫忙，」虎嘯說完，苦笑著說：「不用叫他桂桂大人，以身分來說，他只是奄。」

「他沒有加入仙籍嗎？」

「因為他年紀還小，陽子似乎打算等他長大後，由他自行選擇……好奇怪，聽妳說話的口氣，覺得桂桂好像是太子。」

「是嗎……？」李齋自己並沒有意識到這件事，聽虎嘯這麼說，覺得的確如此。

「被你這麼一說，好像真的是這樣……為什麼呢？」

「原來妳自己也不知道啊。」

李齋點了點頭，她聽到官邸某處傳來的歌聲。歌聲嘹亮清脆，是年輕女人很有精神的聲音——

「那是祥瓊嗎？女史和女御好像都頻繁出入這裡。」

「喔，是啊，沒錯，既可以說是出入，也可以說她們住在這裡。」

李齋眨著眼睛。

「難道她們其中一位是你的……？」

「沒這回事，」虎嘯搖著手，「她們只是住在這裡，都和我完全沒關係。」

「她們兩個人都是？」

李齋問，虎嘯為難地笑了起來。

「是啊，妳一定覺得很奇怪……其實我原本是和官吏無緣的無賴。」

「聽景王說，你曾經率領義賊起義。」

「沒那麼了不起。因為有一個惡劣的官吏，所以就召集了有勇氣的人推翻他。照理說，在造反之際就會遭到逮捕，但陽子剛好也是這些有勇氣的人之一。」

「……景王嗎？在造反的人之中？」

「這件事不能說出去，」虎嘯笑著說：「陽子是胎果，並不是在這裡出生的，妳知道這件事嗎？」

「我聽說了……」

「嗯，所以她不瞭解這裡的情況，於是就去市井投靠曾經擔任知名義塾校長的遠甫，也就是在那裡學習，剛好被捲進了我號召的叛亂中。」

「原來是這樣……」

不瞭解詳細情況的李齋點著頭，虎嘯垂著雙眼。

「陽子剛登基不久，我認為她具備了出色的王的素質，但還有很多人不這麼認為。慶國的歷代女王都不是好王，而且陽子是胎果，很多理所當然該知道的事都不知道，所以大家都用懷疑的眼光看她。雖然她已經在整頓官吏，但還是有很多逆臣，尤其有人對懲處心生怨恨，不知道他們會對陽子做什麼。」

李齋瞪大了眼睛，雖然任何一個王朝剛開始時都是如此，但她覺得景王應該是深受百姓歡迎的王。

「也有人打算在出現令人不樂見的結果之前推翻女王，因為太危險了，所以不能讓來歷不明的官吏進入路寢。」

聽到虎嘯這麼說，李齋終於恍然大悟。她之前在花殿時，也很少看到官吏的身影。雖然是正寢，但花殿附近很少有人出入，只有一個叫鈴的女御照顧李齋，還有另一個名叫祥瓊的女史不時出入，但李齋沒有看過其他下官。

「……在下以為是對在下保持警戒的關係。」

「不是，路寢目前的人手很少，我們不希望之前就在王宮的下官繼續留在陽子身邊，只有人品優秀，值得信賴的人——目前在仔細確認，慢慢增加人手。」

李齋說不出話，隨即覺得也許這才算正常。正如景王所說，戴國的代朝發揮了很好的作用。驕王並沒有大肆破壞朝廷，驍宗是驕王的重臣，受到周圍人的愛戴而成為王。即使是戴國，也曾經發生了那種事。

「慶國還……很辛苦……」

「我覺得再忍耐一下就好。」

李齋點了點頭。慶國的朝廷還沒有安定，自己就來投靠剛登基不久，正在努力整治朝廷的景王，誤導她犯罪。李齋再度深刻體會到自己的選擇多麼重大，差一點鑄下可怕的罪過。之所以能夠懸崖勒馬，絕對不是李齋自己的功勞。

自己造成了景王極大的負擔。慶國並沒有餘力支援戴國，但慶國的年輕女王在用雙手支撐這個國家的同時接受了李齋，絲毫不以為苦地盡力提供援助。

……不能有更多的奢求。

景王答應協助尋找泰麒，這樣就足夠了。即使最後沒有找到泰麒，也不枉此行。

「所以，」虎嘯有點害羞地繼續說道：「陽子周圍人手很少，生活方面只有鈴和另外一個原本是我戰友的女生在照顧她，女史就只有祥瓊一個人。小臣也是我的戰友，另外還有禁軍的將軍，都是經過嚴格挑選，絕對可以信賴的人才能留在陽子身邊，所以我們整天都在宮殿內，即使有自己的官邸，也沒時間回去。」
「所以住在這裡？」
「是啊，我有一個弟弟。」
「是親弟弟嗎？」
「對，目前正在瑛州讀少學，住在少學的宿舍。」
「未來一定前途無量。」
「是啊，」虎嘯開心地笑了起來。「雖然我很希望他去讀少學，但他真的去讀之後，就覺得很孤單。我除了這個弟弟以外，並沒有其他親人。雖然和鈴很熟，但總不能讓她和幾個男人同住，結果陽子叫我照顧遠甫和桂桂。」
「所以你住在太師那裡。」
「是啊，我照顧他們當然沒問題，但總不能讓太師住在我這個大僕的官邸，而且遠甫也整天都在陽子身邊。因為陽子不瞭解這裡的政治架構，目前還在學習，所以就把這裡賜予遠甫，我負責照顧他們，也就搬來這裡——差不多就是這樣。」
虎嘯說完，又靦腆地笑了起來。
「我在這裡也經常要請教別人禮儀規矩，因為我原本只是在小地方開旅舍，也要讓桂桂讀書，他是個聰明的孩子，所以能夠照顧遠甫是我求之不得的事，但這下子家裡缺少女人打理家事，就請鈴和祥瓊也搬了過來，結果就變成妳現在所看到的。」
「真是——熱鬧啊。」

「沒錯，」虎嘯笑了起來，「我認為陽子很懂得用人之道。我是大僕，雖然高頭大馬，但其實很怕孤單，周圍沒有很多人，就覺得心神不寧，而且宮中的生活完全超乎我的想像，如果叫我一個人住在宮邸，我可能撐不了幾天，幸虧現在有一大群人住在這裡，我才能勉強撐下來。」

「結果連在下也住進來了。」

「陽子說，妳住在這裡可以比較放鬆，如果妳覺得吵，只能請妳原諒。另外，如果妳不在意我們不懂規矩，我會很高興。」

「當然不會在意。」李齋笑著說，很高興景王把自己交給深得她信賴的人照顧。

「景王……應該可以成為好王。」

「聽到他國的將軍這麼說，真是太高興了。嗯……我也希望如此。我們如果做不好，可以辭職走人，王、麒麟和我們不一樣，沒有其他路可走。」

「的確如此。」李齋點著頭。王只有成為好王——持續成為好王，或是走向毀滅，除此之外，並沒有其他路可走。

「泰王也是很優秀的人吧？禁軍的桓魋告訴我，他是慶國左軍的將軍，聽說泰王在登基之前就很了不起，在軍人之間赫赫有名？」

「對……在下也覺得他很優秀。」

「真希望泰王和泰台輔可以平安回來……但台輔要先回來。」

李齋點點頭，至少希望能夠找到泰麒，否則，戴國就沒救了。

他們兩個人都沒有說話，聽到一陣輕快的腳步。抬頭一看，桂桂跑過來了，他一臉笑容抱著花，從灑滿陽光的門口跑了過來。

「北側庭院的芙蓉開花了。」

李齋看著桂桂遞給她的一枝花，又看了看桂桂。

「……桂桂大人，你幾歲了？」

李齋問，桂桂害羞地回答：「十一歲了。」

「……是喔——是喔。」

桂桂害羞的笑容扭曲起來。他的笑容在淚水中扭曲了。

「……李齋大人？」

再也見不到那個笑容了。李齋伸出手，溫暖的小手用力握著她僅剩的手，安慰著她。

「……你幸福嗎？」

「我嗎？呃，幸福啊。」

「是嗎？」

李齋。那個開朗的聲音總是這麼叫著。只要看到李齋，就會滿臉笑容地立刻飛奔過來。如果飛燕在一旁，必定會問，我可以摸牠嗎？

「台輔的年紀和你差不多……」

希望泰麒能夠回來——這一天，李齋第一次祈禱。
期待落空的感覺很痛苦。越是發自內心的期待，當無法如願時的絕望更深。祈禱就是期待，所以在此之前，李齋都不敢祈禱。
戴國的百姓默默地前往祠廟時，李齋也只是旁觀。他們在大雪中默默走向祠廟，因為擔心傳入阿選的耳中，所以每個人都不說話，無言地走向祠廟，靜靜地放下一朵荊柏，感謝為這個國家留下的恩惠，同時祈願帶來這個恩惠的人平安無事。
李齋同情戴國百姓只能用這種方式祈禱，但自己從來沒有去過祠廟。因為——她無法去。
即使陽子答應協助尋找泰麒之後也一樣。比起期待也許可以找到泰麒，她更害怕可能最終還是找不到。即使幸運找到了，接下來該怎麼辦？沒有人能夠保證泰麒回來，就可以拯救戴國。她擔心泰麒回來對戴國到底有什麼意義？
……但是，泰麒是光明。
李齋在各州逃亡時，靠關係投靠一名住在山裡的隱士，那個隱士叫她放棄。
「主上不在這裡。」
戴國委州，驍宗故鄉山間的里，呀嶺已經變成一片廢墟。為了尋找驍宗的下落，李齋猜想也許他躲藏在故鄉，所以前往委州，但只看到被雲煙包圍的呀嶺遺跡。
「妳應該休息一下。」
「在下沒時間休息。」

「所有人都知道，沒有王的國家會荒廢，但是，王並沒有崩殂。王不舉行郊祀，國家就會沉淪嗎？還是王的存在可以使國家健全？」

李齋搖了搖頭。

「不知道……」

「戴國已經進入了無王的時代，妳已經花了這麼長的時間尋找王的下落，仍然沒有找到——是不是該到此為止了？」

李齋睜大眼睛。

「你是叫在下捨棄王嗎？」

老人搖了搖頭，因為困苦而憔悴的臉上充滿了達觀。

「我覺得妳應該首先為自己的幸福著想。妳知道王要拯救的百姓之中，也包括了妳嗎？」

「我……」

「如果要戴國的百姓得到幸福，妳也必須幸福。如果妳背負所有的一切感到痛苦，就代表並不是所有的百姓都幸福。」

李齋落寞地垂著頭。

「但是，只有他能夠拯救這個國家……」

老人帶著同情地嘆著氣離去後，他的孫女還留在原地。少女用憂愁的眼神看著李齋，似乎有話想說。

「妳也覺得……為了王而流浪的行為很愚蠢嗎？」

少女搖了搖頭。

「我不清楚，我不認識王，也不瞭解政治。主上是雲上的人，台輔也高高在上，但是，煙霧——」

「啊？」

「站在門前往下看，可以看到委州的大地，那裡瀰漫著煙霧。」

「喔。」李齋點了點頭，阿選不放過所有和驍宗有關係的人、支持驍宗的人，和指責他的人，只要一不高興，就把整個里都燒光，把反對自己的一切都斬草除根。

「聽說南方的國家一年四季都是春天，真的嗎？奏國不下雪嗎？聽說河流不會結冰，冬天也有溫暖的陽光，有晴天……可以看到藍天？」

李齋點了點頭。她沒有去過比黃海更南方的國家，但黃海的陽光也很燦爛，天空蔚藍。

「戴國從第一場雪開始，到冰雪融化期間，到底能看到幾次晴天？少得可以用手指計算出來，但煙霧……」

李齋終於瞭解了少女的意思，忍不住握住了她的手。

「即使偶爾出現晴天，也被那些煙霧覆蓋。雪被火燒得融化，和瓦礫一起結冰——我們戴國百姓要等多久，才能夠等到春天來臨？王宮是烏雲滿天的戴國唯一的一片晴空，但蒼天也被烏雲籠罩，地上的煙好像雪雲般籠罩鴻基，這個國家看不到晴空……」

少女露出充滿憂愁的眼神，抬頭看著李齋。

「要讓鴻基成為一穴蒼天、一點春陽，在漫長的冬季也不會凍結的明亮陽光。」

凜然說出這番話的少女已經不在人世，她和她的祖父因為藏匿李齋而被阿選聲討究責。在聽少女說這番話的當時，以及少女知道自己未來的命運而協助李齋逃亡時，李齋都告訴自己，絕對不能忘記少女說過的話。如今再度確認了這件事。

——請救救主上，救救台輔。

4

在陽子接待氾王訪問的兩天後，青鳥突然飛來傳話，去禁門等待。陽子在雲海上方的禁門門殿前等待，看到三位客人飛越雲海而來。除了尚隆和六太以外，還有一個金髮的年輕女生。

「聽說氾王來了？」六太從騶虞上跳下來問道。

「是啊。」陽子苦笑著行了拱手禮。

「難怪完全聯絡不到。」

六太說完，看著從白色騎獸上跳下來的人介紹說：

「這位是廉台輔。」

陽子慌忙行禮。廉麟是芳齡十八，渾身散發出開朗氣氛的人。

「廉麟，這位是景王陽子——旁邊的是景麒。」

六太說完，又問陽子：

「所以呢？範國的老兄和小姐在哪裡？」

「應該在房間裡。」

陽子只能再度苦笑著。雖然是陽子主動挽留了聲稱已經在堯天訂了旅舍的氾王和氾麟，請他們住在金波宮，但氾王這個客人很難纏。起初帶他去招待賓客的掌客殿，氾王說，那裡的品味太差，他不想住那種地方。最後擅自挑選了客殿園林內的淹久閣，一下子說那個花瓶太醜要搬走，一下子又說這幅畫醜不忍睹，要換成那一幅畫，而且對負責招待的掌客官吏百般挑剔，說官吏不夠細心，要求換人。陽子只好派祥瓊前往，幸好他對祥瓊很滿意，但要求祥瓊不得離開他身旁。氾麟披上範國珍寶蟲蛻衫在宮殿內到處亂闖，有時候突然來到正殿對陽子說，哪裡的官吏正在欺負下官，太糟糕了，然後又突然離開。負責照顧他們生活起居的祥瓊說，雖然氾麟外表是美若天仙的少女，但內心簡直就是另一個延麒。

「……那兩個客人很難伺候吧？」

六太小聲地說，陽子也小聲地問：

「雁國和範國的關係如何？」

「雖非我願，但兩國有邦交，範國是手工藝大國。」

「聽說玉和金銀工藝品是十二國之冠？」

「不得不承認的確如此……範國是沒有任何資源的國家，無論在任何方面都不上不下，那個傢伙讓範國成為手工藝之國，重新站了起來。」

「靠美術品和工藝品嗎？」

「範國生產所有的手工藝品，從紙或布等材質，到手工藝使用的機器和工具，尤其是各種工具更出色。範國生產的工具精密度很高，無論是尺還是秤錘，都和其他地方所生產的有著天壤之別。」

「是喔……」

「我們國家很擅長建造大型建築——像是都市、房子和港口——為此就需要範國的工匠提供協助，所以，兩國之間的交往……算是很深。」

六太嘆著氣，陽子似乎能夠瞭解他嘆氣的原因。

「該怎麼說……從各種意義上來說，他都是一個與眾不同的人。」

「對吧，他是尚隆的天敵。」

六太回頭看向身後，從剛才就一言不發的尚隆一臉悵然的表情跟在最後面。

「我……似乎能夠理解。」

陽子小聲說這句話時，剛好遇到從園林的小徑走來的祥瓊。祥瓊用力跺著腳，一路向前衝。

「呃，祥瓊，氾王呢？」

陽子問，祥瓊用充滿殺氣的眼神看著陽子說：

「在臥室。我告訴你們，即使現在去了，也見不到他。」

「見不到？」

「他說我送去的衣服和簪釵不搭配，所以不願意換衣服——你們看好了，我絕對會讓他穿上。」

「……辛苦了。」

「哼，」祥瓊抱著雙臂，「他很有挑戰性，但我覺得那樣的搭配很不錯啊，只是項鍊和耳環不合。陽子，我要去拿妳的飾品，一定要讓他點頭滿意。」

祥瓊氣鼓鼓地說完後，才發現從陽子身後的小徑走來的人影，輕輕驚叫一聲，滿臉通紅地在路旁磕頭。

「——恕我失禮了！」

「看來妳被整慘了。」

六太竊笑著說道。

「那個老兄很難纏吧……氾麟也在裡面嗎？」

「是啊——對，也在。」

「是嗎？我們有事要討論，妳設法讓範國的老兄趕快走出臥室。」

「遵命。」祥瓊深深鞠了一躬。陽子等人啞然失笑地走過去，前往被奇岩包圍的兩層樓閣。氾王討厭祥瓊以外的所有官吏，所以也沒有人可以為他們通報。陽子打了一聲招呼後走進去，發現氾麟躺在堂室的長椅上。陽子忍不住苦笑著想道，在氾王的指示下移動了家具，也調整了裝飾品的堂室果真變成很有品味的空間，氾麟隨意躺在那裡，就好像一幅畫。

「啊喲——是陽子和景麒。」

正在看書的氾麟抬起頭後坐了起來，然後跳下長椅。

「還有六太，好久不見。」

「嗨！」

氾麟蹦跳著跑過來，仰頭看著尚隆的臉。

「尚隆也好久不見了，你還是穿得像鄉下人。」

「少囉嗦，趕快叫妳的飼主出來。」

「沒辦法，主上還沒有更完衣。」

尚隆皺著眉頭說：

「衣服根本不重要，妳去跟他說，如果他不滿意，就光著身體出來。」

「果然是粗俗的尚隆才會說這種話。」

說完這句話，她看向廉麟，用可愛的聲音叫了一聲「啊喲」，優雅地行了一禮。

「我不知道有客人。」

「嗯……這位是廉台輔。」

「幸會，我是氾麟。」

廉麟嫣然而笑，也向她打招呼。氾麟看著室內所有的人說：

「重要人物都到了，所以，要開始搜索泰麒了嗎？」

「沒錯。」尚隆悵然地說道，示意氾麟坐下。

「明明通知某人來雁國集合，卻遲遲不見蹤影，也失去了聯絡。」

「啊喲，所以你們才來這裡嗎？那太好了，我喜歡慶國，雁國的下官真的太不機靈，而且很囉嗦。」

「妳才囉嗦吧？總之，雁國、慶國、範國和漣國這四個國家要一起去蓬萊找泰麒。」

「那崑崙呢？」

「奏國、恭國和才國負責。」

「真是工程浩大。」

氾麟說完後，微微偏著頭問：

「這樣做沒問題嗎？應該是史無前例的事。」

「沒問題，」回答的是六太，「我們尋找泰麒並沒有違反天條。」

「是喔？具體要怎麼尋找？要派王師大規模搜索嗎？」

「怎麼可能？」延麒露出不悅的表情，「那不行，蓬山的玄君也叮嚀，引發蝕的時候，要控制在最低限度，而且即使派他們去也沒用。泰麒是胎果，只能靠我們麒麟感

受他的麒麟氣息尋找。」

汜麟驚訝地張大嘴巴。

「……你是認真的嗎？蓬萊不是很大嗎？」

「如果妳是說蓬萊的大小，其實並沒有這裡的一個國家大。」

「那也很大啊，要在那裡找嗎？只有包括我在內的四個人？這是你至今為止說過的話中最糟糕的戲言。」

「我知道有難度，否則就不會尋求他國的協助了。」

「但是……」

「我以前曾經找到過泰麒，雖然不記得上次找到他的具體地點，但記得大致的位置。雖然無法保證泰麒一定回到那裡，但只能從那裡開始找。」

「真的只憑這點線索就去找人嗎？真受不了。」

「所以要棄泰麒不顧嗎？」

六太瞪著汜麟。

「如果有其他方法，早就用其他方法了，只是別無他法。雖然用這種方式找，可能會花上幾年的時間，但如果想要救戴國，就只能試試看！」

堂室內陷入了沉默，最後，廉麟開了口。

「……不能使用使令嗎？」

「使令？」

「對，使令不是也能感受到麒麟的氣息嗎？無論離得再遠，我的使令都能感受到我的氣息回來，所以，我猜想使令也能感受到其他麒麟的氣息，也許比我們更敏銳。」

「對喔。」延麒嘀咕了一聲，然後對著空氣問道：「怎麼樣？」不知道哪裡傳來一個聲音回答：「是的。」那是延麒的使令回答的聲音。

「那麼妖魔呢？」

沒有回答。

「你們不是可以召集同族嗎？當然，也許不能召集有害的妖魔，但如果沒有太大危害的小妖魔，可行嗎？」

片刻的沉默後，再度傳來「是」的聲音。

「很好——這麼一來，數量就大為增加了。」

「既然這樣，」氾麟叫了起來，用力拍著手，「範國有鴻溶鏡。」

「——鴻溶鏡？」

「對，鴻溶鏡可以將照到的動物分裂，但只能用於能夠遁甲的動物，使令和妖魔可以用鴻溶鏡分裂，增加數量——理論上可以增加到無限多。雖然分裂之後，能力也會減弱，但這次只是要找人，並不需要太大的能力吧？」

「那麼，」廉麟插嘴說：「漣國有吳剛環蛇，可以在不引發蝕的情況下，在這個世界和那個世界之間打洞。雖然人無法通過那個洞，一次也無法大量通過，但只要使用這個法寶，就可以把蝕控制在最低限度。以前也曾經為泰麒使用過吳剛環蛇，延台輔找到泰麒後，就是用那吳剛環蛇把他帶去蓬山。」

「太好了。」

六太興奮地點頭時，一個冷靜的聲音插嘴說：

「泰麒為什麼沒有回來才是問題吧？」

回頭一看，氾王在臥室門口，身上的白色羅衫很刺眼。祥瓊一臉得意地從他身後探出頭。

「你終於出來了嗎……你說他為什麼沒有回來，是什麼意思？」

「咦？延麒，如果你不是出於本意漂流到蓬萊，會一直住在那裡不回來嗎？」

「這……」六太結巴起來。

「如果是你，搞不好會覺得剛好可以逃離猴子山的猴子王。但泰麒看起來不像是這種孩子，無論如何都會設法回來，然而整整六年都沒有回來，不是該認為他因為某種原因而無法回來嗎？」

「這種事，誰都知道啊，只是沒辦法瞭解其中的原因，要先找到泰麒再說，還是你能想像出其中的原因？」

「這個嘛，」氾王轉頭說：「如果有什麼原因的話，可能他已經不是麒了。」

「不是麒？」

「麒麟隨侍在王身邊是麒麟的本性，憐憫百姓也是麒麟的本能，所以只要是麒麟，泰麒一定會設法回到泰王的身邊，為了百姓而設法回戴國。他具備了這樣的能力——既然他沒有能力回去，只能認為他已經不是麒了。」

「怎樣可以讓麒麟變成不是麒麟？」

「我怎麼知道？」氾王冷冷地說，「但泰麒不是胎果嗎？」

「是啊……所以？」

「不知道，我說不清楚，也許氾麟只有死的時候才不再是麟了，但不知道胎果的麒麟在那個世界時的情況會怎麼樣，我只是這麼想而已。」

5

盛夏時分，李齋從陽子口中得知，已經開始搜索泰麒。帶著倦怠感的熱氣悄悄爬上王宮，輾轉反側的夜晚更加深了等待好消息的焦躁，帶走了李齋的安眠。

六太原本很有信心地保證：「很快就會找到，不需要擔心。」不久之後，就開始愁容滿面。六太之前去蓬萊找到泰麒的地方感受不到泰麒的氣息，雖然繼續四處搜索，但始終沒有好消息。

李齋睡不著，下床走去掌客殿。掌客殿周圍是西園，客人都住在西園的清香殿內，旁邊的書房蘭雪堂是泰麒和其他參加搜索的人開會的地方。李齋每天都去那裡好幾次，即使每次去打聽之後的結果令她感到失望，至少可以平靜她難耐的飢渴。這天晚上，她也像是求水解渴的人一樣走進蘭雪堂，看到六太無力地癱坐在堂室的椅子上。

「……延台輔。」

「嗨！」六太笑了笑，但他的表情很無力。

「還沒有找到嗎？」

「是啊。」六太的聲音很低沉。李齋站在那裡，六太似乎察覺了她的失望，用開朗的聲音說：

「嗯，這也在意料之中，反正來日方長。」

「是。」李齋只能這麼回答，她完全幫不上任何忙。各國擁有最高地位的人親自奔走，李齋卻只能默默守在一旁，如果還要責怪遲遲沒有結果，未免太不知天高地厚了。

「妳要不要喝茶？其實只是我自己剛好想喝茶。」

李齋露出微笑，為供桌上的小火爐點了火，把水瓶裡的水倒進鐵瓶，放在火爐上。

「……也許不在蓬萊。」

李齋停下了手。

「所以……會在崑崙嗎？」

「不知道，但範國的老兄說的沒錯，問題在於泰麒為什麼沒有自己回來。」

「是不是有什麼原因無法回來？」

「說有原因很簡單，妳認為到底是什麼原因？」

「我也不知道……」

「泰麒引發了鳴蝕，景麒再三強調，泰麒不可能知道引發鳴蝕的方法，必定是遇到了突發狀況，憑著本能引發了鳴蝕，在這件事上，我也有同感。與其說是泰麒去了那裡，不如說是他從這個世界跌落，問題是他跌落的地方真的是那個世界嗎？」

「這是……什麼意思？」

「吳剛門的入口和出口之間有一條空無一物的路，妳可以想像就像禁門和五門一樣。並不是門的那一側是那個世界，這一側是這個世界，入口和出口之間有一條隧道。」

「喔。」李齋點了點頭。那是施了咒術的通道，通常那裡會有階梯。

「既然泰麒不在這裡，很顯然是進入了那道門，但泰麒真的從那裡出去了嗎？」

這是——李齋轉頭看向六太。

「你是說，他被困在中間了嗎？」

「我也不清楚，也許泰麒並沒有從那裡出去。我們用了廉麟的吳剛環蛇去了那裡，在通過的時候必須握住廉麟的手。正確地說，是吳剛環蛇的蛇尾，有兩條蛇尾，其中一條必須由廉麟握在手上，她說如果不這麼做就會迷路，進去之後，無法從那裡出去，也無法回來。」

「泰麒也像這樣在中間迷路了？」

「我也不知道，也許鳴蝕和吳剛環蛇不一樣……因為在那裡完全感受不到他的氣息，所以會忍不住想，泰麒是不是沒有從那裡出去。泰麒在還是泰果的時候漂流到那裡，在那裡出生，像普通的小孩子一樣長大。他在那裡有父母，有房子。我以前應該是在他的故鄉找到他，只是很抱歉，我不記得具體的地點，但知道大致的位置。蓬萊國雖然很大，但我記得在哪個城市附近。如果泰麒引發了鳴蝕，本能地逃走的話，可能會逃回故鄉，但是，我們在泰麒的故鄉並沒有感受到他的痕跡。」

「可能不在故鄉，或許——去了其他地方。」

「我也這麼想，所以在各地尋找。以他的故鄉為中心，兵分兩路，北上和南下，仍然沒有發現他的痕跡……不，我們目前只是很粗略地尋找。」

六太最後這句話似乎在安慰李齋。

「下次我們會更仔細尋找，可能要問附近的人，六年前是否曾經發生什麼異變……但可能也會因此很耗時間。」

「是。」

「真希望我們在打聽的時候，能夠在崑崙找到他……總之，氾麟和廉麟不可能一直留在這裡，景麒更是如此，因為慶國還很弱小，可能會在某個時間點暫時告一段落，然後發揮耐心慢慢找，到時候只能對妳說抱歉了。」

「不……這也是無可奈何的事。」
李齋努力保持冷靜說道。她告訴自己，不能繼續奢求。自己雖然少了一條手臂，但已經恢復了健康。目前已經知道驍宗在琳宇郊區的函養山發生了意外，當搜索泰麒告一段落後，自己可以回戴國尋找驍宗的下落。這趟來慶國並不是白跑一趟，李齋和驍宗之間的確還有連結。
「……即使到了那時候，也不會棄戴國不顧，我向妳保證，會盡力照顧來自戴國的難民，和仍然留在戴國的百姓。」
「感激不盡。」
當李齋小聲說這句話時，一道光照進昏暗的堂室。回頭一看，蘭雪堂後方的門內洩出微光。李齋站了起來，走過那道門，是一條很短的曲廊，轉彎之後，前方是名叫孤琴齋的小型建築物。光照在孤琴齋內，看起來像是從天窗灑下來的月光，但孤琴齋並沒有天窗，而且這天晚上並沒有月亮，圓形的白光照在地上，卻不見光源。因為那不是從上面照到地上，而是從地面下方照上來的光。
是吳剛環蛇。李齋走進孤琴齋，看到人影從直徑變大的光環中滑了出來。先是一個人，接著又一個人。當兩個人走出光環的同時，光漸漸縮小、遠去，隨即消失了。
「啊喲，李齋！」
氾麟叫了起來，然後沿著曲廊衝向堂室。
「六太，很奇怪！」

「奇怪？」
六太反問著，坐直了懶洋洋地靠在椅子上的身體，汜麟點了點頭。
「使令渾身發抖，說不想去，也去不了。」
「啊？」
「所以無法靠近，使令也說不可以靠近。」
「我完全聽不懂妳在說什麼……廉麟，這是怎麼回事？」
「這個……」走進堂室的廉麟也一臉不安，「我也不太清楚，使令不想靠近，說那裡有凶險。」
「凶險……？」
「對，就在你說是泰麒的故鄉那裡。我和汜麟想再去一次，一起回去看了一下，使令不想靠近那裡，好像有凶兆和汙穢。有巨大的凶險，千萬不可靠近。」
「這是怎麼回事……之前不是也去過嗎？」
「對，沒錯，使令說，之前就隱約感覺到了……什鈷，對不對，你來說明一下。」
「是。」隨著一個呆滯的聲音，廉麟的裙襬下出現一隻白色的獸。牠看起來像小型狗，但沒有尾巴。那隻獸只有一隻眼睛，牠瞇起碧色圓眼，垂在眼睛上方的毛好像老人的眉毛，露出了為難的表情。
「那裡有災變。」
「怎樣的災變？」

「我當然不可能知道，只知道是不好的事。」
「這樣根本沒辦法瞭解——以前就有了嗎？」
「是。」什鈷縮起身體說：「那是事後回想才發現的，之前只是隱約感到奇怪，但因為並不強烈，所以也覺得不需要太在意，之後就忘記了這件事。今天晚上再度前往時，發現變得很強大，那是不好的東西，我不想靠近，台輔也不可以靠近。」
「不好的東西嗎？是有這樣的預感嗎？」
「不是，是巨大的汙穢、災難，是凶險。原本以為只是小角色，但絕對不是小角色，千萬不可以靠近。」
「小角色——？」
六太訝異地問，李齋制止了他。
「請等一下，容我插嘴——是不是有強大妖魔的意思？」
李齋問，什鈷跳了起來。
「沒錯，就是這樣，而且並不是普通的妖魔。我們絕對不想靠近，更不願意帶台輔前往——」
李齋叫了起來，六太也同時嘀咕道：
「是傲濫……」
「啊？」
李齋跑向什鈷，跪在地上，彎下身體。

「在哪裡？那是泰麒的使令，絕對不會錯。」
「但我覺得那不是可以輕易成為使令的妖魔。」
「泰麒的使令是饕餮，是不是饕餮？」
什鈷豎起耳朵，全身的毛都豎了起來。
「饕餮？怎麼可能？」
李齋用剩下的那隻手抓住廉麟的衣服。
「廉台輔，一定就是泰麒！」
李齋失去了平衡，廉麟溫柔地抱住了她。
「……我知道了，請妳放心，我一定會把泰麒帶回來。」
「不行！」
什鈷豎起全身的毛跳了起來。
「那不是使令，妖氣很重。」
「什鈷，不可以這麼膽小。即使真的是妖魔，在那個國家怎麼可能有這麼大的妖魔？可能是泰麒，至少必須去確認到底是不是泰麒。如果你不願意，那我一個人也要去。」
「那怎麼行？」什鈷垂著頭嘀咕。
「廉麟，」六太叫著走向曲廊，「讓我過去——小姐的決定呢？」
氾麟左顧右盼。

「我……去啊，我要去啊，但是……」
氾麟害怕地緊緊抱著薄衣，廉麟從她手上拿了過去。
「我也可以用嗎？」
「……對。」
「那就借用一下，氾台輔，妳去把這件事通知其他人。」
「……好！」

陽子聽到消息，和景麒一起趕到孤琴齋時，兩個人影剛好從幽光中出現。
「延麒，聽說找到了？」
「不知道。」
六太回答，但他的臉上已經沒有連日的倦怠。陽子跟著六太大步流星地走回堂室，發現雁國和範國的王已經在那裡。
「泰麒呢？」
延王和氾王同時問道。
「不知道，看不見。」
「看不見？什麼意思？」
「那應該是傲濫，是泰麒的使令，但那個已經無法稱為使令，而是妖魔，而且非常強大，難怪其他使令會嚇得發抖。」

跟著走進堂室的廉麟也臉色蒼白。
「那裡有巨大的汙穢、巨大的凶險。只要靠近，我們也可以感受到。目前已經知道地點，雖然是一個大城市，但傲濫在那裡，只不過完全看不到麒麟的氣息。」
「我們冒著危險試著靠近，但連殘影也完全看不到……範國的老兄可能說對了。」
「我嗎？」
六太不寒而慄地點了點頭。
「沒有麒麟了，但泰麒在那裡，只不過泰麒已經無法稱為麒了。」
「什麼意思？」
陽子問，看了看六太，又看了看廉麟。
「不知道，但既然傲濫在那裡，代表泰麒也在那裡，至少傲濫看起來不像是恢復了妖魔，仍然是泰麒支配的使令，只不過完全感受不到麒麟在那裡的氣息。難怪他想回來也回不來——泰麒應該已經喪失了身為麒的本性，否則沒有理由完全感受不到他的氣息。」
「會發生這種情況嗎？」
「我怎麼知道？只能認為有了，接下來只能逐一尋找，一定要想盡一切辦法找到他，把他帶回來。傲濫……對那個世界來說也很危險。」

6

夏季正滑向秋季，凝重的倦怠感依然籠罩著蘭雪堂。無論怎麼尋找，都找不到泰麒的下落，只有傲濫的氣息很顯著，但和麒麟留下的明顯光跡相比，傲濫的氣息太模糊，難以捕捉。六太無所事事地塗著他帶來的地圖。

「知道傲濫所在的位置，不就代表泰麒也在那裡嗎？」

尚隆問道，但幾個麒麟給了他否定的答覆。

「如果這麼簡單，早就找到他了，笨蛋。」

汜麟縮著肩膀，小聲嘟噥道。

「……雖然知道就在，但有一種很不舒服的感覺，越靠近那裡，不舒服的感覺越強烈，所以知道離那裡更近。」

「既然這樣，去離得更近的方向不是就好了嗎？」

「我說啊，」汜麟抬頭看著尚隆，「如果傲濫像柱子一樣不動，的確可以用這種方式找到。如果能夠不受不願靠近的使令，和自己想要逃避的本能干擾，事情就更簡單了。但是，傲濫會移動，而且力量時強時弱，可能是傲濫醒著和睡著時的氣息強度會發生變化，所以，即使我們努力想要尋找壓力很強的方向，也會迷失，甚至不知道是因為越離越遠，還是傲濫睡著，才會導致迷失！」

汜麟情不自禁地跺著腳。累積的疲勞讓她心浮氣躁。

「不要把我當出氣筒。」

「我把你當出氣筒的話就完蛋了！」

汜麟大聲說著，衝出蘭雪堂。尚隆一臉呆滯地看著她離去，一把扇子丟在他的臉上。

「你這隻山猴，別欺負我家的美嬌娘。」

尚隆不悅地撿起汜王丟過來的扇子。

「你這傢伙……」

「所有台輔都盡力而為，但即使盡力而為，也無法如願——你覺得誰對眼前的狀況最生氣？你和我只是旁觀，不要在那裡說東道西。」

聽到汜王這麼說，尚隆沉默不語。

「尤其是梨雪，傲濫的氣息讓她心生畏懼，她很多愁善感，和你那裡的小猴子不一樣。」

「只是膽小怕事而已吧？傲濫並沒有脫離泰麒的支配。」

「獸類對危險都很敏感，獸類的本性會抗拒危險，這也是無可奈何的事。她和胎果的麒麟不一樣，獸性更強，她自己也無能為力，不可以責備她。」

汜王說完，看著廉麟和景麒說：

「你們也不要太勉強了，今天就先休息吧。連日搜索，身體會吃不消。尤其景台輔是在公務之餘抽空協助。」

「是啊。」廉麟嘆著氣說道。景麒面對詢問的眼神，也點了點頭，依依不捨地離開了蘭雪堂。

「的確……看起來很累的樣子。」

尚隆目送景麒離開的身影小聲說道，氾王也表示同意。

「雖然使用了吳剛環蛇，但還是會消耗體力……我去安慰一下美嬌娘，哄她好好睡一覺。」

氾王走出堂室，只留下衣服摩擦的聲音，只剩下尚隆和廉麟兩個人。尚隆看到廉麟無意離開，納悶地問：

「妳不去睡覺嗎？」

「……對，在休息之前，我想再去那裡看看。延王，請不必在意我。」

「雖然範國那傢伙讓人生氣，但他說的沒錯，妳所承受的負擔最大，照這樣下去，妳身體會撐不住，最好還是先去休息。」

使用吳剛環蛇出入時，廉麟都必須在場。同行的麒麟可以輪流，但廉麟完全無法休息。

「我並不覺得太累。」

「不可以說謊。」

廉麟淡淡地笑了笑。

「……其實每次想到漂流到異國的泰麒就無法入睡，很擔心不知道他到底發生了什麼事，也不知道目前正在幹什麼……雖然明知道他應該長大了，但還是忍不住想，他那麼年幼，那麼稚嫩。」

「廉台輔，妳曾經見過泰麒嗎？」

「對，只見過兩次——其中一次是泰麒回到蓬山的時候，向汕子提供了吳剛環蛇。另一次是戴國發生異變之前，他特地來漣國為之前在蓬山的事道謝。」

廉麟無法忘記當時的事，想到那次見面之後，泰麒就發生了不幸，就連泰麒戀戀不捨地真摯道別都令她感到難過。因為戴國離漣國很遙遠，所以原本以為很可能無法再見面了，但完全無法想像是因為這種狀況無法再見面。

「主上也很擔心，還說泰麒離開泰王是莫大的不幸。」

「不幸？」

「因為泰麒很景仰泰王，他衷心希望能夠對泰王有幫助，讓泰王感到高興。主上說，如果沒有我，他在王宮內就找不到自己的歸宿。泰麒應該也覺得無法讓泰王高興，就找不到自己的容身之處。我也有同感……不，即使不是這樣，麒麟離開主子也是莫大的不幸。」

「是這樣嗎？」

「我們一旦離開王，就無法生存。」

麒麟和王分離，就是在撕裂身體。雖說麒麟是為國家而存在，為百姓而存在，但廉麟認為事實並非如此。

「王才是為了國家，為了百姓而存在，我們是為了王而存在。」

廉麟捂著臉說：

「因為我們是屬於王的……」

廉麟垂著頭，溫暖的手放在她的肩上。

「有沒有我可以幫忙的？」

廉麟抬起了頭。

「看圖……可不可以請您幫我看地圖？」

「沒問題。」

廉麟微笑著走回孤琴齋，在這一天不知道第幾次鑽進了銀蛇的尾巴形成的幽光中。當她鑽出幽光時，來到一處沒有綠意，也沒有山，只有到處都是石頭的荒涼街道。雖然有海，但岸邊都被擋住，彷彿拒絕它的靠近。

整個城市就像一個巨大的空洞，難道是因為廉麟不是這個世界的人，才會覺得這個世界很荒涼嗎？廉麟帶著心痛的心情，繼續展開搜索。目前只能靠著傲濫的氣息——自己內心想要避開傲濫的怯懦尋找。

她巡視著夜晚無人的街道，選擇了自己最不想去的方向。傲濫應該醒著，比剛才感受不到牠的氣息、只能放棄搜索時的氣息更加強烈。雖然可以明顯感受到，但身體不由得感到害怕，在無意識中想要避開那個方向。她努力克制，硬是前往令自己感到恐懼和嫌惡的方向，最後終於無法承受，跪在地上。

「台輔……廉麟大人。」

什鈷戰戰兢兢地跳了出來。「我沒事。」廉麟露出微笑，把手撐在地上想要站起來。這時，廉麟終於看到了像蜘蛛絲般細微的金色磷光，又細又弱，好像隨時都會消失。然而，虛幻的光芒讓她知道，那是泰麒。幽暗的光似乎代表泰麒病了，那絕對不是廉麟和其他麒麟留下的軌跡殘影。

廉麟抬起頭，但在高大建築物之間延伸的道路看不到其他任何光芒。那個光跡就像是足跡——或者說像血跡般留在那裡。

「……到底發生了什麼事？」

在漣國見到的泰麒，和留在這裡淡淡的殘光，兩者之間相隔太遙遠。

「……但是，泰麒絕對在這裡。」

殘光太黯淡，難以判斷是什麼時候留下的。殘光的軌跡斷了，無法追尋方向，只能確認泰麒在這個城市的某處這件早已知道的事，但是，終於發現的這個殘光，足以回報廉麟的努力。

「我一定會找到你……你要等我。」

她用指尖輕輕碰觸，殘光就像被廉麟所發出的氣息吞噬般消失不見了。

＊

黯闇帶著鐵鏽色，被乾掉的血染成紅褐色的黯闇，讓汕子的身體也籠罩在鐵鏽色的穢濁中。

汕子越來越焦急。

——我的泰麒。

有什麼東西像毒素一樣不斷累積。不斷累積的毒素不知道從什麼時候開始侵蝕泰麒的命脈。命脈一天比一天細弱，這樣下去會死——會失去泰麒。

要不要動手？鐵鏽色的黯闇中傳來咬牙切齒的聲音。

「不要，泰麒需要有人照顧他。」

「他是囚犯。」

「在他還是囚犯期間，不會殺了他……」

「但是他被下毒了。」

我知道。汕子用爪子抓著胸口。沒有色素的皮膚上被抓出數道傷痕，紅色的東西滴落。

——泰麒快死了，快被殺死了。

焦躁讓原本已經生病的汕子意識更加狹隘。如今，在汕子的眼中，住在這個世界的所有人都是敵人。看守居住的牢獄、生活在牢獄周圍，監視著泰麒，不斷危害泰麒的那些人全都是敵人。
每次進行報復，鐵鏽色的穢濁就越來越深，損傷著泰麒的命脈，也汙染了汕子。汕子已經分不清楚虛海的這一側和那一側了。
她只知道有敵人。試圖弒驍宗，篡奪王位的敵人，如今想要取泰麒的性命。
——無論如何，都不允許這種情況發生。

回想起來，一切都源自於汕子因為無法瞭解這個世界和那個世界之間的差異而產生的誤會。汕子最終還是無法理解泰麒周圍的世界已經發生了徹底的變化。為了保護泰麒而進行的報復，反而帶來了新的迫害，引起了新的敵意和憎惡。迫害越來越激烈，汕子的報復也更加激烈。殘酷的報復招致了進一步的迫害，而且以加速度不斷擴大。
泰麒已經成為世界的敵人，成為世界憎惡的對象，但汕子無法瞭解這件事。報復行為導致的流血穢濁、排山倒海而來的咒怨把泰麒的影子染得更黑，因此解放了汕子——更解放了傲濫身為妖魔的本性。牠們的力量不斷增強，相反地，牠們的理性不斷受到侵蝕。
毀滅已經逼近眼前。

第六章

1

「——我發現了。」

衝進蘭雪堂的廉麟叫了起來，景麒和六太站起身，靠在主子腿上昏昏欲睡的氾麟也抬起了頭。

「我發現了泰麒的氣息，而且是最近才剛留下的。」

「在哪裡？」

廉麟陪同大步走來的六太回到孤琴齋。景麒跟在他們身後，氾麟快步跑去清香殿。

在那段並不長的彎曲曲廊另一端，孤琴齋的入口洩出了幽光。繞在廉麟手臂上的那一條銀蛇蛇尾仍然亮著圓形的光環。景麒拉著廉麟的手，穿越光環後，前方是黑暗冷清的空洞。

像方形盒子般的建築物，充滿殺氣、只能稱為空洞的空間排放著幾十張同樣充滿殺氣，沒有任何趣味可言的桌子。像牢獄般的空間瀰漫著廢墟般的荒廢——景麒對眼前的景象很熟悉。

「這裡是……學舍嗎？」

景麒以前來蓬萊迎接主子時，也曾經見過相同的房間。

「是教室。」

說話的是六太。景麒像往常一樣感到有點不自在。雖然延麒身上發出了麒麟的光輝，但站在他身旁小孩看起來根本不像延麒。

「可能是泰麒的學校。」

六太嘟噥著在四處巡視時，廉麟也現了身。教室角落的幽光消失了。

「……延台輔、景台輔，在那裡。」

廉麟跑向桌子之間，指著地上的某一點。

「就是這個，是使令找到的。」

廉麟回頭看著的對象像氤氳般模糊。朦朧晃動的影子不時失去了人的輪廓，出現獸的樣子。

廉麟指向那個影子，看起來像是深藍色的地上有一條很細很弱的光線，斷斷續續，隨時都會消失。

「這是麒麟的氣息嗎？」

「應該是，但是……」

景麒回答的聲音很模糊，聽不太清楚。

「往那個方向持續。」

廉麟微微抖了一下，穿越了那個堂室——教室的牆壁。黑暗空虛的走廊上有幾個好像幽鬼般的影子在徘徊，使令蠕動的地面上留下了光的軌跡，好像磷粉掉落。

「到這裡就斷了，但應該就是泰麒，而且是幾天之內留下的痕跡。」
景麒皺著眉頭，深深點著頭。
「沒錯……但是……」
景麒吞吞吐吐，六太淡淡地接著說：
「以麒麟的痕跡來說，太不吉利了。」
「是汙穢。」不知道什麼時候出現在廉麟腳下的白色小型獸說道。小型獸把鼻子貼在地上，嗅聞著微光的軌跡。
「果然……是這樣嗎？什鈷？」
「血和咒怨——是穢瘁，絕對錯不了。到底發生了什麼事？泰麒病了，而且病得不輕。」
說完，牠不悅地擤著剛才在地上嗅聞的鼻子。
「……這是女怪的氣息嗎？好像有嚴重的屍臭味。」
廉麟、景麒和六太都明顯感受到這股臭味，原本清澄的麒麟氣息沾到了可怕的穢氣，泰麒到底發生了什麼事？即使不知道詳細情況，也明確知道一件事。這裡瀰漫著好像戰場般的汙臭。
「無論是傲濫恢復了妖魔的魔性，還是汕子的氣息暴戾，都足以證明泰麒周遭發生了不好的事。」
聽到六太的聲音，景麒呆滯地點了點頭。這裡可以感受到鮮血和殺戮，已經喪失麒麟本性的泰麒陷入了這個漩渦。這樣——他會撐不下去。

「如果不加快腳步，後果不堪設想。泰麒病得不輕。既然泰麒病了，使令也跟著病了。傲濫和汕子似乎並沒有喪失能力，但如果完全沒有變化，不可能讓泰麒身陷這個穢濁的漩渦。」

景麒觸碰著光的軌跡。

「也許失去的是判斷道理的理性，如果使令因為生病而喪心，牠們或許才是穢濁的元凶。」

「有可能，也許因為意外引起了流血衝突，進而失控了。」

——失去了本性，病得不輕的泰麒已經沒有能力控制使令了。

「知道之後的去向嗎？」

廉麟用懇求般的聲音對著周圍的黑暗問道，在周圍蠕動的無數影子用無情的沉默回答了她。廉麟捂住了臉。

「可以確定，他曾經來過這附近……」

「找找看，也許可以在哪裡找到之後的去向。」

六太說著，向看不到任何光的黑暗空洞踏出了腳步。景麒和廉麟也跟了上去。他們在走廊上一整排空洞的教室、像水井般的樓梯、沒有人類動靜，只有陰森的黑暗中尋找著微弱的光。同樣變成異形的使令也在建築物周圍爬行，尋找微弱的痕跡。

「……都沒有。」

廉麟找遍了整棟建築物後氣餒地說道。廉麟回到了可以看到微弱軌跡的教室內，痛苦地低頭看著。那個痕跡依然發出異臭和淡淡的光芒，雖然那不是昨天或今天留下的，但沒有找到更新的痕跡，代表泰麒已經不在這裡了嗎？

「延台輔、景台輔……該怎麼辦？」

「如果不知道他的下落……」

六太深深嘆著氣，景麒冷冷地說：

「現在沒工夫失望，也沒有必要。既然他確實曾經出現在這裡，就不能放棄。以前曾經在這裡出現，就代表可能還會來這裡。總之，以這裡為起點擴大搜索。」

廉麟點了點頭，對著四周喊道：

「半嗣。」

地上的黑影發出黏稠的聲音抬了起來。

「謝謝你找到了，你暫時留在這裡監視，有勞你了。」

抬著鐮刀狀腦袋的不定形影子搖晃著身體表示答應，立刻向下溶化，恢復了原來的影子。

2

孤琴齋內充滿了淡淡的光，隨即又消失了。最先滑出來的六太等待其他人都到齊後，環視了每一個人的臉，用力點著頭。

「是泰麒，絕對沒錯，但泰麒生病了，而且病得不輕。」

「這是怎麼回事？」

李齋急切地問道。

「不太清楚，應該是穢瘁，因為血的穢氣而生病了，而且狀態很差。也許是因為這個原因，泰麒的氣息才會變得這麼弱。」

「所以——他並沒有喪失麒麟的本性嗎？」

「不，」六太移開了視線，「泰麒已經無法稱為麒麟，應該幾乎喪失了所有的能力，再加上穢瘁的影響。使令似乎迷失了正道，泰麒甚至已經無法控制牠們。」

「這……那泰麒呢？」

「他的氣息中斷了，但必定在那附近，必須盡快找到他，把他帶回來這裡。」

李齋看著從幽光中回來的廉麟和景麒的臉，包括六太在內，每個人的臉上都充滿苦澀。從他們的表情中知道，如果不趕快把泰麒帶回來，會發生最不樂見的狀況。

「……難道……難道沒有辦法了嗎？」

聽到李齋的吶喊，廉麟低下了頭，似乎在向她道歉。

「目前人手不夠，而且……」

廉麟說著，抬起了頭。

「即使找到了，要怎麼把他帶回來？」

「怎麼——」

廉麟對李齋點了點頭，然後對其他人露出求助的眼神。

「既然泰麒已經失去了身為麒的本性，目前只是普通人——只是蓬萊人。有辦法把他帶回這個世界嗎？」

在堂室角落聽著其他人討論的陽子一驚。以前曾經有人對她說，並不是任何人想來這裡就可以來。

「如果泰麒變成了普通人，就無法通過吳剛環蛇，不，即使他可以通過，已經極度膨脹的使令也是一大難題。或許可以引發蝕，讓他強行通過……」

六太偏著頭，陷入了沉思。

「只有試了才知道……但是，對這個世界來說，泰麒可能已經變成了異物。既然這樣，就會拒絕泰麒，而且，即使能夠讓他強行通過，可能會同時造成這裡和那裡的巨大災害。」

「我……」

陽子開了口。

「我當時雖然和景麒締結了誓約，但並不是上天也認同的王，既然景麒可以帶我來這裡，即使泰麒喪失了麒麟的本性，不是也可以來這裡嗎？沒錯——我和泰麒都是胎果。」

「陽子，妳當初幾乎已經是王了，但泰麒現在幾乎已經不是麒了……不知道他到底發生了什麼事，也不知道上天怎麼看這件事。」

「只能試了再說。」

氾王毫不在意地說。

「如果不帶他回來，戴國就會沉淪。即使會造成巨大的災害，也要帶他回來，或是乾脆殺了泰麒，等待新的泰果。」

「不要亂說話。」

「如果不想殺泰麒，就只能承受災害了。」

「我知道。」六太咬牙切齒地說。

氾麟語帶害怕地說：「呃……如果泰麒變成了普通人，能不能讓他成仙呢？」

「成仙——」

「只要讓他成仙，不是就可以度過虛海了嗎？雖然一旦發生蝕，就不可避免地將造成災害，但至少可以控制在最低限度。」

「對喔。」六太小聲地說，「但要怎麼讓他成仙？」

「只要主上也過去那裡就好了。王渡過虛海，會增加蝕造成的災害，但也許會比把普通人強行帶過來好一些。」
「雖然魯莽，但有道理。」
「對不對？」
六太點了點頭，看著自己的主子。
「你……要去嗎？」
尚隆靠在牆上，抱著雙臂，然後才小聲回答：
「去也沒問題啊。」
他看著窗外說：
「……睽違五百年的祖國。」
從窗戶照進來的月光在尚隆的臉上形成複雜的陰影，尚隆瞇起眼睛，看著室內的所有人。
「陽子——不，景麒，還是你好了。我要去奏國，你和我一起去，可以順便建立友誼。」
「去奏國……嗎？」
景麒困惑地問，尚隆點了點頭。
「要去通知奏國，已經在蓬萊找到泰麒了，同時向他們哀求，說需要更多使令幫忙。六太，你去蓬山，再帶陽子去，報告一下到目前為止的情況。」
陽子知道，又要去請示玄君了，李齋訝異地看著尚隆。

「……去蓬山幹什麼？」
「要去見玄君。泰麒的情況和使令的情況都不尋常，如果不由分說地把他們帶回來，不知道會發生什麼狀況，而且也不知道能不能成功把他們帶回來，也不知道是否可以把他們帶回來，一切都是不定數，所以要去請示玄君。」
李齋聽到尚隆的回答，更加感到不解。
「這是……怎樣？蝕和碧霞玄君有什麼關係？」
「和蝕之間沒有關係，但上天有天理，只有上天才能評斷行為的對錯，但我們無法和上天接觸，玄君是唯一的窗口。廉台輔，那就辛苦妳繼續——」
「等一下！」
李齋叫了起來。
「所以是透過玄君諮詢天意嗎？」
「就是這麼一回事。」
「所以——所以有上天嗎？」
尚隆點了點頭。李齋有一種好像被人從背後襲擊的感覺。
「有上天？那……那上天為什麼棄戴國不顧？」
「李齋。」
「如果有上天，有天帝，有天上的諸神，為什麼不更早拯救戴國——為什麼不在戴國淪落至此之前拯救？戴國的百姓那麼痛苦地向上天祈禱！」

戴國的百姓害怕遭到阿選的迫害，在夜色中默默地在祠廟排隊祈禱。因為不敢說出那個名字，只能把荊柏的果實供奉在祭壇上。荒廢越來越嚴重，每過一個冬天，日子就越來越難熬。百姓承受著一顆樹木的果實就可能影響生死的窮困，硬是拿出一顆果實、燒一柱香，其中背負了多少百姓的祈願？

「正因為自己無能為力，所以百姓只能前往祠廟，即使如此，上天仍然沒有拯救我們，所以在下明知道犯罪，仍然來投奔景王。如果上天……天神只要施捨一絲救濟，在下就不需要為了渡過虛海而失去一條手臂……！」

「現在說這些也無濟於事。」

「但是，」李齋說到這裡，凜然地看著尚隆，「那請帶在下一起去。」

「這次要趕路，妳就好好養身體。」

「在下的身體已經好了。」

李齋說道，尚隆看著她問：

「妳的手騎騎獸沒問題嗎？」

「沒問題，只要是飛燕，就沒問題。」

「騎獸嗎？是什麼？」

「天馬。」

「那速度很快……飛去蓬山應該沒問題……妳能應付急行軍嗎？」

「沒問題。」

「那好，」尚隆對李齋說：「那妳就去吧，這是戴國的事，妳就用自己的手去抓住天意。」

3

李齋他們沒有休息，天未亮就從金波宮出發，在雲海上飛奔，經過慶國的凌雲山，直奔蓬山，甚至覺得吃飯也太浪費時間。從堯天出發後的第三天，他們才在黃海周圍的金剛山山峰上小睡片刻。李齋對自己拖累了陽子和延麒心生歉意，即使是熟悉性情的飛燕，單手策飛燕趕路比想像中更加困難，而且飛燕的腳程原本就不如騶虞，但如果不是飛燕，以李齋目前的身體情況，實在無法駕馭其他騎獸——雖然她決定不去在意這些事，但失落的感覺還是令心情沉重。

在陽子和延麒的默默鼓勵下，他們在第四天，終於抵達了蓬山。李齋在覺得「總算到了」的同時，不禁覺得原來這麼容易。李齋曾經在雲海下方，踏破黃海，在蓬山之間來回。回想當時的辛苦，就覺得的確有天壤之別。在雲海上飛翔，竟然這麼容易——想到這代表上天要求昇山者付出如此大的代價，不禁充滿苦澀。

當她看到一個女人站在白色祠廟前時，這種感覺更加強烈。聽陽子說，即使不需事先通知，玉葉也會預知有人前往。

玉葉聽完延麒說明情況後，請李齋等人休息，接著就轉身離開了。他們沿著朱漆的門往下走，來到一個宮殿，和陽子一起休息時，李齋當場趴倒在地。

「……李齋？妳怎麼了？不舒服嗎？」

李齋搖著頭，她沒來由地想哭。

「玄君知道在下。」

「嗯。」她聽到頭頂上傳來陽子困惑的聲音。當延麒介紹說：「她來自戴國」時，玉葉就說：「妳之前曾經昇山吧？」

「為什麼？在下並沒有和玄君見過面！」

「李齋……」

「即使沒有事先通知，玄君也知道我們前來；即使沒有見過在下，也知道在下是誰。為什麼？」

她仰頭看著陽子，陽子為難地撫摸著她的背。

「玄君能夠洞悉一切嗎？既然這樣，應該也知道戴國發生了什麼事！」

「但是……李齋，戴國很遙遠。」

陽子不安地說，李齋用力搖頭。

「在下——以前曾經越過黃海昇山。景王，您知道黃海之旅是怎樣的旅程嗎？」

「不……我不知道。」

「那裡是一片妖魔橫行的不毛地帶，許多昇山者聚集在一起前往蓬山，但有好幾個同行者都送了命。黃海中沒有路，也沒有休息的地方，真的只有一片荒野，沿途都對妖魔提心吊膽，冒著生命危險越過黃海。如今，在下只花了一整天的時間，就飛越了當時耗費了兩個月的旅程。從雲海上走，竟然如此輕而易舉。」

陽子看著李齋的眼睛，默默地傾聽。

「昇山者前往蓬山諮諏天意。為什麼？因為麒麟在蓬山嗎？如果只是為了見麒麟，可以讓我們從雲海上飛越黃海，這樣的話，每個人都可以安全地見到麒麟。」

「嗯……是啊。」

「因為想到要越過黃海，所以百姓才會躊躇不決，而且一旦進入黃海，就無法輕易離開，是一趟漫長的旅程。沒想到從天上飛只要短短四天，既然這麼短的時間就可以來回，百姓昇山就更容易，王登基也會更容易，難道不是嗎？」

「的確。」陽子表示同意。

「上天是比較百姓的人品後，將天命授予最適合成為王的人。在下對此深信不疑，但在聽說真的有上天時，在下開始產生了疑問，這到底是怎麼一回事？上天具有神奇的力量——就好像玄君知道我們的來訪，即使沒有見過面，也知道昇山者長什麼樣子一樣，上天也知道誰是王嗎？既然這樣，不就代表根本不需要昇山，王就已經決定了。果真如此的話，為什麼還要我們歷經千辛萬苦穿越黃海？」

陽子皺起眉頭——的確很奇怪。

「如果說，不面見麒麟，諮諏天意，就不知道誰是王，那就是國家和百姓必須付出的代價，只是這個代價很高。如果不是這樣，這到底是怎麼回事？那些死在黃海的人，到底為何而死？」

這到底是怎麼回事——陽子也陷入了沉思。

李齋所言的確有道理。既然上天能夠洞悉所有百姓的資質，從中挑選最優秀的人為王，根本就不需要昇山這個步驟。如果上天無法做到這一點，必須透過麒麟的眼睛，才能夠洞悉是否適合成為王，那為什麼會有自己這種情況——向完全不瞭解這個世界的事，以胎果在那個世界出生，理所當然地讀到高中的人下達天命？景麒說，因為感受到了王氣，但不是預定為王的人身上才會發出王氣嗎？

「上天要求王付出這麼大的代價——而且是這種毫無理由的要求，卻對透過這種方式選出的王沒有任何救助。難道驍宗主上身為一個王，做錯了什麼嗎？在下當然知道天下沒有毫無瑕疵的王，上天或許有理由放棄，但既然這樣，為什麼默認阿選？有那麼多百姓死亡、深受折磨，為什麼上天不幫助正當的王，不懲罰偽王！」

「李齋……」

「對上天來說，王——還有我們百姓到底是什麼？」

陽子突如其來地想到——神之庭。

也許就是這麼一回事。這個世界或許就是天帝統御的國土，天帝坐在上天的御座上，挑選諸神，選用仙女，就好像陽子挑選六官，讓官吏加入仙籍一樣。

想到這裡，陽子突然感到一陣暈眩——所以，李齋剛才的吶喊，就是百姓的吶喊。

陽子以前曾經在慶國的街頭聽到過類似的吶喊。

「李齋……我無法回答妳的問題，但是，我剛才明白一件事。」

「明白一件事？」

「如果上天真的存在，就不可能不犯錯。如果上天不存在，當然不可能犯錯，但如果真實存在，必定會犯錯。」

李齋納悶地偏著頭。

「但是，如果上天並不存在，上天當然不可能救人。如果上天可以拯救人類，那就必定會犯錯。」

「這是……什麼……」

「李齋，人只能靠自救！」

4

「泰麒應該失去了角。」

介於神和人之間的女人說道。那是李齋他們到達蓬山的翌日。

「……這是怎麼回事？又代表了什麼意義？」

六太問道，玉葉皺著眉頭。

「你們麒麟之所以是麒麟，是因為有角。你們是具有兩種形體的動物，並不是麒麟會變成人形，也不是人變成麒麟，而是你們同時具有人和獸的兩種形體。但是，泰麒沒了角，失去了身為獸的形體，正確地說，是被封印了。」

「那剩下身為人的泰麒呢？」

「正如延台輔所說，可以認為只是普通人。泰麒已經無法轉變，既無法引發蝕，也無法聽天命。之前被他降伏的使令已經成為泰麒的一部分，所以不會再失去，但他無法再降伏新的使令。」

「有辦法帶他回來嗎？」

「通常的蝕無法讓普通人通過，雖然會被捲入蝕，漂流到這裡，但那是不測的意外，無法人為控制。如果在附近，偶然被捲入的機率會增加，卻無法保證一定能夠穿越虛海。」

「無計可施嗎？」

「沒有。」玉葉低沉地說道：「蝕並不包括在天理之中，因為不是天意引發的，所以上天也無法自由支配。如果上天有辦法控制，就不會讓泰果和你漂流去蓬萊了。」

「那倒是……」

六太吐著氣。

「那這個方法行不行？如果某個王去那裡，讓泰麒加入仙籍呢？」

「即使讓他加入仙籍，也只有伯位以上的仙才能穿越虛海。我之前也說過，不允許新增加伯位以上的官位。」

「那到底該怎麼？泰麒就在那裡！泰麒肩負著對泰王和戴國百姓的責任，難道要我們袖手旁觀嗎！」

玉葉深深地嘆著氣。

「泰麒已經沒有了角，他身為麒麟的能力已經被封閉。被天地的氣脈隔離在外的麒麟能夠存活的年限並不長，這是上面諸位的見解，所以只能順其自然。」

始終不發一語的李齋忍不住站了起來。

「是要等待泰麒死的意思嗎？」

玉葉把頭轉到一旁。

「上面的諸位到底是誰？」

「這……」

「是天帝諸神嗎？祂們說要等泰麒登遐，再度結出泰果，等待戴國出現新的麒麟和王嗎？說要以仁道治國的那些神，說這種話嗎？」

玉葉沉默不語。

「泰麒怎麼辦？泰麒犯了什麼罪？泰王呢？天帝不是藉由泰麒讓泰王坐上了王位嗎？那個王沒有任何罪過，就要他去死嗎？剩下的戴國百姓該怎麼辦？戴國的百姓忍受阿選的暴政已經六年，還要等待泰麒死去嗎？然後再等待結出新的泰果、孵化，再選出新的王嗎？到底要等多少年！」

「這……」

「五年？十年？玄君，戴國撐不了那麼久，還是上天在戴國等待新王登基之前，會趕走妖魔，讓戴國的冬天變溫暖嗎？」

「李齋……」

延麒拉著李齋的手，李齋甩開了他。

「天帝不是要求王以仁道治國嗎？這是天綱的第一條，但是，高於王的諸神卻踐踏仁道嗎？這些輕易捨棄百姓，踐踏仁道的諸神，曾經制裁過失道的王嗎！」

玉葉深深地嘆著氣。

「上天有天理，玉京只是貫徹這些天理。」

「那請您帶在下去玉京，我要親自懇求天帝諸神。」

「不可能……李齋，我也很同情泰麒……」

「那就請您救救泰麒！」

玉葉用充滿憂愁的眼神看著李齋。

「把泰麒帶回來之後該怎麼辦呢？泰麒的使令似乎已經失控，繼續留在泰麒身邊，會像妖魔一樣引發災難。即使把泰麒帶回來後，也必須讓使令離開泰麒，但一旦失去使令，泰麒根本無法保護自己？也看不到王氣，即使泰麒回來了，也找不到泰王。」

「即使如此，戴國仍然需要泰麒。」

「各國無法協助戴國，無法率兵討伐阿選等人。即使把泰麒帶回來，他仍然孤立無援。他想要拯救戴國，覺得自己必須拯救戴國，卻無能為力，他會為此深陷苦惱——結果會怎麼樣？無法變身，也沒有使令的麒麟能做什麼？除了被叛賊殺害以外，還能做什麼？」

「有在下啊！」李齋大叫著，「在下會代替使令，用生命保護台輔……不，在下根本無法代替使令，但是，戴國的百姓在等待台輔。只要台輔在，百姓就會聚集在台輔周圍，即使在下力不從心，也有許許多多百姓會保護台輔。」

「這樣就可以討伐阿選了嗎？如果增加一個沒有任何能力的泰麒，就能夠推翻阿選，你們不是早就討伐他了嗎？」

「您貴為玄君，竟然說如此愚昧的話！」

「李齋！」

「台輔能夠做什麼，這件事重要嗎？台輔是麒麟，當然不可能討伐阿選，在戰爭中，不可能發揮任何作用。即使如此，戴國仍然需要台輔——您不知道嗎？有沒有台輔，對百姓而言……對我們來說，是多麼重要的一件事。」

「但是……」

「台輔是我們的希望，玄君，沒有台輔，也沒有主上的戴國沒有任何光明。目前的問題不是台輔能夠為我們做什麼，而是為了讓戴國的百姓知道還有希望，所以需要台輔……」

玉葉轉頭看向一旁，注視著從奇岩之間照進來的光帶，似乎在思考。

「……延麒！」

「是。」

「可以暫時撤銷雁國三公中某一個人的官位嗎？」

「如果只是暫時，應該沒問題。」

「為泰麒在雁國準備戶籍。泰麒原本沒有戶籍，但可以做為戴國的難民處理，然後讓延王去蓬萊，讓泰麒加入仙籍，任命為三公。」

「麒麟可以成為雁國的國民嗎？」

「並沒有明文規定不可，雖然有自國的麒麟沒有戶籍的條文，但並沒有提及他國的麒麟。關於三公也一樣，雖然必須由該國的國民擔任三公，但並沒有言及不可以是他國的麒麟。」

「玄君！」李齋欣喜地叫了起來，但玉葉並沒有回頭。

「不必謝我，即使把泰麒帶回來，也沒有解決任何問題。」

「泰麒本身呢？」

陽子插嘴問道。

「泰麒失去了角──這個問題無法解決嗎？」

「必須視實際情況而論，這件事要見了泰麒之後才知道。把他帶回來後，先帶他來這裡。如果可以治好，我會盡力而為。無論如何，都必須讓使令離開他，所以務必帶他來這裡。」

「好，一定會。」

玉葉點了點頭，看著李齋他們。

「……天有天理，任何人都無法改變，討論對錯也無濟於事。一切都是因為有天理而成立。上天也在天理之網中，不可對百姓殘暴——天地之間都一樣，絕對不可對此存疑。」

李齋默然無語地垂著頭。

5

李齋從回到蓬萊的當天，終於聽到了她等待已久的消息。

廉麟衝進蘭雪堂，脫下蟲蛻衫叫了起來。

「李齋，找到了！」

李齋整個人都緊張起來。接獲了期待已久的消息，比起高興，她更因為害怕而全身緊張。

「使令發現了泰麒，還有傲濫和汕子——確確實實發現了。」

「啊啊。」李齋發出呻吟，用剩下的左手按住胸口，然後抬起了頭。
「所以，泰麒呢？」
「平安無事。我們去的時候，他已經離開那裡了，但可以找到他的氣息。他在那棟建築物內，我把使令留在那裡，再也不會找不到他了。」
李齋仰頭望天。奇妙的是，她對天表達了感謝——沒錯，如果有上天存在，上天就可能犯錯，也可能有疏失，但是，一旦犯了錯，就可以導正。如果上天不犯錯，也就不會導正。
「所以，」氾麟開了口，「尚隆要去接他嗎？要怎麼做？」
既不是妖，也沒有兩種形體的王無法鑽進吳剛環蛇。雖說是神，但外形是人。
「無論如何，反正到時候會帶著泰麒一起回來，所以就走吳剛的門。」
「……會引發很大的蝕。」
「那也無可奈何啊。」尚隆嘀咕道。
「盡可能動員所有的使令，把災變控制在最小限度。雖然不知道能夠做多少事，但我會去拜託宗王，也同時借用那三個國家的使令。當然還有鴻溶鏡，盡可能分裂出更多的使令，目前只能盡力而為了。」
氾麟點了點頭。
「所以——要什麼時候行動？」
聽到氾王的問話，尚隆簡短地回答：

「明天。」

他們仔細研究了要在哪裡開門。最好開在虛海的盡頭，而且盡可能遠離陸地，但蝕的影響並不是只要遠離，就可以避免災害的發生。

「只能把運氣交給上天了。」

六太說著，喚來了使令。騎獸無法穿越虛海，使令要載著尚隆去那個世界。

「──悧角，那就偏勞你了。」

尚隆帶著悧角和向景麒借來的班渠這兩隻腳程最快的騎獸，花了半天時間，盡可能遠離大陸。隱身在氣脈中的無數使令也跟隨著他們。

六太在清香殿的露臺上為他們送行後，終於鬆了一口氣。他在蓬山和陽子、李齋道別後，直奔雁國，按玉葉的指示安排妥當，準備好公文，今天早上才帶著玉璽回來這裡。所有的準備工作終於就緒。

「……辛苦了。」

六太把下巴抵在欄杆上休息時，背後傳來聲音。回頭一看，陽子站在那裡。

「以前從來沒有這麼賣力過……陽子，妳不去處理公務沒問題嗎？」

「今天沒辦法專心。剛才浩瀚說我心不在焉，把我趕出來了。」

「啊喲。」

「今天早上，我也對景麒做了相同的事。」

六太放聲大笑起來。

「不難想像。因為那個小不點很黏景麒，景麒可能也把他當成弟弟。那傢伙很難得這麼照顧別人，簡直讓人驚訝。」

「景麒嗎？」陽子睜大了眼睛。

「是不是很稀奇？」

「……稀奇到令人不敢相信。」

當他們相視而笑時，氾麟慌慌張張地跑了過來。六太不經意地回頭看到她，從她的表情中知道並不是好消息。

「怎麼了？」

「廉麟去確認情況後回來了，泰麒說，他不記得這裡的事了。」

「太荒唐了。」六太嘀咕著，衝進了蘭雪堂，廉麟和景麒滿臉驚恐，李齋愣在那裡。

「廉麟──」

「延台輔，泰麒他……」

「妳見到他了嗎？他說不記得是怎麼回事？」

廉麟臉色蒼白地搖了搖頭。

「泰麒呢？穢瘁這麼嚴重嗎？」

「的確很嚴重，但目前很平安……對，目前沒有生命危險，但泰麒並不記得這裡的事，也不知道自己是誰，不知道使令是什麼，更不知道發生了什麼事，他什麼都不知道。」

「可惡！」延麒咒罵道。

「是角？是因為這個原因嗎？」

「對……很可能是因為沒有角的關係。延台輔……現在該怎麼辦？」

「沒怎麼辦。」

無論泰麒有沒有記憶，都必須把他帶回來。如果繼續留在那裡，泰麒的生命很快就會結束，而且還有失控的使令，如果留在那裡，只會造成災害，一旦饕餮徹底擺脫了泰麒的控制，難以想像會做出什麼事。

「有沒有通知尚隆了？」

「已經派剩下的使令去追了。使令可以遁甲，很快就能追上。」

「好。」延麒喃喃說道：「總之，必須把泰麒帶回來。如果他不願意，也要硬把他拖回來。其他的……管不了這麼多了，也許治好他的角，他就會想起一切。」

延麒說完，看著李齋問：

「這樣也沒有關係嗎？妳做好了心理準備嗎？」

「是。」李齋點著臉，她蒼白的臉色令人感到不捨。

6

——那天晚上，在名為蓬萊的國家，在遙遠的海上，海面上的月影發生了異常的變化。

這裡看不到四周陸地的光，平靜如鏡的海面上一望無際。海面上沒有船隻，甚至不見任何動物的影子，只有月影宛如一塊白石，落在大海中央。

月影在泛著漣漪的海面上扭動、破碎，隨即膨脹成一個圓形。

圓形的光圈內，黑影突然從水面下方一躍而起。無數影子飛上空中，停在半空中。下方的月影變細，恢復了原來的形狀後，微波再度破碎了月影。氣脈開始紊亂，進而變成了氣流的紊亂，掀起了滔天大浪在海面上翻騰。

從海面現身的使令奔向遙遠的海岸。包括藉由鴻溶鏡分裂的妖魔、從黃海上召集的妖魔，已經達到了前所未有的數量。牠們靜靜地被打向岸邊，在那裡發出了叫聲。牠們在呼嘯的風中叫喊著：「在這裡！」的聲音，掀起了逆風。把要迎接的人喚來岸邊的聲音，呼喚迎接者的聲音夾雜在風聲中，在海邊翻騰。不一會兒，岸邊出現一個影子，捲浪翻波的大海遠方出現一個騎影。

徘徊在岸邊的影子，意識到夾雜在風雨聲中無聲的叫聲是在呼喚自己，聲音傳向封閉在他體內多年的獸類本性，產生了回音。只是並不知道那些聲音在說什麼，也不知道那些聲音為什麼呼喚自己——只知道那些聲音叫他來這裡。

……要來、接我了。

封閉他本性多年的沉重蓋子鬆動了。奇妙的是，是那些尋找他的人所留下的肉眼不可視的金線挪動了他的蓋子，四處尋找他的人在不自覺的情況下，在他的周圍留下了宛如蜘蛛網般的軌跡，勉強注入他已經被染成漆黑的影子中，細若游絲的金色命脈。

最後，也是四處尋找他的那些人撬開了那個蓋子。廉麟看著他來到岸邊，連她自己也不知道為什麼突然脫下了蟲蛻衫，想要在他面前轉變。也許她想要告訴他，他們以前曾經見過面，也可能想要告訴他，你是麒麟。她並不知道自己的行為對他具有什麼意義，更不可能知道，當年他被召回蓬山，被眾人稱為麒麟，卻毫無自覺，甚至無法清楚瞭解什麼是麒麟，直到親眼目睹景麒的轉變，才終於接受了這個事實。那是他從「他」變成「泰麒」瞬間的象徵。

廉麟留下金色的軌跡離開時，他終於回想起來。

他想起自己是泰麒。他想起了戴國，想起了王。

風帶著雨，衝向夜晚的岸邊，遠方的騎影也乘風抵達了岸邊。風把騎影吹向灰色陰鬱的海岸，浪頭散開，像碎石般飛散，一個人影佇立在海邊。

尚隆坐在悧角的背上低頭看著那個人影。那個人影也抬頭看著尚隆。

「──你是泰麒嗎？」

人影明顯顫抖著。

他們曾經在虛海的彼岸見過面，因為兩人都是胎果，所以並不知道彼此在故國的樣子。即使泰麒記得虛海彼岸的事，也不可能認出尚隆，尚隆也不可能知道眼前這個人是泰麒──只是人影的溼髮鬈起，反射著昏暗的光，讓尚隆想起了眼前這個人特有的、稀有的髮色，那對漆黑的眼眸，蘊含著強勁的那個顏色。

「我叫你泰麒，你瞭解嗎？」

對方點了點頭，卻沒有開口。尚隆騎在悧角的背上，不由分說地向他伸出手，把手指放在對方的額頭上。

「──我以延王之權任命你為太師。」

他的話音剛落，對方閉上眼睛退後一步。他立刻抓住了對方伸向半空的手，把對方拉到了悧角的背上，自己跳了下來，拍了拍悧角的背。

「悧角，去吧！」

悧角轉身穿越逆向吹來的風疾馳，離開了海浪翻騰的海邊。尚隆目送著他們離去，班渠在他的腳下催促著。尚隆跳上班渠的背，轉頭看向身後，從奔馳的班渠背上掃視海岸的方向。

狂濤巨浪打向的海岸，和海岸邊的城市已經不是當年的國家，沒有當年的百姓，甚至沒有任何熟人──既然如此，對他來說，已然是異國。

他將故國埋進歲月的記憶中，向眼前的異國輕輕行了注目禮。

——做為對故國和故人的憑弔。

雲層不斷從東方湧現。風吹來，洗滌了夜未央的堯天山山峰。灰色的雲中出現了一個黑點，六太忍不住踮起了腳。黑點分成兩個，一路被風吹了過來，當以驚人的速度抵達山峰時，帶著弧度，飄然降落在廣大露臺深處。六太和其他人跑了過去，看到載著人的一對使令，其中一個人影和使令一起回頭看著跑向他們的人，另一個人影趴在使令的背上，然後滑了下來。

景麒不由自主地和六太爭先恐後地跑了過去，然後停下腳步。六太也跺著腳，發出呻吟。

掉落在白色石板上的人影比眾人所知的年齡稍微小一點，面如土色，緊閉雙眼，完全沒有生氣，看起來極度衰弱。散在石板上的銀黑色頭髮在景麒他們眼中，簡直短得慘不忍睹，伸出的纖細手臂也明顯帶著病色。他的樣子令人心痛，但即使想要扶起他，也無法繼續靠近——他渾身散發出強烈的屍臭味。

「……是、小不點嗎……？」

六太說話的同時微微後退，景麒也不知不覺地後退。

厚實而又濃烈的咒怨籠罩著泰麒，就像一道逼近的壁障，把景麒和其他人阻擋在外。濃烈的血腥味和令人作嘔的屍臭味、凝結的咒怨，讓人無法看到那道壁障。

「……為什麼會這樣？」

六太嘀咕著，終於受不了地跳開了數步。景麒勉強站在原地，但無法再靠近半步。

「他是泰麒嗎？」

景麒回頭對著陽子點頭表示肯定。陽子輕輕鬆鬆地穿越了那道肉眼無法看見的壁障。李齋也蹣跚著追了上去。

「這是怎麼回事？」

氾麟抱著她的主子叫道。

「那不是穢瘁——不是鮮血的汙穢！那根本是對泰麒的咒怨！」

7

泰麒迅速被送去蓬山，一如往常在門前等待的玉葉看到被抱下來的泰麒，忍不住皺起了眉頭。

「怎麼……」

她小聲嘀咕後，就說不出話了。

「怎麼樣——能夠治好嗎？」

李齋問。聽尚隆說，泰麒在蓬萊時可以自己走路，也騎在悧角身上，但回到這裡之後，從來沒有張開眼睛。泰麒被跟在玉葉身後的眾仙女抱下來後，仍然面如土色，陷入昏睡中。

玉葉跪在地上，心痛地看著泰麒憔悴的臉。

「沒有角……有很多穢濁，但能夠勉強維持成獸的樣子，不愧是黑麒。」

玉葉小聲說完後，抬起頭，看著李齋、陽子和尚隆。這三個人陪同泰麒前來，任何一個麒麟都無法同行。

「……我已經無能為力，只能向王母求助。」

三個人同時看著玉葉的臉。

「王母？王母是……該不會是西王母？」

李齋問道，玉葉點頭說：

「正是。王母或許可以拯救泰麒。」

「西王母……真的存在？實際存在嗎？」

「當然存在，跟我來。」

玉葉說完，走向了廟宇。陽子和尚隆以前也來過這裡，廟裡只有壇上放著王母和天帝的像。在刻了無數圖案的高臺上，白銀屏風前有一張白銀御座，御座上有一座白石坐像，掛在四周柱子之間的珠簾遮到了雕像的胸口。

玉葉向雕像行了一禮，繼續走去裡面。高臺後方的牆壁左右兩側是白色的門，玉葉敲了敲左側的門，等了一會兒，門內傳來璧玉敲擊的聲音。玉葉打開門，從廟堂的大小判斷，原以為門內不可能有房間，沒想到後方竟然是一個白色廳堂。

在玉葉的示意下，陽子走進門內。

那裡是堂也非堂，白色的地面面積和廟堂差不多，中央也有一個高臺，也有一個白銀的御座，只是珠簾拉了起來。

簡直就像有兩間堂室，但這裡沒有天花板，後方也沒有牆壁。御座後方的純白色牆壁是高不見頂的大瀑布。不知道瀑布流向何方，四周水煙濛濛，即使仰頭看，也只能看到白光從遠方照過來。在明亮白光照射的御座上，坐了一個女人。陽子和其他人跟著玉葉跪拜後，偷偷瞄向她。

——這就是西王母。

尚隆也是第一次見到西王母。真神絕對不會和下界有任何交集，陽子和李齋甚至不知道這個女神真實存在。

碧霞玄君的美貌眾所公認，但西王母的容貌令他們感到愕然——並非因為醜陋，而是太平凡了。

仙女把泰麒抬過來後，放在她的腳下。她的眼神望向泰麒，悠然地坐在那裡一動也不動。

「……真是慘不忍睹。」

她的聲音感受不到生命力，沒有起伏。

玉葉深深鞠了一躬。

「如王母所見，在下已力不從心，懇求王母助一臂之力。」

「看似遭到強烈的怨恨，之前從未有麒麟因他人的咒怨而病得如此嚴重。」

也許是因為無聲墜落的瀑布吸收了她聲音中微妙的音頻，導致她的聲音聽起來毫無感情。也可能是因為她從剛才開始，身體完全沒有動，表情也完全沒有改變的關係。

「使令看似迷失了正道，已經失控，但並非泰麒本身的罪過。失去了角、已經生病的泰麒沒有力量控制陷入瘋狂的使令。」

「……使令留下，盡力加以淨化。」

「泰麒呢？」

一陣沉默。她停止了所有的動靜。李齋覺得王母好像變成了雕像，放眼望去，只有她背後的水煙在動，看起來好像純白的粉末飄落，也可能是向上飄舞。

「請不要捨棄他。」

聽到李齋的聲音，王母只有眉毛動了一下。

「戴國需要他。」

「即使治好了他的病，他也沒有能力做任何事——以妳目前的身體，能夠討伐惡賊嗎？」

王母毫無感情地問道，李齋握緊了僅剩的右手上臂。

「……不能。」

「泰麒也和妳一樣，已經無法發揮任何作用。」

「即使如此，仍然需要他。」

「為何需要？」

「為了拯救戴國。」

「為什麼妳想要拯救戴國？」

李齋被問得說不出話。

「因為……這是理所當然。」

「怎麼理所當然？」

李齋張了張嘴，卻不知道該說什麼。自己到底為什麼如此想拯救戴國？

「因為眷戀泰王和泰麒嗎？還是眷戀自己曾經參與的朝廷？」

——這也是原因之一。李齋心想。李齋崇敬驍宗，疼愛泰麒，也為受到他們重用的自己感到驕傲，也很眷戀接納自己成為其中一分子的場所。

但是，李齋很清楚，失去的東西無法再找回來。李齋失去了很多部屬，也失去了很多在朝廷結交的官吏。聽說天官皆白下落不明，冢宰詠仲也傷重死亡，也從傳聞中聽說，地官長宣角和夏官長芭墨被處死了。不知道在垂州道別的花影之後如何——她太害怕了，根本沒有勇氣思考這件事。

失去的故人、六年的歲月。李齋看著王母的腳下，躺在那裡的泰麒已經不再是稚嫩的孩子，那個年幼的泰麒已經不在了。

「還是因為無法原諒阿選？」

這也是理所當然。李齋心想。阿選知道泰麒對他的信賴，襲擊泰麒，霸占王位，將戴國推入苦難的深淵。許多百姓因為阿選而喪生，當然不能原諒他的殘暴。讓阿選繼續霸占王位，等於徹底否定了道義和善意、慈愛和真誠，以及所有重視這些事物的人至今為止的人生。

「是為了洗刷自己的汙名嗎？還是眷戀戴國？」

李齋無法回答，因為她覺得每一個理由都對。

「……在下不知道。」

「那不就像小孩子在吵鬧嗎？」

並不是——這樣。李齋抬起雙眼。這片白色的空間讓她回想起戴國一片白雪茫茫的國土。

無數的雪片飄落，淹沒了山野和里廬，吸收了所有的聲音和色彩，世界無聲無息，宛如昏睡般墜入停滯。

李齋的確對汙名感到屈辱，對汙衊自己的阿選感到憤怒，也發誓要向踐踏善良的阿選報復。她的確曾經想過，既然上天不導正，那就由自己來導正。她隨時伺機而動，在輾轉承州的過程中，失去了很多知舊和理解她的人。李齋的心靈已經傷痕累累，覺得只有推翻阿選，才能夠療癒自己的傷痛——她也曾經這麼想過。

但是，每過一個冬天，這種想法就慢慢被白雪吸走。
「在下也不知道為什麼……」
李齋的目光追隨著瀑布散落的水煙，覺得很像廢墟中升起的雲煙。
「只是……再這樣下去，戴國會滅亡……」
「不可以滅亡嗎？」
「對……這件事絕對不能發生，在下無法承受。」
「為什麼？」
為什麼呢——李齋思考著，脫口說出的話連她自己都感到意外。
「因為如果戴國滅亡，那是在下的過錯。」
「——妳的過錯？」
「在下說不清楚，但在下有這種感覺。」
戴國的荒廢當然並不是因為李齋做了什麼。
「如果戴國滅亡，在下會失去很多，失去懷念的戴國國土，失去在那裡生活的人和關於這一切的記憶，但是，在下覺得還失去了更重要的東西。在下必定會在懷念失去的東西，為失去這一切而痛哭之前痛恨自己，詛咒、怨恨自己，絕對無法原諒自己。」
李齋吐了一口氣。
「也許……的確像是小孩在吵鬧，到頭來，在下只是為了逃避這種痛苦而掙扎，只是為了拯救自己的心情。」
李齋注視著泰麒，然後看向高臺。
「……在下並非奢望台輔能夠做什麼，也不奢望奇蹟。能夠創造奇蹟的諸神都沒有拯救戴國，在下又怎能對台輔抱有這種奢望？」
女神的眉毛動了一下。
「但是，戴國需要光明。如果沒有光明，戴國真的會一片冰天雪地，全都死絕……」
王母不再說話，也沒有任何表情，雙眼看著虛空。不一會兒，她看向泰麒。
「……祓除其病，目前只能如此而已。」
說完，她用機械的動作舉起一隻手。
「退下……離開吧。」
她的話音剛落，瀑布帶著巨大的聲響落在御座前，一切都被水煙吞噬。李齋還來不及出聲，也來不及跺腳，眨眼之間，發現自己站在廟堂後方的石板地上。綠意圍繞的半山腰上，是一片空蕩蕩的石板地，雲海響起平靜的海浪聲。
李齋慌忙四處張望。仙女們圍著泰麒，陽子和尚隆啞然失色——只有玉葉伏身在石板上。玉葉深深磕頭後直起身體，回頭看著李齋。
「可以帶泰麒回去了，泰麒可能會暫時臥床不起，但既然王母已經這麼說了，他的穢瘁必能治好。」

李齋看著玉葉，玉葉閉月羞花的臉龐上，露出了和在委州——驍宗的故鄉遇見，卻又永別的少女臉上相同的深切憂愁。

「……只是如此而已嗎？」

玉葉默默點頭。

第七章

1

範國的主從在李齋他們回來後啟程歸國，讓泰麒在淹久閣養病。泰麒被從蓬山帶回後鎮日昏睡，但延麒和景麒已經可以靠近他了。廉麟確認這件事後，也安心地回去漣國。

「您不去見泰麒嗎？」

李齋問，準備動身的廉麟搖了搖頭。

「我已經見過他一面了，也確認他平安無事……所以，這樣就夠了。既然已經無事可做，沒有理由繼續荒廢國事。」

「但是……」李齋說到一半，低下了頭。廉麟留在金波宮，為尋找泰麒而花費的時間，原本應該用於漣國的百姓，李齋他們霸占了漣國的宰輔。即使很希望她留下，也無法繼續挽留她。

「而且，」廉麟露出微笑，「當我放心之後，就開始想念主上。如果不趕快回到主上身邊，主上也會很傷腦筋……主上需要我隨時陪伴在身邊。」

李齋微笑以對，深深地鞠躬，為廉麟送行。翌日，尚隆也留下延麒回去雁國。秋天的氣息已經悄悄在空蕩蕩的西園蔓延。

李齋始終陪伴在泰麒的病床旁，當李齋遇到無法處理的事，桂桂就會來幫忙。

「還沒有醒來……」
桂桂把胡枝子花抱著胸前，看著泰麒沉睡的臉龐說道。桂桂隨時都會帶一枝花來看泰麒，希望他一醒來就可以看到。
「他的氣色比之前好多了。」
「是啊……泰台輔是麒麟，但頭髮不是金色的。」
「因為泰台輔是黑麒。」
「我原本以為是因為生病的關係，所以變成這種顏色，陽子告訴我說，不是這樣，我才鬆了一口氣。」
「是嗎？」李齋露出微笑，「原本以為泰台輔更加年幼。」
「他長大了，妳最後一次看到他，已經是六年前了。」
在李齋前沉睡的已經不是小孩子，如果說沒有異樣的感覺當然是騙人的。年幼的泰麒一去不返了，就像無法追回逝去的六年歲月。
「在痛苦的地方生活了六年。」
「……痛苦？」
「所以才會生病啊。」
「喔……對喔，也許吧。」
「泰台輔能夠回來真是太好了。」
「是啊。」李齋回答，這時，泰麒的睫毛微微動了一下。

「……泰麒？」
桂桂探出身體，看到泰麒睜開眼睛，立刻轉身衝了出去。
「我去通知陽子！」
桂桂衝出去時，枕邊的胡枝子花搖晃了一下。泰麒朦朧的雙眼看著那朵花。
「……泰麒，您醒了嗎？」
李齋整個人撲上前去，探頭望著他的臉。泰麒茫然地看著李齋，好像在做夢地緩緩眨了眨。
「您知道嗎？您回來這裡了。」
他木然地仰望著李齋——然後點了點頭。
「……李齋？」
他的聲音很輕微，平靜而溫柔，已經不是小孩子的聲音了。
「是……」
李齋忍不住哭了起來，緊緊抱著被子下單薄的身體。
「李齋……妳的手。」
泰麒回抱她的手摸到了她的斷臂。
「是，在下一時大意，失去了手。」
「沒問題嗎？」
「當然沒問題。」

李齋想要直起身體，泰麒纖細的手臂拉住了她。
「李齋……對不起。」
「不。」李齋回答道，但聲音被嗚咽淹沒了。
朝議時，下官來到外殿，對浩瀚小聲說了幾句話。浩瀚點了點頭，說了聲：「恕臣失禮。」走到高臺上，小聲對陽子咬耳朵。
「是嗎？」陽子回答後點了點頭。浩瀚走下高臺，繼續議事後，陽子叫著她身後的景麒。
「景麒。」
景麒訝異地彎下身體，陽子小聲地對他說：
「聽說泰麒醒了。」
景麒瞪大了眼睛。
「我允許你退下……你去吧。」
「但是……」景麒小聲回答，陽子笑著說：
「沒關係。」
景麒匆匆離開外殿，前往淹久閣。來到臥室時，發現延麒六太已經在那裡。
「……景台輔。」
床上的人叫著他，但那個聲音很陌生，那張臉也很陌生。景麒就像之前多次來探視時一樣，不由得感到困惑不已。景麒有點遲疑地站在泰麒的枕邊，六太笑了笑，不發一語地走了出去。臥室內只剩下他們兩個人，讓景麒更加不知所措。

「給你添了很多麻煩，真對不起。」

「不……你已經好了嗎？」

「由衷地感謝你救了李齋，也救了我。」

泰麒靜靜地說，景麒越來越不知所措。泰麒不僅長相和以前不同，也沒有了以前歡快的笑聲和稚嫩的語氣。想到那個小麒麟已經不在了，內心就因為失落而隱隱作痛。

「……並不是我的功勞，都是主上在張羅。」

景麒低著頭說完，才想到和泰麒見面時侍奉的主上已經不在了。原來已經經過了如此漫長的歲月。

「聽說景王是胎果？」

泰麒會這麼說，是因為已經有人告訴他了嗎？

「是。呃……主上很想見你，但目前正在朝議，所以沒辦法前來……很快就會來了。」

「是嗎？」聽到泰麒的回答，景麒不知道接下來該說什麼，也不知道該看哪裡，他的眼神在臥室內游移，聽到悄然的說話聲。

「……我做了一個很長、很痛苦的夢。」

景麒驚訝地回頭，看到泰麒衰弱的臉上露出淡淡的笑容。

「景台輔，你還記得嗎？第一次見到你的時候，我什麼都不會。」

「……喔……是啊。」

「你對我很好，也教了我很多事，但我什麼都學不會……在你離開之後，我才終於學會了，如今又全都失去了……」

「泰麒。」

「在痛苦的夢中，我一直夢到蓬廬宮……很懷念，也很想見……」

說到這裡，他看著景麒，用像以前那樣的真摯眼神看著景麒。

「……我還來得及嗎？」

「——泰麒。」

「我浪費了很多時間，也失去了一切，即使如此，還來得及嗎？你覺得我還有能力做任何事嗎？」

「當然。」

景麒加強語氣對他說。

「你就是為了這個目的才回來的，你能夠回到這裡，就代表希望並沒有破滅，不必擔心。」

「好。」他閉上了眼睛，似乎在玩味景麒說的話。

2

「……泰麒？」

陽子看著眼前的泰麒問道。

「是。」他點了點頭，雖然面容仍然憔悴，但他還是強打起精神坐了起來。

「請問是景王嗎？」

「我是中嶋陽子。」

聽到陽子的回答，他噗哧一聲笑了起來。

「我是高里。」

陽子吐了一口氣，奇妙的感覺讓她有點手足無措。

「很奇妙的感覺……沒想到在這裡遇見同年代的人。」

「我也一樣——這次受到妳的很多照顧，謝謝妳。」

「不值得謝……」

陽子結結巴巴，垂下了眼睛。

「對——我無力為你做值得你道謝的事，至少目前還幾乎無法為戴國做任何事。」

「我很感謝妳把我帶回來。」

「那就太好了。」

陽子沉默片刻。原本覺得一旦見到泰麒，有很多話要說，故國的事——很多很多的事，但是，當泰麒出現在眼前時，卻不知道該說什麼。

陽子已經無法再回故國，那已經成為和她毫無關係的世界。那份失落還太新鮮，還無法用一些無關緊要的話題來懷念，她害怕稍不留神，會激發強烈的思鄉之情。也許必須等到陽子在那裡的家人、同學和所有的一切都離開、消失之後，才能夠充滿懷念地回首往事。

「那裡……應該都沒變吧？」

——不知道自己熟悉的那些人是否安好。

「是啊，即使有些風波，也不至於有太大的改變。」

「是喔。」

——那就好。

陽子吐了一口氣，笑了起來。

「我們目前正在討論能夠為戴國做些什麼事。除了理所當然要援助難民以外，也必須思考如何援助留在本國的百姓。雖然最好能夠去戴國幫助他們，但好像行不通。」

「真的太感謝了。」

「不……這不光是為戴國所做的事，而且目前還沒有做到什麼值得你感謝的事。慶國還很貧窮，有很多難民，目前國家甚至沒有足夠的能力救濟他們。」

陽子笑了起來。

「但是，你回來這裡，讓我感到很安心。有很多事要靠你幫忙，所以你要趕快養好身體。」

「我嗎？」

「是啊。雖然我提出很多建議，但這裡的人覺得我的意見太奇特了。比方說——為了救濟戴國的難民，我覺得可以設立像大使館一樣的地方，無論諸官、延王和延麒都被我這番言論嚇到了。」

「……大使館嗎？」

泰麒瞪大了眼睛，陽子有點害羞地點了點頭。

「我並不覺得太奇特……難民也需要有組織為他們的利益發言，許多難民來到慶國和雁國，但慶國和雁國都只是按照自己的方式照顧他們，但我覺得他們也可以自己提出希望這麼做，或是某方面可以那樣處理的主張，因為難民最瞭解怎樣才能夠幫助他們。我希望以後各國都有各國的大使館，這麼一來，當國家荒廢時，導致有難民時，就可以很安心了，但他們似乎覺得太奇特，難以理解……」

陽子嘆著氣，抬起了頭，泰麒目不轉睛地看著她。

「……咦？果然很奇怪嗎？」

「不……不是這個意思。景王，妳太厲害了。」

「沒什麼厲害……而且，你不要叫我景王。想到你也是從日本來的男生，就覺得很害羞。」

泰麒淡淡地笑了笑。

「中嶋，妳幾歲了？」

聽到泰麒這麼叫自己，陽子有一種心癢癢的感覺。

「呃，比你大一歲……雖然算年齡也沒什麼意義。」

說完，陽子突然「啊！」了一聲。

「我是不是叫你高里比較好？」

「我都無所謂……我小時候曾經回來過一次，從那時候開始，大家都叫我泰麒，所以不會覺得不自在。」

「是嗎？我來這裡還不到三年，和你相比，完全還沒有適應。」

「但我只在這裡住了一年。」

泰麒聲音中的惋惜比懷念更強烈。

「……所以我更要多依靠你了，我以前在那裡的時候，就對政治或是社會的架構沒什麼興趣，有時候只是憑模糊的知識和突發奇想表達意見。」

「我和妳差不多，對這裡的事幾乎都不知道。我之前只在這裡住了一年，而且有一半是在蓬山上……在戴國的時間真的很短，而且那時候還是小孩子，所以對社會的事也一無所知，完全搞不清楚方向。」

「這些東西慢慢學就好，以後希望可以借助你的智慧，尤其你暫時可以成為戴國難民的代言人。」

「好……」

泰麒點頭時，隔壁傳來吵鬧聲，聽到李齋大叫著：「有什麼事？」陽子猜想發生了什麼狀況，才剛站起來，臥室的門被推開了。

3

幾個男人闖進臥室，看到走在最前面的人，陽子微微皺起了眉頭。那個人是內宰。在天官中掌管宮中內宮事務之長，他身後的兩個人是經常在禁門看到的閽人。

「有什麼事？」

不需要問，他們的來意就很明顯。因為他們手上拿著劍。

「這是……怎麼回事？」

陽子瞪著闖入者，那幾個男人舉起了劍。

「妳太輕視慶國了。」開口的是內宰，「我承認妳的確不像予王那麼昏庸，但妳不把國家和官吏放在眼裡，重視來歷不明的草民，踐踏慣例，完全不在乎國家的威信和官吏的自尊。」

「沒錯！」一個閽人心神不寧地握著劍，彎著身體。「竟然把區區半獸當成人一樣對待，不僅讓半獸進入朝廷，還讓他當上禁軍的將軍。」
陽子感覺到自己漲紅了臉。
「區區半獸？」
她想要拔劍，才想到水禺刀沒有帶在身上。
「妳踐踏諸官的體面，把半獸和土匪帶入宮中，玷汙了宮城。輕視有威嚴的官吏，重用半獸和土匪隨侍在側，說到底，就是官吏太優秀了，妳在官吏面前感到心虛。和半獸、土匪混在一起，就不需要為自己的能力不足感到自卑。邀集各國的王和台輔，就得意忘形，以為自己也是其中一分子——妳自我感覺也太良好了。妳以為上天允許妳這種囂張行徑到什麼時候！」
陽子說不出話，只能瞪大眼睛喘息著，內宰制止了閽人。
「住嘴！我為他的出言不遜道歉，但希望妳知道，也有人有這種看法。我並沒有這麼看不起妳，只是無法接受他國的王和宰輔頻繁出入王宮。妳窩藏了戴國的將軍，還保護了戴國的宰輔，妳是不是忘了自己是慶國的王？為什麼要讓他國的王頻繁出入？難道妳打算把慶國交到他國手上嗎？」
「……不是。」
「那為什麼他國的人可以在王宮深處大搖大擺？妳把慶國和慶國的百姓當成什麼了？」
「反正女王就是這種德行。」

其中一人憤然說道。

「因為個人私情導致國家荒廢，如果不趕快導正，就會步上予王的後塵。」

陽子因為憤怒而全身發抖——然後突然超越了憤怒，平靜下來。

她感到極度虛脫。她並沒有輕視國家和百姓，反而是為國家和百姓著想，但即使現在說這些，又有什麼意義？痛罵他們不瞭解內情很簡單，但內情本來就是無法為人知的事，事實上，陽子也無法瞭解這些心生不滿的官吏有什麼內情。

——原來就是這麼回事。她不禁想道。

任何人都是根據自己的行為、自己的言行去推測他人的內情，一旦認定就是這樣，這種評價就落地生根了。對於深信就是如此、毫不懷疑自己深信事物的人，無論說什麼都沒有用。

「所以……你們想要趁現在就殺了我嗎？」

陽子問，內宰他們有點怯懦。

「如果你們要這麼做，我也無可奈何。如果有能力，我當然會抵抗，但我把劍留在內殿，想抵抗也無能為力。」

「別裝出一副明事理的樣子。」

閽人說道，陽子苦笑著說：

「……無論你們怎麼想都無所謂，只是希望你們不要危害泰台輔和劉將軍，如果認為他們的存在會危害慶國，把他們趕出去就好。慶國有國民，戴國也有國民。你們有權利消除本國的憂慮，但沒有權利加諸在他國的國民身上，請你們不要危害戴國的國民。」

內宰冷冷地看了看陽子，又看了看泰麒。

「聽說戴國已經荒廢，我不認為戴國的國民會為失去這兩個拋棄國家，尋求他國保護，在他國享樂的台輔和將軍感到惋惜。」

「這就交給戴國的國民去決定。如果戴國的國民也這麼認為，會親手制裁他們……所以，你們能不能保證不對他們有任何不利？」

「雖然無法保證，但會努力做到。」

「至少先離開這裡，不要在麒麟面前有任何殺傷行為。」

「等一下。」背後有一隻手握住了陽子的手臂，但她甩開了。

「……既然國民不需要我，繼續戀棧也沒有意義。」

那隻手繼續抓著她，但被其中一個閽人拉開了。陽子跟著內宰等人走出臥室，被幾個人按住的李齋臉色發白。

——希望他們不要覺得是自己的過錯，為此感到不安。

正當陽子這麼想的時候，突然被推到一旁。

她還來不及感到驚訝，背後便傳來悲鳴和叫喊聲。跌倒的她坐起來回頭一看，一隻握著劍的手臂發出沉悶聲音掉在她的腳旁。

陽子聽到尖叫聲。原本用劍抵著李齋的男人舉劍衝向陽子，在他的劍還沒有刺中陽子之前，獸的前肢就穿過男人的胸腔，當牠抽出被鮮血染紅的銳利尖爪時，男人就倒了下來。背後不見任何獸類的影子，只有泰麒愣在那裡。

「——請您至少抵抗一下！」

陽子一回頭，發現景麒一臉蒼白地衝了進來。幾個人倒在堂室內，幾個人尖叫著，踩著地上的血逃了出去。

「你來得正是時候……」

陽子坐在地上苦笑著。

「延台輔留下了使令。您為什麼不抵抗？」

「……因為我赤手空拳。」

「即使沒有劍，也要抵抗一下——所以臣勸您不要放棄冗祐。」

「嗯……總之，這次撿回一命，謝謝。」

陽子說道，景麒露出憤恨的眼神，把頭轉到一旁。

「在主上身邊，使令老是被玷汙，真傷腦筋。」

「不好意思。」陽子笑了笑，看向李齋和泰麒。

「……對不起，讓你們見笑了。」

「不——妳沒事吧？」

李齋衝了過來。

「沒事，沒有受傷。李齋，把泰麒帶離這裡，在這裡會損害他的身體，景麒，你也是。」

陽子站了起來，看著倒在地上的男人。

內宰已經死了，其他兩個人也斷氣了。另外三個人身受重傷，但還沒死。

——剛才覺得死了也無妨，恐怕並不是出自真心。

但是，因為感到極度無力，的確覺得一切都無所謂，懶得抵抗，也懶得動怒。想要對抗那些闖入者，必須堅稱自己不是昏君，但自己還沒有自信和自負說這種話。如果是以前，她還有因為有天意加持、所以自己是王的氣概，但她最近無法再把天意當成是一種奇蹟。既然他們想這麼做，那就成全他們。如果可以擺脫這份重責大任，似乎也沒什麼不好。

「已經抓到逃走的那些人了。」

當她走出屋外時，六太剛好過來。背後傳來士兵衝進來的嘈雜聲。只聽到閽人大聲詛咒著，可能正被人押出去。

4

「有十一個天官參與謀反，內宰是主謀，似乎就這樣而已。有三個人受傷，逃走的五個人也全都抓住了。」

陽子聽著桓魋的報告回到內殿，虎嘯縮成一團等在那裡，一看到陽子，立刻伏地請罪。

「請——恕罪。」

「……怎麼了？」

陽子眨著眼睛，桓魋苦笑著說：

「就讓他道歉吧，大僕和小臣都不在那裡的確是疏失。」

「是我叫他們離開的。」

虎嘯抬起頭說：

「即使是這樣，也不能放鬆警戒。」

「不能怪你，而且原本就不是你的職責。」

王的護衛是夏官中的射人，尤其是司右的職責，在公開場合由司右的下官虎賁氏負責，私下場合由大僕負責指揮。這裡所說的「私下場合」是指內宮。內宮包括王宮最深處的後宮、東宮和西宮在內的燕寢、正寢、仁重殿，路寢到禁門，以外內殿和外殿，外側則稱為外宮，但也包括內殿和外殿。原本王的活動範圍只到內宮最外側的外殿為止，臣子原則上必須在外宮最深處的內殿止步。

「大僕是負責內宮的護衛，西園是掌客殿的一部分，那裡是外宮，並不是內宮。」

「是沒錯，但是……」

虎嘯垂頭喪氣，桓魋拍了拍他的背安慰他。

「如果不讓虎嘯道歉一下，他會很沒面子——西園的確屬於外宮，並不在虎嘯的管轄範圍。通常除非有正式的行程，王並不會離開內宮。如果是公務，虎賁氏就會擔任護衛，但這次主上在西園所做的一切並不算是公務的範疇。」

「是啊，並不是根據法令和禮法的行為，他們對外並不算是賓客，所以也完全沒有辦理客人造訪掌客殿時應該辦理的手續。從李齋進入王宮之後，就完全無視慣例和禮法，任意行事……是我不對。」

陽子道歉說，桓魋用力皺起眉頭。

「一國之王當然都會任意行事，否則就不會有國家荒廢或沉淪的情況發生了。那並非公務，所以並不是虎賁氏的職責，也不需要護衛，如果要問當時到底該由虎賁氏還是大僕護衛，應該是大僕。」

虎嘯沮喪地低下了頭。

「就是如此……而且在那裡出入的都是他國的王和台輔，不太適合我這種小人物出入。因為事關重大，我覺得也不應該在旁邊偷聽或是張望觀察。況且陽子在內宮時，經常一個人去好朋友那裡串門子，所以——我真的大意了。」

虎嘯和其他人會護衛陽子到西園，但並不會進入西園內。他們的確認為只要在陽子來往西園的路上進行護衛就沒有問題。

「這是虎嘯的錯，因為禁止所有危險人物進入內宮，所以在內宮的護衛工作也不需要草木皆兵。內殿和外殿在眾目睽睽之下，而且各個宮殿和建築物也有本身的護衛，但西園的情況不同，就像這次一樣，有不方便對外公開的賓客造訪時，也無法按照禮法安排護衛，只要能夠出入燕朝的人，都可以前往西園，這次不也是這樣嗎？」

「嗯。」虎嘯點了點頭，桓魋苦笑著說：

「虎嘯身為大僕的確有疏失，必須為此道歉。另外，臣是否可以上奏？」

「上奏什麼？」

「這次的事，主上也有過錯。主上凡事不墨守成規，不拘小節都是優點，但如果輕易無視規定，很容易出現類似這次的弊害。周圍的官吏有身為官吏的職責，不能像主上那樣憑自己的想法怠忽職守。一旦無視慣例和規定，那些受到慣例和規定限制的官吏就會無所適從。所以在這件事上，請不要苛責大僕。」

「……所以結論是這個嗎？」

「恕臣直言，不讓虎嘯道歉和原諒虎嘯是兩回事，主上對這方面太不以為意。不讓虎嘯道歉，等於不承認他有疏失。即使身為一國之王，也不可以當作沒有犯罪和或是沒有怠慢情事發生，其他人也無法接受，絕對會說主上偏心，虎嘯也很難做人。」

「喔……是喔……」

陽子低聲回答時，浩瀚走了進來。

「怎麼——你們都在這裡？」

浩瀚說完，對著虎嘯說：

「大僕必須為此事負責，禁足三個月。」

陽子正想說「等一下」，浩瀚又繼續說道：

「但因為台輔請願，因主上破壞規定，導致大僕的職責混亂，再加上大僕有逮捕惡賊的功勞，功過相抵，這次就不再追究──有司議討論後達成了共識，不知主上意下如何？」

浩瀚淡然地說完，看向陽子。

「如有難以接受之處，容臣向主上解釋。」

「是破壞規定的部分嗎？桓魋剛才罵過我。」

「所以，這樣可以嗎？」

「好啊。」陽子苦笑起來，桓魋放聲大笑，向浩瀚報告已經把逮捕的罪人交給秋官後，拍了拍虎嘯的背，和他一起走了出去。

浩瀚目送他們離開後，遞上一份公文。

「……內宰對現狀有強烈的不滿。他之前是內小臣，在內宰手下包辦王和宰輔所有的生活起居。受主上拔擢，升為內宰，但目前完全無法插手照顧主上在路寢的生活起居相關事務。他從內小臣時代，就對能夠在路寢侍候主上引以為傲，如今被排除在外，所以感到忍無可忍。」

「是喔。」陽子嘆著氣。

「……而且主上重用來歷不明的臣子，無視規定和一切，只和親信從事一些外人難以窺視的事……他們會感到不滿也在情理之中。」

參與這次謀反的人都是天官。天官和國家的營運沒有直接的關係，負責照顧王和宰輔的生活起居，掌管宮中事務，如果缺乏能夠在王身邊的自豪，也許很難持續這份工作。

「如果主上因此對內宰等人表示同情，請趕快拋開這種想法。」

浩瀚冷冷地說道，但語氣很強烈，陽子驚訝地看著他。浩瀚輕輕挑起眉毛說：

「臣已經從劉將軍和泰台輔口中得知了內宰等人闖入西園的經過。」

「你還是一如往常的雷厲風行。」

「因為事關重大——臣向主上確認一下，您該不會認為內宰等人的辯解也有理由吧？」

陽子垂下眼睛。

「應該也算是吧……他們並不瞭解實際情況，如果在不知情的情況下看我的行為，可能的確會產生那樣的想法。如果有人說，我這個王並不是為慶國著想，我也只能回答，既然他們這麼想，那可能就是如此。我不可能斷言，沒這回事，我就是一心一意為慶國的王，因為這並不是由我來判斷的事。」

「好，那由臣來說明。」

浩瀚說著，把公文丟在書桌上。

「首先，主上是否是好王——必須視對象而言，也必須視場合而言。但是，關於這次的事，和主上是怎樣的王毫無關係。決定帶劍攻擊他人，在道義上就已經犯了罪，有罪的人沒有資格高舉正義的大旗審判其他人。」

「這……是這樣嗎？」

「況且，我們把內宰等人趕出路寢，就是因為擔心會發生這種情況。只有充分值得信賴的人，才能留在主上身邊，這是官吏的一致見解，這就代表他們不值得信賴，無法留在主上身邊加以重用。之所以判斷他們不值得信任，是根據他們的為人做出的判斷，這個判斷並沒有錯。而且，他們還說什麼區區半獸、區區土匪？」

浩瀚看著陽子。

「會有這種想法的人，必定會仗勢欺人，怎麼可能讓那種人掌握權力？明知道對方會持刀砍人，怎麼可能把刀交給對方？第二，大言不慚地說這種話的人，根本不可能瞭解什麼是道義，不懂道義的人，當然沒有資格參與國政。第三，不瞭解實際情況者，就沒有資格批評他人，但這些人沒有努力瞭解實際情況，用臆測羅織莫須有的罪名審判他人，而且對這樣的行為毫無疑問，當然不能讓這種人掌握任何權限，以上是第四點。還有第五點，沒有意識到自己的不明、不足，將自己不受重用歸咎於他人，追究他人的責任，這種人當然不可信，更何況試圖用違背法令、違背道義的手段達到目的，這種人根本是危險人物。絕對不可以讓這種危險人物侍奉主上，這是當初沒有重用他們的第六個理由。有不對的地方嗎？」

陽子驚訝地看著浩瀚。

「觀察他們的日常言行，就不認為他們值得充分信賴，有資格留在主上身邊侍候，正因為如此，才會把他們趕出路寢，他們這次的行為，恰好證明了這個決定並沒有錯。」

陽子把手肘放在書桌上，交握著雙手。

「……那我問一下，你認為如果重用他們，他們就不會採取這次的行動嗎？」

「這正是臣想問的問題，如果得到重用，願意循規蹈矩；如果沒有得到重用，就無法做到的話，要如何相信這種人？」

陽子抬眼看著浩瀚，輕敲著雙手的指尖。

「你能斷言觀察得很詳細嗎？會不會沒有看到他們的功勞，只追究剛好看到的罪行？」

浩瀚用冷淡的眼神看著陽子。

「這是對臣的侮辱嗎？如主上所知，臣除了提拔值得信賴的人擔任國家的主要官吏，還同時安排他們擔任下官。以官來說，就是上、中、下士，以兵來說，就是伍長，臣自認用這種方式兼顧了整個王宮，難道主上對此存疑嗎？」

「……對不起。」

陽子道歉，浩瀚吐了一口氣，露出淡淡的苦笑。

「說到底，還是取決於一個人的為人，取決於當事人的言行舉止和生活方式。平時的一言一行都很重要，因為隨時都會有人在觀察。只要值得信賴，所做的行為必能獲得回報。從李齋將軍的例子，就可以充分瞭解這一點。」

「……李齋？」
「主上為什麼決定對李齋將軍出手相救？」
「你問我為什麼，我也答不上來。」
「不是因為您看到她衝進金波宮時，已經遍體鱗傷嗎？李齋將軍的傷勢如此嚴重，是因為穿越了已經淪為妖魔巢穴的垂州。李齋將軍之所以明知有妖魔，仍然執意硬闖，不正是證明她努力想要拯救戴國嗎？」
「那……當然。」
「李齋將軍請求主上拯救戴國，但是，以武力進入他國，就犯下了即刻遭報應之罪——也許李齋將軍原本就知道這件事。」
「……浩瀚。」
「也許她原本就知情，仍然來此誤導主上犯罪。也許她不知道，也可能一時忘記。但是，即使她知道，而且是來誤導主上犯罪，也許代表她已經無計可施，當然也可能是覺得只要拯救戴國，不管慶國的死活。臣無從得知李齋將軍的內情，即使如此，臣也沒有反對主上抽出時間和精力幫助李齋將軍。」
「喔……」
「那是因為臣觀察了李齋將軍的言行，觀察了她對主上的態度、對我們的態度，以及對虎嘯的態度，不經意說的話、做出的行為，然後根據這些進行綜合考慮，認為李齋將軍並非覺得只要能救戴國，就不管慶國的死活。臣至今仍然無法瞭解李齋將軍的內情，只是覺得即使她明知是犯罪，仍然前來求援，代表她真的已經走投無路，但也意識到自己的罪孽深重。」

「嗯。」陽子點了點頭。

「應該就是這麼一回事吧，自己的行為決定了自己的處境，只要做出值得他人相助的言行，像臣這樣的人就願意伸出援手，甚至可以感動上天。是否能夠得到眾人的幫忙，完全取決於自己。如果沒有意識到這一點，為自己沒有受到重用就懷恨在心而攻擊主上，這種情況在這裡稱為惱羞成怒。」

「……蓬萊好像也這麼說。」

「因為惱羞成怒而持劍攻擊的人，即使有意見要表達，也不值得聽取。這也是根據當事人的言行決定是否值得回報的實例。」

5

「——您的身體有沒有好一點？」

李齋端著晚餐走進臥室時，泰麒已經坐了起來，正看著窗外。那是李齋暫時借住的太師官邸的客廳。

「我沒事。」泰麒轉過頭，雖然他很有精神，但總覺得看起來很無助。李齋笑了笑，努力甩開這種不安。

「剛才……您睡著的時候，景王來過了，為之前的事感到很不安，為再度讓您受到穢氣的影響道歉。」

「……並不是她的過錯。」

「是啊。」李齋整理了餐桌，「景王為慶國的百姓著想，才會那麼做……這一陣子，在下深刻體會到，要維持王朝是一件多麼不容易的事。」

「……是啊。」

泰麒說完，突然住了嘴，隔了一會兒才開口問：

「李齋，我們要不要回去戴國？」

「什麼？」

李齋一開始聽不懂泰麒的意思，偏著頭想要問清楚，泰麒用極其真摯的雙眼看著她。

「我們不能繼續給慶國添麻煩了。」

李齋愕然地聽著他的回答，當她終於瞭解泰麒的意思時，感覺到自己臉色發白。

「請等一下……台輔，但是……」

「我們不能成為造成慶國動亂的原因。慶國充分善待我們，我們也給他們添了很多麻煩，接下來該靠我們自力救濟了。」

「但是，台輔……萬萬不可，您的身體，不，不光是如此，恕李齋冒昧，您現在沒有使令，也沒有角了——」

李齋極度慌亂，覺得無論如何都要阻止泰麒——沒錯，李齋一直打算找到泰麒後，就和泰麒一起回戴國。只要有泰麒，就可以循著王氣尋找驍宗。但是，泰麒失去了角，失去了身為麒麟的本能，也沒有使令，如今，戴國已經成為妖魔和惡賊的巢穴，李齋也失去了右手——

內宰等人引發的事件再度確認了李齋失去了多麼重要的東西。當有人手拿武器闖入，而且偏偏闖進了對她而言，最重要的泰麒，和對她有大恩的景王所在的臥室，李齋卻無法阻止，而且被看起來不像是武人之輩控制了自由。

即使考慮大病初癒，體力尚不如前的因素，李齋顯然已經無法再發揮武人的功能。即使和泰麒一起回到戴國，也無法保護泰麒。雖然之前就知道這件事，只是沒想到自己竟然如此無力。隱約知道這件事，和充分意識到這件事竟有如此大差別。李齋為此受到了難以衡量的衝擊。

「台輔，不行——雖然在下能夠瞭解您的心情，但絕對不能讓您回去戴國，至少要先養好身體……在下會在這段期間從難民中募集人手，召集一些部屬——」

泰麒搖了搖頭。

「我的確沒有任何力量，但是，李齋，我們是戴國的國民。」

李齋愣在原地。

「戴國是連神都不願意眷顧的國家……不是嗎？主上不在，各國的善意也無法進入戴國，連上天也不願讓戴國出現奇蹟，有麒麟等於沒麒麟，即使如此，戴國還有百姓，有妳和我。」

「怎麼會是百姓——即使您失去了角，台輔仍然是戴國的麒麟，您是我們的希望，不能輕易失去您。如果必須有人回到戴國，尋找主上的下落，拯救百姓，那由在下去——不，在下原本就有這樣的打算，但您必須留在安全的地方。拜託您，千萬別做回去戴國……這麼危險的事。」

泰麒和李齋失去了很多，但李齋還有另一件擔心的事。

在鴻基發生異變後，李齋前往承州平定內亂，中途收留了二聲氏。二聲氏的證詞證明了阿選謀反，但李齋也同時因此背負了大逆的汙名。她更難過的是，為什麼阿選會知道李齋收留了二聲氏。李齋只寫了密函給芭墨和霜元兩人，因為事關重大，所以他們不可能隨便將信的內容告訴他人，應該只有以前是驍宗部屬中的幾個人才知道李齋報告的內容，然而，阿選還是知道了。

驍宗的部屬不可能不提防間諜和偷聽，他們必定祕密集合，謹慎密談，但消息仍然傳入了阿選耳中，不正代表有人和阿選暗中勾結嗎？

——驍宗的部屬中有叛徒。

李齋回望著用真摯的眼神看著自己的泰麒，她不想把這些可怕的事告訴泰麒，但是，戴國有雙重危險。一旦進入戴國，就必須設法和部屬取得聯絡，建立自己的人馬，但叛徒或許就躲藏其中，或許會假裝是知己，在泰麒身邊出沒，李齋沒有能力保護泰麒，不讓那些人靠近泰麒。

李齋好像在夢囈般一再說：「不可以。」泰麒為難地微笑著。

「李齋，妳一點都沒變。」

李齋偏著頭。

「妳總是擔心我，想要讓我遠離可怕的事和痛苦的事，驍宗主上離開時也一樣。」

「台輔……」

「當時，我很擔心驍宗主上，但沒有人告訴我真相。不……也許妳告訴我的就是真相，但我知道周遭的大人都不想讓我看到可怕的事和痛苦的事，所以，反而相信了會把可怕的事、痛苦的事告訴我的阿選……」

李齋驚訝地屏住了呼吸。

「阿選告訴我，驍宗主上很危險。那一天……遭到了埋伏，受到攻擊，陷入了困境。妳和其他人告訴我，驍宗主上已經安全抵達文州，我無法相信，反而相信了阿選說的話，認為在抵達文州之前遭到襲擊，陷入了苦戰。我想要幫助驍宗主上擺脫困境，所以派使令去主上身邊。我完全沒有想到要懷疑阿選，不光是因為我相信阿選，而是當時的我覺得，把壞消息告訴我的人，才沒有說謊。」

泰麒說完，淡淡地苦笑著。

「……我那時候的確是個小孩子，什麼事都做不好，想要做什麼，反而造成你們的困擾……那時候也一樣。」

「台輔，不是這樣。」

「但是，李齋——我已經不是小孩子了。不，以能力來說，當時的能力比較強，現在比當年更無力了，但我已經不再幼稚，不會為自己的無力嘆息，也不會安於自己的無力。」

「台輔……」

「必須有人拯救戴國，如果戴國的百姓不拯救自己的國家，要由誰來救？」

「那……那再去蓬山找玄君商量，瞭解在下和泰麒能夠為戴國做什麼？」

「然後問玄君，能夠為戴國做什麼嗎？」

李齋說不出話。

「怎麼可以指望上天？我們只能向擁有自己、庇護自己的人求救，戴國的百姓什麼時候成為上天的子民了？」

「泰麒，但是……」

「我聽說了妳向慶國求助的經過，如果妳沒有來慶國求救，我的確無法重回這裡。我也覺得有些事，的確會超出自己的能力範圍。以戴國目前的狀況，可能是沒有角的麒麟和只剩下一隻手的將軍無法解決的，但是——」

泰麒握著李齋剩下的那隻手。

「只有能夠靠自己的雙手支撐的東西，才屬於自己，如果我們現在無法支撐戴國，如果沒有能力、也不願意具體做任何一件事，我們將永遠喪失稱戴國為祖國的資格。」

李齋望著泰麒，終於恍然大悟。

李齋始終不知道自己為什麼想要拯救戴國，同時也發現在見到泰麒之後，曾經如此強烈地想要拯救戴國的想法急速消失。沒錯，對李齋而言，只要泰麒平安無事——只要能夠親手保護泰麒，對她來說，就是保護戴國，即使這只是在慶國得到的安全，李齋和這種安全毫無關係，只要泰麒平安無事，李齋就保護了自己內心的戴國。只要能夠保護戴國，戴國就屬於她——是她的祖國。如果無法保護，導致滅亡，屬於戴國的李齋就該負起責任。李齋雖然失去了戴國，但只要能夠保護泰麒，李齋就不會失去戴國。

「我們是戴國的百姓，既然要成為戴國的百姓，就必須背負對戴國的責任和義務，如果放棄這些責任和義務，我們就會失去戴國……」

失去祖國，就等於失去自我。

李齋失去了朝廷，失去了朋友，告別了花影——只有戴國是自己的祖國，所以，為了避免喪失自我，她想要拯救戴國。

如今，李齋有了泰麒，只要不失去泰麒，李齋就不會失去戴國，可以在慶國找到容身之處，李齋害怕離開這裡，但這也是對戴國——對戴國的百姓，對驍宗，以及對仍然被封閉在戴國的很多人，對在戴國失去生命的無數人的背叛。

……沒錯。自己和泰麒必須離開這裡，回去戴國。

李齋用被淚水模糊的雙眼看著自己的手。握著自己的那雙手和自己的手差不多大。

「您……這麼大了……」

6

初秋的某天拂曉，李齋帶著泰麒，悄悄離開了太師家。

她和泰麒充分商量後，決定不告訴景王。一旦告訴景王，她一定會覺得和內宰等人引發的事件有關，會為此感到自責。即使可以說服她，事情並非如此，仍然得讓她面對痛苦的選擇。一旦繼續挽留他們，就等於把戴國的問題帶入慶國；如果送他們離開，又等於棄戴國不顧。至少那個年輕的女王會這麼想。

李齋忍不住在心裡嘆氣。

如果景王真誠地挽留自己，自己沒有自信不會動搖。在等待泰麒體力恢復期間，李齋始終覺得這樣的決定太魯莽。她能夠理解泰麒說，必須趕快回戴國的理由，也認為他言之有理。她的確必須帶著泰麒回去戴國——但是，泰麒對戴國來說，是絕對不可以失去的希望。在泰麒休養期間，李齋也開始自我訓練，但完全沒有自信能夠保護泰麒的安全。她很清楚，等待他們的將是無法想像的危難，她至今仍然強烈地希望可以說服泰麒，但身為一個國民，身為臣子，必須回去戴國。她陷入了天人交戰，最後因為泰麒堅定的意志，勉強倒向回去戴國那一邊。

「李齋……妳要不要留下？」

泰麒似乎看穿了她內心的猶豫問道，李齋慌忙搖了搖頭。

「怎麼可能？您不要開玩笑了。」

「還是要向景王道別？慶國的各位很照顧妳，妳就這樣離開，一定會很難過吧？」

泰麒體貼地問道，李齋笑著搖了搖頭：

「只是有點依依不捨，景王……和慶國的各位那麼善待我，都是為了拯救戴國。如果現在退縮，實在太愧對他們了。」

——沒錯，他們所做的一切都是為了戴國。李齋身為戴國國民來到堯天，在這裡貪圖安逸，捨棄戴國，等於也捨棄了他們的恩義。如果李齋做出這種令人鄙視的行為，所有的戴國國民都會受到鄙視。當自己身為某個群體的一部分——身為戴國的國民，就背負著這樣的責任。

李齋再度吐著氣，打開了太師官邸後方的廄房的門。擠滿廄房的騎獸中，只有飛燕看到李齋他們時興奮地站了起來。

「飛燕！」

泰麒跑了過去，飛燕緊張了一下，但立刻想起了眼前這個人是誰，猛然探出身體，發出親暱的聲音。

「……你還記得我。」

飛燕感受著泰麒的撫摸，瞇起了眼睛。李齋微笑著看著他們，把鞍韉放在飛燕身上。她拉著韁繩，把飛燕牽出廄房。她仰望著拂曉的天空。

「……如果可以從雲海上回去，就可以一口氣趕到某個州城。也許那裡也落入了阿選之手，但雲海下方妖魔肆虐，兩者都需要沿途排除，所以並沒有太大的差別。」

李齋向泰麒說明，泰麒撫摸著飛燕，很有禮貌地回答說：「好的，只是沒有地方休息，飛燕會很累。」

「沒問題，飛燕一定會全力以赴。想當初是牠載著在下來到堯天。」

「嗯。」泰麒點了點頭，飛燕喉嚨發出輕微的聲音，把頭放在泰麒肩上。

就在這時。

「──天還沒亮，你們在這裡幹什麼？」

有一個聲音突然問道，李齋一回頭，看到六太站在園林的暗處，背後的高大黑影應該是虎嘯。

「延台輔……你怎麼……？」

李齋和泰麒愣在原地，六太淡然地看著他們。

「因為我偷聽到了啊。」六太說完，笑了起來，「不好意思，我派了使令護衛兩位，所以我都知道了。」

「延台輔，我……」

泰麒說到一半，六太向他搖了搖手。

「不必擔心，我沒有告訴陽子，但這種擅自行動太傷腦筋了。難道你忘了自己目前還是雁國的太師這件事嗎？」

「這……」

「雁國的太師擅自訪問戴國不太妙吧，如果在那裡發生了什麼紛爭，就更傷腦筋了。」

看到泰麒和李齋陷入沉默，六太重重地嘆了一口氣苦笑著。

「……因為這個原因，所以我收回你的仙籍。之前的太師突然遭到解職，整天無所事事，好像有點痴呆了。這是慰問金。」

六太把一包白色的東西丟了過來，李齋不加思索地想要伸出右手去接，結果沒接到。六太苦笑著撿了起來。雖然在黑暗中看不清楚，但看起來像是旌券的木牌。

「我在想你們可能會用到，所以去做了這個。雖然不需要用到旌券，但可以憑上面的落款去界身領錢，只是不知道能夠在戴國發揮多大的作用。這是盤纏。」

李齋這次接住了六太丟過來的錢囊。

「延台輔……」

「還有最低限度的行李，我已經綁在騶虞上，你們一起帶走吧。」

李齋瞪大了眼睛。

「光靠那匹天馬很辛苦。如果用完之後可以再還我，就感恩不盡了，多摩很怕寂寞。」

李齋把手上的東西舉到頭頂。

「好，一定歸還。」

「嗯。」六太點了點頭，把雙手扠在腰上，輪流看著泰麒和李齋。

「希望你們記得，我很不願意讓你們離開。」

「這份大恩，畢生難忘……」

「等待你們的好消息。」

六太說完，轉身離開，走到園林的樹木旁時，拍了拍站在那裡的黑影。從樹影下走出來的虎嘯一臉複雜的表情，對著李齋指向禁門的方向說：

「騎獸在那裡。」

「虎嘯……謝謝你的照顧。」

「沒幫什麼大忙。」

虎嘯無力地說道，他看起來有點沮喪，率先走出了園林。他從大師官邸所在的內殿走向禁門期間，始終不發一語，低頭看著自己的腳。

來到門殿附近時，虎嘯才終於回頭對他們說：

「……如果可以，我很想陪你們同行。雖然不知道我能發揮多大的作用，只不過我目前在宮中當差，所以走不開。」

虎嘯仍然一臉複雜的表情，李齋微笑著說：

「景王需要你留在她身旁。」
「嗯，是啊……就是這樣。」
「請代我們向景王道謝，希望她不要生氣。」
虎嘯點了點頭，然後走向門殿。守在門殿內側的小臣打開了通往禁門的門，寬敞的露臺外，淡淡的月光照在一片雲海上。
杜真看到從內殿通往禁門的門殿大門打開，兩個人影和騎獸影子悄然出現。站在他身旁的凱之握著騶虞的韁繩，緩緩走向他們。杜真也跟在凱之的身後。
那兩個人一身輕裝，凱之把韁繩交給女將軍。
「我奉命轉交給將軍。」
「萬分感謝。」
「……路上小心。」
凱之向李齋行了一禮，她也恭敬地行了禮。跟在凱之身後的杜真把手上的東西交給她，她驚訝地看著杜真。
「這是很久之前代將軍保管的劍……我可能太多管閒事，但已經磨好了。」
「謝謝。」她單手接過了那把劍。當時看起來受了重傷的右手臂果然已經不見了。
「衷心感謝。」
「不客氣。」

「雖然不記得你的長相，但聽聲音，是不是之前在下跌倒時，對在下說話的那一位？」
「是……呃，對啊。」
杜真點了點頭，她微笑著深深鞠躬。
「託你的福，在下見到了景王，謝謝你的鼎力相助，多虧了你，在下衷心向你道謝。」
杜真搖著頭。因為凱之已經告訴他，李齋接下來要去哪裡，背負著怎樣的使命。
「……請妳務必小心，衷心祈禱兩位平安無事。」

他們站在淡淡的月光照射下，看起來泛白的露臺上，看著兩頭騎獸起飛。
「……不道別沒關係嗎？」
陽子站在露臺旁的高樓上向下看，問旁邊的人。
「因為不知道該說什麼。」
「是啊……如果挽留反而不好意思，無論對李齋和泰麒都一樣。」
「是啊。」
「希望他們能夠平安抵達……」
「到州城應該沒問題，雲海上也沒有妖魔。」
「問題在於之後，至少希望可以派使令保護他們。」

景麒默默點頭。

六太之前說，如果使令離開王或麒麟身邊前往他國，被視為率兵進入他國，所以陽子和景麒只能放棄。

騎獸在雲海上漸漸遠去，一望無際的海面上，那兩個點微小得令人心痛。當他們注視著騎獸遠去時，樓梯上傳來急促的腳步聲。

「——他們走了嗎？」

六太探頭問道。

「嗯。」

陽子點著頭，再度看向雲海，黑點幾乎已經溶化在海浪的影子中。

「我把旌券交給他們了，我說是為他們準備的，他們沒有懷疑就收起來了，不知道會不會納悶，我什麼時候準備得這麼周到。」

「大家都覺得你料事如神。」

「什麼意思嘛……等天亮之後，看到背後的字，恐怕會嚇一跳吧。」

陽子笑而不語。

——真希望可以再多幫助他們，哪怕只是多幫助一點也好。雖然用這個理由挽留他們很簡單，但只能撫慰自己同情他們的心靈，既不能拯救戴國，也無法拯救他們為戴國感到心痛的心情。

真希望慶國更加富足，朝廷更加完善，他們才不會無法安心、充分信賴地投靠不時發生紛亂的朝廷。目前還無法為他們做任何事，讓他們不為自己留下感到後悔。雖然明知道他們好像去送死，仍然目送他們離開，令陽子感到心如刀割，但只能承受這份痛楚。

「……先做好自己。」

「嗯？」

眺望著雲海的六太回頭問道。

「我在想，如果自己無法站穩，也無法幫助他人。」

陽子說道，六太把額頭放在窗戶上說：

「那倒未必，有時候幫助他人反而可以讓自己站得更穩。」

「是這樣嗎？」

「很意外吧。」

「是喔。」

陽子嘀咕著看向雲海，已經看不到任何影子。

弘始二年三月，文州謀反。上憂紛亂波及文州轍圍，親率王師鎮之。同月，上於文州琳宇失蹤。同時，宮城有鳴蝕，宰輔亦失蹤。百官為之失措。

同時，阿選欺騙官吏，自立偽王，恣縱其權。丈阿選原屬禁軍右翼，本姓朴，名高，擅用兵，通幻術，以殘暴踐踏九州，簒奪王位。

《戴史乍書》

解說

細谷正充

美國作家莫娜・辛普森有一部作品名叫《在別處（Anywhere But Here）》，描述一對母女的故事，故事很精采，但這並不是重點，重點是書名。全世界所有的書中，我最喜歡這本書的書名，因為我覺得這個書名最能表達我的心境。

大約是在十五、六歲時，我開始對自己的存在產生了異樣的感覺，總覺得身在此處的自己似乎不太對勁，應該屬於另一個地方。我三不五時會有這種想法，這是每個年輕人都會有的夢想，就像得痲疹一樣，但傷腦筋的是，我的這個夢想始終沒有消失，即使是對現實沒有任何不滿的現在，仍然有這種想法。只有在看小說、漫畫，看電影和動畫，玩RPG和以閱讀文章為主的冒險遊戲（Novel game）時——也就是沉浸在故事的世界時，這種「在別處」的感情才會受到撫慰。閱讀各種故事的最大理由當然是好看、有趣，但除此以外，其實還隱藏了這樣的心情。小野不由美的《魔性之子》讓我更加明確了這件事。

一九九一年九月，新潮文庫的奇幻小說系列出版了這本《魔性之子》，當初只是單本的驚悚小說，主角是回高中母校實習的年輕人廣瀨，和二年六班的學生高里要。高里在小時候曾經遭遇神隱，失蹤了一年。由於欺負他的人都發生了意外，所以眾人對他敬而遠之。廣瀨曾經有過瀕死經驗，一直希望能夠回到屬於自己的地方，卻始終無法如願，「故國喪失者」廣瀨和被孤立的高里產生了心電感應，但高里周遭的狀況越來越激化，有越來越多人死去。廣瀨努力想要保護高里，等待他的卻是完全出乎意料的結局。

之後，隨著《十二國記》系列的推出，才終於知道高里神隱的世界原來是《十二國記》系列的世界，他是胎果的麒麟。當我得知這個事實時的衝擊令人難以想像，因為在驚悚小說的表層下，竟然隱藏了一個如此豐饒的奇幻世界。《魔性之子》也以高里在廣瀨面前回到《十二國記》的世界畫上了句點。沒錯，這部作品符合了奇幻作品黃金模式的「去了又回的故事」。所謂「去了又回的故事」，就是有很多煩惱的主角藉由在異世界的體驗（或是非日常的冒險）而成長，再度回到現實的作品。《魔性之子》雖然在結尾顛覆了「去了又回」的構圖，但仍然是一部貫徹「去了又回故事」的稀有作品。

在《魔性之子》中，廣瀨曾經分析高里周圍發生的這些不平靜的事，所描述的內容可說是一個詛咒的體系。這令我想起作者在二〇一二年推出，並在翌年獲得第二十六屆山本周五郎獎的驚悚長篇《殘穢》中，也可以感受到體系性的怪異連鎖。系統化地解讀某個現象，是作者採取的一種方法，當然在《十二國記》系列中也充分運用了這種方法，這點將在之後介紹。

《魔性之子》有以上這些精采之處，但廣瀨在結尾時爆發的靈魂吶喊更加震撼了我。雖然高里和自己同樣喪失了故國，高里卻要回到照理說已經失去的故國。廣瀨見狀，忍不住大喊：「你要一個人回去嗎？」、「那我怎麼辦？獨自留在這裡的我該怎麼辦？」、「為什麼只有你可以回去！」在高里面前暴露出醜陋的嫉妒。啊，廣瀨就是我，覺得有某個地方有自己的容身之處，卻受到現實的羈絆，所以，這是我難得和小說中的人物有如此強烈的共鳴，當我帶著內心被撕裂的感覺，茫然地闔上書本時，《魔性之子》成為我人生中重要的一本書。

高里回到屬於他的世界雖然令廣瀨羨慕不已，但他所回去的《十二國記》世界並不是烏托邦，只要看系列作品的第一集《月之影　影之海》，就可以非常清楚瞭解這一點。平凡的女高中生中嶋陽子莫名其妙地被帶到《十二國記》的世界，獨自在異世界徬徨，對嚴峻的現實感到絕望。她是被慶國的麒麟選中的新王，但經過一番悲壯的儀式，她才終於知道這件事。

讀者對王和麒麟在《十二國記》系列的世界中的功能已經瞭若指掌，所以就不在此贅言，十二國記的世界比蓬萊（我們生活的世界）更加系統化，維持世界秩序的天意不可動搖，即使如此，並未能終結人們的痛苦。王會腐敗，也會出現偽王。妖魔肆虐，國家和人心都會荒廢。陽子獨自被丟進這樣的世界，被人排斥，遭人背叛，逐漸失去了人性。她身心俱疲，但仍然把握了自己前進的方向，從中獲得了成長。陽子的故事充滿緊張，讓人忍不住一頁接著一頁翻下去。最近網路小說很流行主角受到異世界召喚，或是在異世界轉生，具備了特殊的能力而大展身手的奇幻小說，有些作品很好看，所以無法一概否定，但這些故事的基礎，就是廉價的滿足願望。雖然作者也採取了現代的女高中生前往異世界，異世界召喚的形式，但完全擺脫了這種滿足願望模式，精心構築的中國式異世界也充滿了生命的情感，善意和惡意交錯，生活在那個世界的人只能努力活著。

並非只有陽子在異世界的現實中奮鬥，之後的《風之海　迷宮之岸》，描寫了年紀幼小，而且是胎果的戴國麒麟泰麒（高里）為遴選王所陷入的苦惱。就連神獸麒麟都會猶豫、煩惱和痛苦。《東之海神　西之滄海》中，則看到了在《月之影　影之海》中提到的，治理雁國五百年，被譽為賢帝的延王尚隆和延麒六太在年輕歲月建國時的苦難。之後的作品中也都描寫了讀者熟悉的人物，以及新角色在受到傷害的過程中，仍然繼續前進的故事。書中深陷煩惱的人物所感受到的喜怒哀樂具有真實性，和生活在現代的我們產生了交集，這也正是《十二國記》系列能夠深受歡迎的原因之一。

開場白似乎有點長，差不多該談論本書的內容了。《十二國記》系列除了外傳《魔性之子》以外，當初是由講談社X白心文庫針對女性讀者推出的輕小說，之後由於一般讀者也瞭解到這個系列的精采，才編入講談社文庫。本書《黃昏之岸　曉之天》是在二〇〇一年由講談社文庫先出版，在一個月後，才出版了白心版，是難得一見的逆轉現象。二〇一二年，再由新潮文庫推出了《十二國記》系列完整版，讀者也能夠再度讀到如此精采的故事。

泰王驍宗開始治國半年，為了平定文州之亂而出征，泰麒為驍宗擔心不已，卻被信任的人背叛，砍掉了角，引發了鳴蝕而失蹤了。驍宗也下落不明。就這樣過了幾年後，戴國的將軍劉李齋在瀕死的狀態下投靠陽子所治理的慶國。根據總算撿回一命的李齋描述，驍宗和泰麒都下落不明，引發一連串騷動的幕後黑手成為偽王，大肆破壞國土。李齋雖然知道無論基於任何理由，一旦率兵進入他國，就犯下了「即刻遭報應之罪」，王和麒麟都會死，仍然執意向陽子求助。陽子得知戴國的現況，想要設法營救，於是和各國的王、麒麟合作，思考如何鑽天條的漏洞。當從某條線索得知泰麒可能還活著，就開始追蹤他的下落。

《魔性之子》中描述了高里周圍發生的事件，再度回到了《十二國記》的世界，本書是從《十二國記》的角度描寫這個故事。原來在《魔性之子》的背後（或者該說是表面），發生了這樣的騷動。《華胥之幽夢》中的「冬榮」，也和本書有表裡關係。這種錯綜複雜的架構，也成為閱讀系列作品的樂趣。

但本書的主角應該算是劉李齋。李齋曾經在《風之海　迷宮之岸》中出現，她之後的人生很坎坷。她努力想要拯救沒有了驍宗和泰麒的戴國，卻蒙上了罪人的汙名，日子過得很痛苦，也因此導致她變得自私，希望尋求慶國的幫助，只要能夠拯救戴國——進一步而言，只要泰麒平安無事，其他都無所謂。李齋在這種情況下，如何開拓出新的道路。她經歷了陽子和其他作品的主角所經歷的痛苦，作者藉由這些不斷重複的行為，看到了人類的本質和希望。

各國的王和麒麟響應陽子想要拯救戴國的號召而聚集的場面令人興奮，在至今為止的作品中，時而產生交集，時而獨立的水流終於匯聚成一條大河，規模更加壯觀的故事當然更加精采。

但是，陽子他們所採取的行動有可能牴觸了「即刻遭報應之罪」，可行和不可行的界線到底在哪裡？陽子他們努力想要避開「即刻遭報應之罪」，深入思考了天帝制定的天條，最後，她終於找到了一個真理。在此引用陽子和李齋的對話。

「如果上天真的存在，就不可能不犯錯。如果上天不存在，當然不可能犯錯，但如果真實存在，必定會犯錯。」

李齋納悶地偏著頭。

「但是，如果上天並不存在，上天當然不可能救人。如果上天可以拯救人類，那就必定會犯錯。」

「這是……什麼……」

「李齋，人只能靠自救！」

太了不起了。追求體系的作者藉由深入探討自創的《十二國記》世界的天理法則，提升了陽子的精神，也提升了作品的層次，使《十二國記》成為出色的系列作品。

雖然故事熱鬧精采，但本書中有關戴國的騷動並沒有結束。驍宗仍然下落不明，只有泰麒的事算是勉強告一段落，戴國之後將如何變化，十二國的世界將如何變化？

作者的新作品將由新潮社出版，這一天將不會太遙遠，所以，我很期待能夠再度沉浸在《十二國記》的世界，期待再度前往「別處」。

（二〇一四年二月，文藝評論家）

十二國記

十二國記

奇炫館

十二國記 黃昏之岸 曉之天

（原名：黃昏の岸 曉の天 十二国記）

著　者／小野不由美　譯　者／王蘊潔　封面及內頁插畫／山田章博
執行長／陳君平　美術總監／沙雲佩　國際版權／黃令歡、高子甯
榮譽發行人／黃鎮隆　美術編輯／陳又荻　文字校對／施亞蒨
協　理／洪琇菁　執行編輯／洪琇菁　內文排版／謝青秀
總 編 輯／呂尚燁

出　版／城邦文化事業股份有限公司 尖端出版
台北市中山區民生東路二段一四一號十樓
電話：（〇二）二五〇〇—七六〇〇
傳真：（〇二）二五〇〇—二六八三
E-mail：7novels@mail2.spp.com.tw
發　行／英屬蓋曼群島商家庭傳媒股份有限公司城邦分公司 尖端出版
台北市中山區民生東路二段一四一號十樓
電話：（〇二）二五〇〇—七六〇〇（代表號）
傳真：（〇二）二五〇〇—一九七九
中彰投以北經銷／楨彥有限公司（含宜花東）
電話：（〇二）八九一九—三三六九
傳真：（〇二）八九一四—五五二四
雲嘉以南／智豐圖書有限公司
（嘉義公司）電話：（〇五）二三三—三八五二
傳真：（〇五）二三三—三八六三
（高雄公司）電話：（〇七）三七三—〇〇七九
傳真：（〇七）三七三—〇〇八七
香港經銷／城邦（香港）出版集團有限公司
香港灣仔駱克道一九三號東超商業中心一樓
電話：（八五二）二五〇八—六二三一
傳真：（八五二）二五七八—九三三七
E-mail：hkcite@biznetvigator.com
新馬經銷／城邦（馬新）出版集團 Cite（M）Sdn. Bhd.
E-mail：cite@cite.com.my
法律顧問／王子文律師 元禾法律事務所
台北市羅斯福路三段三十七號十五樓
二〇一五年十二月一版一刷
二〇二三年十一月一版九刷

■中文版■

郵購注意事項：
1.填妥劃撥單資料：帳號：50003021戶名：英屬蓋曼群島商家庭傳媒(股)公司城邦分公司。2.通信欄內註明訂購書名與冊數。3.劃撥金額低於500元，請加附掛號郵資50元。如劃撥日起 10～14日，仍未收到書時，請洽劃撥組。劃撥專線TEL：(03)312-4212 ・ FAX：(03)322-4621。E-mail：marketing@spp.com.tw

國家圖書館出版品預行編目(CIP)資料

十二國記 : 黃昏之岸 曉之天 / 小野不由美作 ;
王蘊潔譯. — 1版. — [臺北市] : 尖端出版 :
家庭傳媒城邦分公司發行, 2015.12
冊 ; 公分

譯自 : **黃昏の岸 暁の天**
ISBN 978-957-10-6289-1(平裝). —

861.57 104021387

十二國記

十二國記